Sauerlandkrimi & mehr

2000 by Kathrin Heinrichs
Alle Rechte vorbehalten
Umschlaggestaltung: Anne Habbel
Umschlagfoto: Edith Kuhlmann
Druck: Zimmermann, Balve
Vierte Auflage 2004
ISBN 3-934327-01-X

Kathrin Heinrichs

Der König geht tot

Sauerlandkrimi & mehr

Blatt-Verlag, Menden

Für Heinz und Hedel Schäfer,
meine Eltern

Mein besonderer Dank gilt außerdem
meiner Freundin Anne Habbel,
die nicht nur Umweltgutachten erstellen kann,
sowie dem Mann an meiner Seite,
Herbert Heinrichs.

Ähnlichkeiten zu realen Orten sind gewollt.
Personen und Handlung des Romans dagegen sind
frei erfunden. Bezüge zu realen Menschen wird man
daher vergeblich suchen.

1

Da war er wieder, dieser stechende, grelle Schmerz in meiner rechten Schläfe. Langsam versuchte ich, die Augen zu öffnen. Vergeblich. Es war, als seien sie zugeklebt. Ich stöhnte schmerzerfüllt und gab mir Mühe, mich auf die Seite zu drehen. Die Stiche im Kopf wurden heftiger. Ich versuchte mich zu erinnern. Wer hatte mich so zugerichtet? Die Erinnerung kam mit einer weiteren Schmerzattacke, diesmal in der linken Schläfe. Es gab nur einen einzigen Grund für meinen bemitleidenswerten Zustand: Ich war gestern auf einem sauerländischen Schützenfest gewesen!

Verflixt, wie hatte ich nur dorthin geraten können? Ich war schließlich Rheinländer. Selbst wenn mich eine Lehrerstelle an einer katholischen Privatschule hier ins Sauerland verschlagen hatte, hatte ich doch nichts auf einem Schützenfest zu suchen! Schließlich war in meine Erbanlagen ein rheinländisch-frohsinniges Karnevals-Gen gelegt worden und kein stur-sauerländisches Schützenfest-Gen!

Langsam spielte sich ein Film in meinem Inneren ab. Tatsächlich konnte ich mich noch an verschiedenste Dinge erinnern. Zum Beispiel, wie wir an der Schützenhalle angekommen waren. Ich hatte Bauklötze gestaunt. Da waren wir nun durch dieses Dorf gefahren, das Stichlingsen hieß und das zu den Orten gehörte, bei denen man schon wieder raus war, bevor man überhaupt gemerkt hatte, daß man drin gewesen war. Doch ich muß gestehen, als Max an der nesteigenen Schützenhalle vorfuhr, war ich platt. Nach meinem ersten Eindruck verfügte Stichlingsen über ungefähr dreiundzwanzig Häuser - Garagen und Fahrradschuppen nicht mitgerechnet. Was wollten die Bewohner von dreiundzwanzig Häusern mit einer solchen Festhalle? Die brauchten doch mindestens eine halbe Stunde, bis sie sich in der Halle wiedergefunden hatten.

Ich konnte dieses Problem nicht zu Ende denken. Ich

hatte Mühe genug, meinem Freund Max zu folgen, der sich an Schießbude und Süßigkeitenstand vorbei einen Weg in Richtung Schützenhalle bahnte. Max drehte sich um und schaute, ob ich ihm brav gefolgt oder inzwischen, meinen rheinländischen Trieben gehorchend, ausgebüxt war. Wir traten in die Halle, die um diese Uhrzeit, gegen zehn Uhr abends, brechend voll war. Der Geräuschpegel war immens. Eine Musikkapelle, die vorne auf der Bühne Platz hatte, blies, was das Zeug hielt, und die Mengen an Leuten taten ihr übriges. Einige sangen aus vollem Hals mit, andere unterhielten sich lautstark. Allein hätte ich spätestens an diesem Punkt Reißaus genommen, in Begleitung von Max allerdings war das nicht möglich. Max schrie mir etwas zu, das ich nicht verstand. Er schrie noch einmal, jetzt lauter, so daß sich sein Gesicht leicht rot färbte und sich den Köpfen der Umstehenden farblich anpaßte. Ich verstand etwas von „Theke" und „trinken". Tatsache war, daß wir uns jetzt zu zweit durch die Menschenmassen hindurchzwängten, am hinteren Teil der Halle entlang bishin zu einer langen, hölzernen Theke. Max verschwand einen Augenblick, und ich ließ meinen Blick schweifen. An der Seitenwand war eine riesige Holztafel angebracht mit der Aufschrift „Glaube, Sitte, Heimat", dem Wahlspruch jeder sauerländischen Schützenbruder-schaft, wie ich annahm. Max kam kurz darauf mit zwei Gläsern Bier zurück. Er prostete mir zu. Das Bier war wunderbar kühl angesichts der Schwüle, die überall und speziell hier in der Halle in der Luft lag. Darüber hinaus schmeckte es nur minimal nach Spülwasser.

„Wo kommen all die Leute her?" brüllte ich in Max' Richtung. „Es ist doch Urlaubszeit."

Max grinste auf seine unnachahmliche Art. „Urlaubszeit? Wer sagt das? Der Termin fürs Stichlingser Schützenfest steht seit einem Jahr fest. Meinst du, dann fährt jemand zu dieser Zeit in Urlaub? Das Stichlingser Schützenfest hat Kultcharakter. Hier kommen 'zig Auswärtige hin, weil es so gemütlich ist."

Ich staunte. „Also richtet sich die Ferienplanung nach dem Schützenfestkalender?"

Max nickte vergnügt. In dem Moment legte ihm jemand von der Seite den Arm um die Schulter. „Max, Junge, wann ham' wir uns das letzte Mal gesehen?" Ein Mann um die vierzig mit einem stark aufgeschwemmten, dunkelroten Gesicht hing jetzt an Max' Seite. Die schiefsitzende grüne Schützenkappe auf seinem Kopf verlieh ihm etwas von einem heruntergekommenen Polizisten.

„Ich vermute, letztes Jahr auf dem Schützenfest", meinte Max und vergaß nicht, uns bekannt zu machen. „Das ist der König", erklärte er mir, „oder besser Wilfried König, ein Nachbar meiner Eltern. Und das ist mein Freund Vincent Jakobs, der vor einiger Zeit hier in die Gegend gezogen ist."

Wilfried König hob die Augenbrauen, was angesichts seines Alkoholkonsums eine echte mimische Meisterleistung war. „Dann ist das also jetzt – wenn ich das nun richtig sehe – dann ist das also jetzt dein erstes Stichlinger Schütz'genfest?"

Ich nickte zustimmend.

„Ja, wenn das denn nicht ein Grund für eine Runde ist." Der König machte ein Zeichen Richtung Theke, und schon nach kurzer Zeit schob ihm jemand ein Tablett über den Tresen mit einer Ansammlung von Pils- und Schnapsgläsern. „In jede Hand eins, damit wir nicht tanzen müssen!" kommandierte Wilfried.

Mir war klar, daß ich jetzt irgend etwas tun mußte, wenn ich den Abend retten wollte. Dann allerdings wurde ich mir wieder einmal meiner traurigen Lage bewußt: Meine Freundin Alexa hatte tierärztlichen Notdienst und war wie immer für jede sauerländische Milchkuh, aber nicht für mich zu sprechen. Darüber hinaus gab es noch 'zig andere Argumente: Köln war weit weg, viel zu weit, nach meiner Ansicht. Die ersten Monate am Elisabeth-Gymnasium waren beinhart gewesen. Ich hatte jeden Tag bis spät in der Nacht am Schreibtisch gesessen. An diesem

9

Wochenende, dem letzten vor den großen Ferien, hatte ich mich endlich mal wieder überreden lassen, abends einen Fuß vor die Tür zu setzen. Kurz: Ich war ein armes Schwein, allerdings ohne Anspruch, deshalb meine geliebte Alexa sehen zu dürfen. Ohne einen weiteren Gedanken griff ich nach dem ersten Glas Bier.

„Glaube, Sitte, Heimat!" prostete Königs Wilfried mir zu, und ich verschluckte mich fast. Das passierte mir nicht zum letzten Mal an diesem Abend. Ich verschluckte mich auch, als Max mich zu einem Tanz aufforderte, allerdings nicht mit ihm, sondern mit einer Frau, die Doris hieß und die Tochter eines guten Taxikunden von ihm war. Nach einem Tanz, den ich als Mittelding zwischen Walzer und Tango umgesetzt hatte, konnte ich mich verdrücken. Kurze Zeit später machte sich jedoch ein älterer Herr bekannt, und zwar als „Doris ihr Vater". „Doris ihr Vater" war sehr an einer Unterhaltung mit mir interessiert, doch gestaltete sich das Ganze als etwas schwierig. Inzwischen hatte die Kapelle nämlich den Schneewalzer angestimmt, was eine Gruppe von Frauen hinter uns zum Schunkeln veranlaßte. Eine der fröhlichen Damen wollte mich mit überschwenglicher Gestik zum Mitmachen animieren, während „Doris ihr Vater" weiter auf mich einredete. Ich versuchte, beiden zuzuhören, entschied mich aber irgendwann, die Durchfahrt zwischen Gehörgang und Gehirn vorübergehend zu schließen.

Richtig zu Bewußtsein kam ich erst wieder auf der Toilette, eine ganze Zeit später. Ich hatte mich in eine Kabine zurückgezogen, als ich unfreiwillig ein lautes Gespräch mit anhörte, das sich im Vorraum an den Pissoirs abspielte.

„Hallo Herr Schützenbruder, übermorgen isses soweit. Übermorgen hol ich ihn runter!" lallte eine Stimme, die ich eindeutig als die von Wilfried König identifizierte.

„Laß den Quatsch!" sagte eine andere Stimme gutmeinend. „Laß das mal lieber die anderen machen!"

„Die andern?" fragte Wilfried im herablassenden Tonfall. „Die andern warn oft genug an der Reihe. Wenn ich das schon höre – die andern. Die letzten Kerle sind das doch – die andern. Da muß erst mal richtig ausgemistet werden in unserem Verein. Dann kommen endlich mal die Richtigen in die erste Reihe. Ich kann dir sagen: Übermorg'n is' Königs große Stunde. Am Montag wird König der neue König." Wilfried lachte herzhaft über diesen gelungenen Kalauer.

„Du wirst ganz bestimmt nicht der neue König", sagte der andere bestimmt. „Damit tust du dir keinen Gefallen."

„Jetzt hör mir aber damit auf!" Wilfrieds Stimme wurde deutlich ungehalten. „Bin ich euch jetz' nich' gut genug? Wer hat euch denn damals den ganzen Vorplatz gepflastert? Der König war das. Da war's euch ganz passend, daß ich mich jeden Feierabend krumm gemacht hab. Aber wenn's um den König geht-"

„Wilfried, jetzt nimm Vernunft an! Du wirst nicht schießen!"

„Ich werde schießen!" donnerte Wilfried voller Zorn. „Und wenn ich meine Knarre selbst mitbringen muß!"

Ich hörte eine Tür schlagen. Einer der beiden Kontrahenten hatte den Raum verlassen. Kurz darauf hörte ich auch die Schritte des zweiten. Als ich aus meiner Kabine herauskam und mir die Hände wusch, trat eine Gruppe angetrunken gröhlender junger Leute herein, die, soweit die Koordination dies zuließ, Arm in Arm eine Schlange bildeten. Ich quetschte mich hindurch, nicht zuletzt weil ich hoffte, noch einen Blick auf Wilfrieds Gesprächspartner werfen zu können. Doch ich war viel zu spät dran. Als ich aus den Toilettenkatakomben nach oben geeilt kam, war nur noch eine einheitlich feiernde Festmasse zu sehen. Trotz dieses Gewusels erspähte ich Max, der mir aus einem Pulk heraus zuwinkte.

„Alles klar?" brüllte er, als ich bei ihm war.

„Weiß nicht!" murmelte ich. Aber meine Antwort hatte eh keiner gehört. Max reichte mir ein Glas. Und das Bier war wieder unverschämt kühl und erfrischend. Vom Spülwasser war nun gar nichts mehr zu schmecken. Gar nichts mehr.

Ich stöhnte wieder. Das hatte ich nun davon. Hier lag ich nun, halbtot durch eigenes Verschulden, ohne einen klaren Gedanken fassen zu können. Nein, nicht ganz. Der einzige Gedanke, zu dem ich in der Lage war, war der Entschluß, das Bett an diesem Tag auf gar keinen Fall zu verlassen. Resolut zog ich mir die Decke über den schmerzenden Kopf. Mein Plan ließ sich nicht lange aufrechterhalten. Es klingelte an der Tür. Zweimal, viermal, zehnmal. Beim elften Klingeln war ich mir sicher, daß mein Kopf kein weiteres Geräusch vertragen konnte. Ich schleppte mich zur Tür und betätigte den Summer. Es war Alexa. Taufrisch eilte sie die Treppe herauf, als sei heute der Tag ihrer Einschulung. Zwei Meter hinter ihr folgte Max, etwas weniger frisch.

„Es geht mir schlecht!" sagte ich krächzend, als sie oben waren.

„Das wollten wir gar nicht wissen!" antwortete Alexa und schob mit dem Fuß ein paar Handtücher zur Seite, um freien Eintritt in meine Wohnung zu haben. Ich grunzte und marschierte auf mein Bett zu. Nie wieder würde ich einmal gefaßte Entschlüsse brechen! Nie wieder würde ich die Tür öffnen, auch wenn es hundertmal schellte! Ich ließ mich auf mein Bett fallen. Alexa setzte sich neben mich. Max lehnte sich an den Schreibtisch, die Hände in den Hosentaschen.

„Habt ihr euch zusammengetan, um mich besser quälen zu können?" fragte ich in blaffendem Tonfall.

„Nööö, wir haben uns nur ganz zufällig vor der Tür getroffen", antwortete Alexa. „Dabei hatte ich Gelegenheit, von eurem gestrigen Ausflug zu hören. War's schön?"

„Und wie!" raunzte ich, während ich mich in Liegeposition fallen ließ. Zur Strafe schossen wieder Stiche in meine Schläfe.

„Daß du noch die Ruhe hast, im Bett zu liegen!" merkte nun Max an. Ich wurde den Eindruck nicht los, daß er ein süffisantes Grinsen auf dem Gesicht trug. „Es scheint mir, du hast nicht allzuviel Kondition. Liegt vielleicht an deiner rheinischen Herkunft. Das Stichlingser Schützenfest geht jedenfalls heute weiter. Und morgen findet mit dem Vogelschießen erst der richtige Höhepunkt statt."

„Na, dann wünsche ich ihnen viel Spaß, den Stichlingser Schützen!" brummte ich und schloß die Augen.

„Ich fürchte-" Max druckste etwas herum. „Ich fürchte, daß du dich aus dem Festverlauf nicht so ganz einfach ausklinken kannst."

Ich blickte ihn verwundert an. „Was hab ich mit deren Schützenfest zu tun? Schlimm genug, daß ich mich gestern abend habe breitschlagen lassen, an diesem mörderischen Vergnügen teilzunehmen. Damit ist mein Bedarf aber auch für zehn Jahre gedeckt."

„Ich kann dich ja verstehen", murmelte Max. Ich merkte, daß er etwas auf dem Herzen hatte, das etwa vierzig Kilo zuviel wog. Ich wußte nur nicht, ob ich das überhaupt hören wollte. Max faßte sich ein Herz. „Vielleicht erinnerst du dich nicht mehr so genau. Aber du hast gestern, als die Stimmung am besten war, ein Versprechen gegeben."

„Ein Versprechen?" Alexas Ohren explodierten wie zwei Airbags.

„Nun, erinnerst du dich noch an Doris?"

„Doris?" Alexas und meine Frage kamen wie aus einem Mund.

„Ich hab keine Ahnung, wer Doris ist!" verkündete ich in Alexas Richtung. „Glaub mir, ich habe nicht den geringsten Schimmer!"

„Immerhin hast du mit ihr getanzt!" plapperte Max, wohl um meinen Untergang auf immer und ewig zu besiegeln.

Alexa war ganz aus dem Häuschen: „Getanzt? Ich denke, du tanzt grundsätzlich nicht. Mit mir hast du noch nie tanzen wollen." Ihre Stimme überschlug sich fast.

„Im Grunde war es ein bißchen meine Schuld", räumte Max betreten ein. „Ich wollte Vincent alle Facetten des sauerländischen Schützenfestes näherbringen. Und dazu gehört ja schließlich auch das Tanzen. Deshalb habe ich ihn ziemlich gedrängt."

„Siehst du, ich habe im Grunde gar nichts damit zu tun", erklärte ich.

„Und was hat das mit dem Versprechen auf sich?" wollte Alexa wissen. Sie hatte die Arme vor ihrem Körper verschränkt und sah nicht gerade aus, als würde sie noch an unsere gemeinsame Silberhochzeit glauben.

„Also, mit dem Versprechen ist das so-", Max fing wieder notorisch an zu stottern, „-daß Doris' Vater kurz drauf auf dich zugekommen ist und dich um etwas gebeten hat."

Um Gottes Willen, hatte ich im Suff ein Heirats-versprechen gegeben? Es war schlimmer.

„Du hast ihm zugesagt, daß du heute beim Schützenfest mit Doris im Hofstaat mitmarschierst."

Die Stille, die nun folgte, hatte es in sich. Max schaute zu Boden, Alexa starrte mich an, ich selbst betete, daß sich ein Ozonloch über mir auftun würde, in das ich entschwinden konnte.

„Das kann nicht sein!" brachte ich schließlich heraus.

„Glaub mir, ich mache keine Scherze" flüsterte Max. „Ich bin sicher, bei Doris zu Hause laufen seit Stunden die Vorbereitungen, um aus ihr die allerschönste Hofstaat-dame zu machen. Letztes Jahr hatte Doris einen festen Freund, mit dem sie im Hofstaat gegangen ist. Aber die beiden haben sich getrennt und jetzt fehlt Doris kurzfristig ein Begleiter, obwohl sie als direkte Nachbarin des Schützenkönigs unbedingt dazugehört. Na, und da hat sich Doris' Vater eben an dich gewandt..."

Mir schwante das Schlimmste. „Wer ist denn Doris überhaupt? Wie sieht sie aus?" fragte ich vorsichtig.

Max zögerte. „Nun, sie ist schwer zu beschreiben. Also, auf einer Skala der Bäcker- und Konditoreninnung würde sie zwischen türkischem Fladenbrot und Frankfurter Kranz wohl als Marzipantörtchen laufen." Ich schluckte kräftig. Jetzt schaltete sich Alexa ein:

„Um wen geht es denn nun? Welche Doris ist gemeint?"

„Doris Ratzbach."

„Doris Ratzbach? **Die** Doris Ratzbach?" Alexas

Stimme war ziemlich schrill. Dann löste sie sich. Alexa fing an zu lachen. Alexa prustete, sie schüttelte sich vor Lachen. Und dann fing auch noch Max an. Max, der sonst nur in Ausnahmesituationen richtig laut lachte, bog sich vor Lachen. „Doris Ratzbach!" Es schien keine witzigere Vorstellung zu geben, als daß ich mit Doris Ratzbach im Hofstaat durch die Gegend marschierte. Ich hockte in meinem Bett so belemmert wie ein mit Bier begossener Schützenvogel, während meine Partygäste sich vor Vergnügen krümmten. Wenn ich das meinen Kölner Freunden erzählte, würde mir kein Mensch glauben. Gut, ich war ins Sauerland gezogen, um den Schülern am Elli Geschichte und Deutsch beizubringen. Aber daß ich nach gut drei Monaten in einem sauerländischen Schützenzug mitmarschieren würde, in einem Dörfchen mit dreiundzwanzig Häusern – das würde man mir einfach nicht glauben. Niemals.

Entschlossen stand ich auf und stolzierte ins Bad.

„He, wo willst du hin?" fragte Max glucksend hinter mir her.

„Ich gehe jetzt duschen, und dann mache ich mich schön – für Doris!" fauchte ich.

Auch unter dem allerstärksten Wasserstrahl war das Lachen noch zu hören.

2

Das Kneifen des Anzugs war einfach unerträglich. Ich überlegte, was unerträglicher war. Der Anzug, den ich mir von Max geliehen hatte und der eindeutig zwei Konfektionsgrößen zu klein war, oder Doris, die mich seit genau zwei Stunden unentwegt zuquatschte. Doris war nicht doof. Doris war nicht einmal unhübsch. In der Kategorie der Sahnetorten war sie durchaus ansprechend: drall, mit einer rundlich-sahnigen Frisur und roten Wangen.

Unerträglich an Doris war einzig, daß sie nicht eine Minute lang den Mund halten konnte. Doris arbeitete als Maniküre, was ihren dicklichen, ultramanikürten Fingern leicht anzusehen war. Was Doris als Maniküre so alles erlebte, hatte sie mir in den letzten Stunden erzählt, ohne auch nur ein winziges Detail in einer der Geschichten zu unterschlagen. Ich war fertig mit den Nerven. Doch es sollte alles noch schlimmer kommen.

Als Hofstaat waren wir gerade beim Schützenkönig abgeholt worden und eine Nebenstraße langmarschiert, als wir unter den Klängen zackiger Marschmusik auf Stichlingsens Hauptstraße abbogen. So schlimm hatte ich es mir nicht vorgestellt. Die Leute standen in Dreierreihen am Straßenrand und jubelten uns zu. Wir als Hofstaat waren natürlich der Höhepunkt des Schützenzuges. Elke, die Schützenkönigin, trug ein hellgelbes Spitzenkleid mit Reifrock, das aussah, als hätte sie es bei Barbie persönlich ausgeliehen. Meine Doris trug ein ähnliches Modell in Hellrosa, so daß ich immer an die gleichfarbigen Marzipanfiguren denken mußte. Wir waren noch keine zwei Meter auf der Hauptstraße gegangen, da ging es los: Eine Schülerin von mir hatte mich entdeckt und brüllte: „Guck mal, Mama, davorne ist Herr Jakobs!" Ich lächelte selbstbewußt in die entsprechende Richtung. Links hatte mich schon wieder jemand erkannt, eine Mutter, die auf dem Elternsprechtag bei mir gewesen war. Eine Schülertruppe aus der 8c gröhlte von rechts: „Boh, Herr Jakobs im schwarzen Anzug!" Ich merkte, daß Fotos von uns gemacht wurden. Dann sah ich plötzlich Friederike Glöckner am Straßenrand stehen, die überkandidelte Schauspielerin, die ich gleich zu Anfang hier im Sauerland kennengelernt hatte. Sie sah mich schnippisch an. „Oh, schon wieder in neuer Damenbegleitung!" flötete sie. Ich sparte mir eine Antwort.

Der Höhepunkt des Zuschauerinteresses war schon auf lange Sicht erkennbar. Etwa dreißig Meter entfernt wurde ein Plakat in die Höhe gehalten. Mich überkam geradezu

Panik. Wahrscheinlich hatten Alexa und Max das halbe Lehrerkollegium mobilisiert, um mich mit einem gelungenen Spruch wie *„Kaum zu glauben, aber wahr – der Vincent ist im Hofstaat ja!"* zu begrüßen. Vermutlich hatte man auch ein paar von den Ordensschwestern des Elisabeth-Gymnasiums dafür gewinnen können. Ich sah bereits meine Schulleiterin Schwester Wulfhilde mit ungläubigem Lächeln am Straßenrand stehen. Unter Umständen würde man sich auch noch zu einer La-Ola-Welle hinreißen lassen. Ich schloß die Augen. Vielleicht würde es mir so erspart bleiben, diese Lästertruppe wahrzunehmen. Als ich die Augen wieder öffnete, marschierten wir gerade am Schild vorbei.

„Der SV Stichlingsen grüßt seinen König!" war die Aufschrift. Also doch kein aufgeheiztes Lehrerkollegium, sondern nur der Fußballverein des Schützenkönigs, der offenbar bester Stimmung war und ausgelassen am Straßenrand klatschte. Doris quiekte vor Vergnügen, was gut zu ihrem hellrosa Kleid paßte.

Drei Stunden später saß ich in der Schützenhalle am Tisch des Hofstaats und nuckelte an einem Glas Cola herum. Schützenkönigin Elke hatte mir zu verstehen gegeben, daß man als Hofstaatmitglied am Tisch sitzen zu bleiben hatte, was einem Verbot sich zu amüsieren gleichkam. Zumal meine Partnerin Doris inzwischen das Weite gesucht hatte. Sie unterhielt sich prächtig mit einem Kerl, der so breit war wie ein Kleiderschrank und die obligatorische Schützenkappe trug, die ich natürlich nicht zu bieten hatte. Insgesamt hatte ich den Eindruck, daß es nicht sehr attraktiv war, zum Hofstaat zu gehören. Neben der Weisung, am Tisch zu bleiben, unterlag man einem strikten Kleiderzwang – die Männer in dezent-grauen Anzügen, einer Einheitsweste und einer modischen Krawatte – die Frauen in sündhaft teuren, pastellfarbenen Ballkleidern. Die Kleiderordnung wurde in Stichlingsen vom Königspaar festgelegt, und der Hofstaat mußte sich dann für teures Geld das Entsprechende zulegen. Natürlich fiel ich aus der Kleiderordnung voll heraus. Mein zu enger schwarzer Anzug und die Bewerbungskrawatte waren nicht gerade modische Knüller. Ich befürchtete daher das Schlimmste, als Schützenkönigin Elke sich plötzlich neben mich setzte. Sie kam sofort zur Sache:

„Ich find' es ja ganz toll, daß du so kurzfristig eingesprungen bist, um mit der Doris zu gehen", sagte sie in einem Tonfall, bei dem ich annahm, daß sie es so ganz toll nun doch nicht fand. „Allerdings wäre es schön gewesen, wenn du dich äußerlich ein bißchen dem Gesamtbild angepaßt hättest." Ich fing an zu kochen, hielt mich aber noch ein bißchen zurück. Elke sah mich mit großem Augenaufschlag an. „Du siehst ja, daß die anderen Männer sich sehr viel Mühe mit ihrem Outfit gegeben haben. Da ist es natürlich nervig, wenn einer diese Kleiderharmonie stört."

Ich zwang mich zu einem ruhigen Tonfall. „Leider hatte ich heute morgen nicht mehr die Gelegenheit, mich nach einem Anzug umzusehen, der in euer Gesamtbild paßt", hauchte ich. „Aber um ehrlich zu sein: Selbst wenn ich ein ganzes Jahr Zeit gehabt hätte, hätte ich mich nicht um einen solchen Anzug bemüht oder diese modischen Accessoires angelegt."

Elke benötigte ein paar Sekunden, um diese Information zu verarbeiten. In dem Moment schaltete sich ihr Mann Dirk ein, der wohl das Gespräch mitangehört hatte.

„Endlich sagt's mal einer!" rief er. „Ich hab auch keinen Bock mehr auf den ganzen Kram. Wenn ich gewußt hätte, daß ich als Schützenkönig hier rumsitzen muß und aufpassen soll, daß meine Weste nicht verrutscht, dann hätte ich gerne darauf verzichtet."

Mit diesen Worten zog er sein Jackett aus, pfefferte seine Krawatte auf den Tisch, brüllte noch: „Los, Jungs, auf zur Theke!" und verschwand in der Menge. Elke warf mir einen giftigen Blick zu. Ich lächelte siegessicher zurück. Zehn Minuten später saß ich mit Alexa und Max in dessen Taxi. Ich hatte mein erstes Schützenfest hinter mich gebracht.

Im Auto stellte ich Mutmaßungen darüber an, mit welchen Federn der Hut des vorneweg marschierenden Schützenobersts geschmückt gewesen war. Ich tippte auf heimische Gänsefedern und wollte gerade ein Urteil der Fachfrau Alexa einholen, als Max unerwartet bremste. Ich rammte in meinen Gurt. Ein Auto vor uns hatte urplötzlich gestoppt. Jetzt sprangen zwei Leute aus dem Auto und hasteten zum Straßengraben. Erst jetzt realisierten wir, was los war. Da lag jemand am Straßenrand. Offensichtlich verletzt. Alexa und ich sprangen ebenfalls aus dem Auto, Max griff geistesgegenwärtig nach seinem Handy, um einen Krankenwagen anzufordern. Alexa und ich erreichten den Verletzten fast gleichzeitig mit den Insassen aus dem anderen Auto - Schützenfestbesucher, einer mit der obligatorischen Kappe, der andere mit einem Lebkuchenherz um den Hals. Auch der Verletzte hatte eine Schützenkappe aufgehabt, die jetzt neben seinem Kopf lag. Er lag auf dem Rücken, hatte die Augen geschlossen und stöhnte leise. Unter seinem Kopf sickerte etwas Blut hervor. Plötzlich überkam mich ein Schauder. Ich kannte den Mann. Es war Wilfried König, der Bekannte von Max, „der König" halt. Auch die beiden Typen aus dem Auto erkannten ihn jetzt und wurden noch aufgeregter. Einer versuchte, auf den Schwerverletzten einzureden. Alexa hockte sich sofort hin und fühlte den Puls des Verletzten. Wir andern waren froh, daß sich überhaupt etwas tat. „Los, einen Verbandskasten!" brüllte Alexa. Max kam schon angelaufen und hatte den Kasten unterm Arm. Alexa hob minimal den Kopf des Verletzten. „Die Blutung ist nicht allzu stark", murmelte sie. „Wir legen keinen Verband an! Das würde ihn weiter schwächen." Wilfrieds Stöhnen wurde trotzdem leiser. Wir standen wie gelähmt da und konnten kaum etwas tun. Jeder lauschte ständig nach dem Krankenwagen. Intuitiv spürten wir, daß Wilfrieds Zustand sich verschlechterte. Alexa fühlte noch einmal den Puls. „Redet mit ihm!" sagte sie hektisch. „Er darf nicht das Bewußtsein verlieren. Redet mit ihm!"

Max beugte sich ganz nah zu Wilfried hinunter. Es sah aus, als wolle er ihm ins Ohr flüstern. „Mach jetzt nicht schlapp!" flehte er mit krächzender Stimme. „Mensch, König, mach jetzt bloß nicht schlapp!" Königs Atem verschlechterte sich weiter. Mittlerweile röchelte er nur noch leise. „Wilfried!" sagte Max. „Ich bin's Max. Wir haben uns gestern auf dem Schützenfest wiedergetroffen. Wilfried, hörst du mich?" Der Mann mit dem Lebkuchenherz hielt sich die Hände vor den Mund. Er starrte von oben auf Wilfried hinunter. „Verdammt!" sagte er mit echter Verzweiflung in der Stimme. „Der König – der König geht tot!"

3

Eine Stunde später saß ich im sogenannten Partyraum der Schützenhalle Sankt Sebastianus und schaute betreten auf die bräunlichen Fliesen, die hier verlegt waren. Neben mir saß Max und rauchte, Alexa stand am Fenster und blickte hinaus. Außer den beiden jungen Polizeibeamten, die in ein Gespräch mit den Männern aus dem Auto vor uns vertieft waren, standen noch Offizielle aus der Schützenbruderschaft da, die mit gedämpfter Stimme debattierten. Sie beratschlagten, wie der weitere Festverlauf vor sich gehen sollte. Mußte man hier und jetzt die Leute nach Hause schicken? Sollte man den heutigen Sonntag wie gehabt ausklingen lassen und morgen das Vogelschießen absagen? Oder sollte das Schützenfest durchgeführt werden, als wäre nichts gewesen? Ich machte mir nicht die Mühe zu verfolgen, wer welchen Standpunkt vertrat. Statt dessen schlenderte ich zu Alexa hinüber und legte ihr den Arm um die Schultern. Sie sah blaß aus. Ich wußte, daß sie die Situation mit dem schwerverletzten König schon hundertmal durchdacht hatte. Daß sie sich schon genauso oft gefragt hatte, ob sie etwas hätte besser machen können. Dabei hatte ihr der Notarzt an Ort und Stelle gesagt, daß Wilfried König keine Chance gehabt hatte. Seine Verletzung am Kopf hatte zu einer so starken Hirnblutung geführt, daß jede Hilfe zu spät kam. Alexa legte den Kopf an meine Schulter. Einen Moment später öffnete sich die Tür, und zwei Männer kamen herein. Einer war um die fünfzig und etwas untersetzt, der andere Mitte dreißig und eher schmächtig.

„Mein Name ist Kriminalhauptkommissar Hortmann von der Mordkommission in Hagen", begann der Ältere, die Hände in seiner speckigen Lederjacke. „Und das ist mein Kollege Kriminalkommissar Steinschulte. Wir zwei werden den Tod von Wilfried König untersuchen und, sofern sich der Verdacht von Fremdverschulden ergibt, eine Mordermittlung in Gang setzen. Wie uns die Kollegen mitgeteilt haben, können Sie uns unter Umständen hilfreiche Informationen über den Tathergang, oder sagen wir besser, die Todesumstände geben."

Es begann ein allgemeines Gemurmel. Besonders die Schützenbrüder gerieten ziemlich in Fahrt und versuchten, zu Hauptkommissar Hortmann durchzudringen.

„Meine Herrschaften, wir können hier natürlich keine Gruppenbefragung machen" erklärte Hortmann. Er wandte sich an die Polizisten, die im Streifenwagen gesessen hatten: „Gibt es hier noch andere Räumlichkeiten?" Wieder setzte ein allgemeiner Rummel ein. Es wurde mit den Schützenoffizieren beratschlagt. Schließlich hatte man noch einen Jugendraum im Keller und einen Abstellraum aufgetan. Dort sollten die ersten Befragungen stattfinden. Hortmann teilte die Zeugen in Gruppen ein und ordnete ihnen einen Polizeibeamten zu. Max und ich wurden Kommissar Steinschulte zugeteilt, mit dem wir uns auf den Weg zum Jugendraum machten. Auf halbem Wege sprach Max den jüngeren Kommissar plötzlich an.

„Kennst du mich noch?" fragte er ganz trocken, wie es seine Art war. Kommissar Steinschulte sah ihm erst jetzt zum ersten Mal ins Gesicht.

„Max!" rief er dann überrascht und blieb stehen. „Das gibt's doch gar nicht. Das ist ja ein Zufall!"

Max grinste. „Kann man wohl sagen."

„Wie lange haben wir uns nicht gesehen? Über zehn Jahre, schätze ich."

„Könnte hinkommen." Ich hatte das Gefühl, daß Max gerne von sich ablenken wollte. „Daß du bei der Kripo gelandet bist!"

„Auch nicht schlechter als Paragraphenpinsler zu werden. Bist du dabei geblieben?"

Max strich sich mit der Hand durch das stopplige Haar. „Nee, aber das ist eine lange Geschichte. Ich fahr jetzt Taxi!"

„Du?" Steinschultes Stimme überschlug sich fast. „Aber du warst doch der beste. Der einzige von uns, der richtig gepaukt hat."

„Schwamm drüber!" sagte Max bestimmt. „Laß uns lieber über Wilfried König sprechen! Habt ihr ernsthaft den Verdacht, daß mit seinem Tod etwas nicht stimmt?"

Inzwischen waren wir vor dem Jugendraum angekommen. „Willst du behaupten, daß alles in Ordnung ist, wenn ein Mann mit Kopfverletzungen im Straßengraben stirbt?"

„Ich selbst habe sofort an einen Unfall gedacht", warf Max ein. „Auf so etwas wie Mord bin ich bei seinem Anblick gar nicht gekommen. Er lag ja direkt neben diesem Grenzstein. Ist es nicht wahrscheinlich, daß er mit dem Kopf unglücklich darauf gestürzt ist?"

„Das ist auch meine Meinung!" kam nun eine Stimme von hinten. Sie gehörte einem älteren Herrn in Schützenuniform, dem der Schweiß buchstäblich auf der Stirn stand. „Um ganz ehrlich zu sein, ist mir der Sinn dieser Untersuchungen nicht ganz klar."

Steinschulte ließ sich auf keinerlei Diskussion ein und wandte sich an uns alle: „Bitte halten Sie sich hier vor der Tür bereit! Ich werde Sie nacheinander reinholen. Max, willst du als erster aussagen?"

Max und Steinschulte ließen die beiden Schützenoffiziellen und mich im Flur zurück. Ich lehnte mich an die Wand und mußte über Max nachdenken. Ich selbst hatte auch schon mal versucht, etwas über seine Vergangenheit herauszubekommen. Es war schließlich unwahrscheinlich, daß Max als Taxifahrer auf die Welt gekommen war. Max hatte damals alle Schranken zugemacht und nicht über sein Vorleben sprechen wollen. Ich hatte gespürt, daß da etwas wie ein Klumpen auf seiner Seele lag, das ihn schwer belastete.

„Der König!" sinnierte plötzlich der jüngere der beiden Schützenbruder und unterbrach damit meine Gedanken. „Gemocht hab ich ihn nicht gerade – aber so was!"

„Es gibt keinen Zweifel!" meinte der Schützenheini, der eben schon gemeckert hatte. „König war besoffen und ist gestürzt."

„Wie auch immer", wandte der andere ein, „wir müssen den Leuten bald was sagen. Das sind wir dem König schuldig, mein' ich."

Der Ältere brummelte etwas, das ich nicht verstehen konnte.

Plötzlich stand Steinschulte in der Tür. „Herr Jakobs, wenn Sie bitte hereinkommen würden?" Zu meiner Verwunderung durfte Max im Raum bleiben. Steinschulte nahm meine Adresse auf. Dann mußte ich die Geschichte nochmal erzählen. Wie wir gehalten hatten. Was wir gesehen hatten. Ob Wilfried König vor seinem Ableben noch etwas gesagt hatte. Meine Aussage war ziemlich unspektakulär. Natürlich hätte ich gerne die letzten Worte des Ermordeten übermittelt, doch so etwas hatte ich nicht zu bieten. Lediglich der Anblick des stark blutenden Mannes hatte sich in mein Gedächtnis gebrannt. Steinschulte machte sich einige Notizen und stand dann auf. Max und ich wollten es ihm gleich tun, aber der Kommissar hielt uns zurück. „Bleibt bitte sitzen!" forderte er uns auf. Max und ich sahen uns an. Wahrscheinlich hatte Steinschulte diese neue Verhörmethode im letzten Fortbildungsseminar gelernt. Aus dem *Tatort* kannte ich das jedenfalls noch nicht. Herein kamen jetzt die beiden Schützenbrüder, die mit mir auf dem Flur gewartet hatten. Der ältere war nach wie vor aufgeregt, quatschte aber nicht mehr ständig dazwischen. Die beiden machten wie wir ihre Personalangaben. Der ältere hieß Alfons Reckert und war Zweiter Vorsitzender der Schützenbruderschaft. Seine rechte Brust war gepflastert mit verschiedensten Orden. Mit seinem aufgedunsenen, roten Gesicht erinnerte er mich sehr an einen meiner Kollegen aus der Schule, der bei seinen cholerischen Anfällen ein ähnliches Aussehen annahm. Der andere Mann war Fahnenoffizier und hieß Bernhard Schnell. Schnell war groß und wirkte durchtrainiert. Bestimmt pöhlte er in den Reihen vom SV Stichlingsen. Er hatte etwas sehr Jungenhaftes an sich. Altersmäßig konnte ich ihn schlecht schätzen, vielleicht war er etwa so alt wie ich. Ich erinnerte mich jetzt, daß er mit seiner Fahne im Schützenzug vor uns Hofstaatlern hermarschiert war.

Reckert und Schnell konnten über die Todesumstände natürlich nicht viel sagen. Beide hatten Wilfried König am Nachmittag in der Schützenhalle gesehen, aber nicht mitbekommen, wann und warum er gegangen war.

„Kannten Sie Wilfried König persönlich näher?" wollte Steinschulte nun wissen. „Ich nehme an, daß er Mitglied in Ihrem Schützenverein gewesen ist?"

„Bruderschaft!" verbesserte Reckert sofort. „Wir sind kein Schützenverein, sondern eine Schützenbruderschaft."

Steinschulte blickte irritiert. „Und was ist der Unterschied?"

„Ich will's mal so sagen. Eine Schützenbruderschaft ist ein kirchlicher Verein. Und da gehören natürlich auch die Grundsätze der katholischen Kirche dazu. Deshalb haben wir auch einen Präses. Bei einem Schützenverein ist das anders. Die sind unabhängig."

Steinschulte runzelte die Stirn. „Wenngleich diese Information nicht unmittelbar mit meiner Frage zusammenhängt, ist das natürlich hochinteressant. Aber ich möchte trotzdem wissen: War König Mitglied in Ihrer

Bruderschaft?"

„Aber natürlich!" beeilte Reckert sich zu sagen. „Und ich darf wohl sagen: ein sehr engagiertes Mitglied. Wilfried König hat bei verschiedenen Arbeiten hier in der Schützenhalle mitgeholfen. Außerdem wäre er sicher in Kürze Fähnrich geworden." Bernhard Schnell sah seinen Zweiten Vorsitzenden erstaunt von der Seite an.

„Da wußte ich ja noch gar nichts von!"

„Nun, es war noch nicht ganz offiziell!" erläuterte Reckert. „Aber im Vorstand war das so gut wie beschlossen."

„Dann frage ich mich, warum auf den Jahreshauptversammlungen überhaupt noch gewählt wird", erwiderte Schnell patzig. „Wenn die Posten schon vorher vergeben werden, können wir statt wählen doch lieber kegeln gehen, oder seh' ich das falsch?"

„Bernhard, ich weiß nicht, ob das hier vom Ort und von der Zeit her das Richtige ist, um Schützenangelegenheiten zu besprechen", meinte der Zweite Vorsitzende mit hochrotem Kopf. „Schließlich ist unser Bruder Wilfried gestorben. Und wegen dem sitzen wir doch hier, woll?"

„Du hast doch damit angefangen!" Der Fahnenoffizier fuhr sich unwillig über den Kopf. Sein blondes, etwas zu langes Haar sah jetzt noch fahriger aus. Sein Gesichtsausdruck nahm etwas Beleidigtes an. Dieser Bernhard Schnell war ein Hitzkopf. Der würde diese Sache bestimmt nicht einfach auf sich beruhen lassen.

Steinschulte hatte die Auseinandersetzung interessiert verfolgt und schaltete sich jetzt wieder ein.

„Ich darf aber davon ausgehen, daß Wilfried König ein beliebtes Mitglied des Vereins– ach Verzeihung, der Schützenbruderschaft war?"

„Natürlich!" entfuhr es Reckert und Schnell wie aus einem Munde. Im selben Moment klopfte es. Einer der Streifenbeamten schaute herein. „Wenn Sie dann so weit sind, möchten Sie bitte nach oben kommen", wandte er sich an Steinschulte. Der nickte. „Ich denke, wir lassen

25

es erstmal dabei. Ihre Adresse habe ich ja. Falls weitere Fragen auftauchen, werden wir uns an Sie wenden."

„Ja und? Wird das Schützenfest jetzt weitergefeiert?" drängte Alfons Reckert beim Aufstehen. „Sie müssen wissen – als Zweiter Vorsitzender trage ich die Hauptverantwortung für unser Schützenfest, da unser Erster Vorsitzender mit einem Bandscheibenvorfall im Bett liegt. Da empfinde ich natürlich eine gewisse Verpflichtung, wenn es darum geht, meinen Schützenbrüdern-"

„Das wird sich vermutlich gleich entscheiden." Steinschulte schob seine Papiere zusammen.

„Da muß ich mich wohl an Ihren Vorgesetzten wenden!" Reckert dampfte ab. Der Fähnrich folgte brav. Der Streifenbeamte wandte sich noch einmal an Steinschulte: „Kollege Schröder war beim Opfer zu Hause und hat seine Frau dort nicht angetroffen. Wie sollen wir vorgehen?"

„Ist vielleicht einmal einer auf die Idee gekommen, daß seine Frau hier auf dem Fest ist?" Steinschulte war ziemlich verärgert. „Wahrscheinlich läuft sie hier rum und kriegt als letzte Bescheid! Ich kümmere mich selber darum!"

Steinschulte drehte sich jetzt wieder uns zu. „Max, du kanntest diesen Wilfried König doch auch. In seinen Personalien steht, er ist verheiratet. Bist du mit seiner Frau auch bekannt?"

„Ja natürlich, die Moni. Ich habe sie heute einmal hier in der Halle gesehen."

„Wir werden so schnell wie möglich mit ihr sprechen müssen", antwortete Steinschulte. „Es wäre nett, wenn du in der Nähe bliebest. Dann könnten wir sie gleich zusammen suchen." Max nickte stumm.

Jetzt konnte ich mich nicht mehr länger zurückhalten. „Ich hätte da auch noch etwas zu sagen", wandte ich mich an Steinschulte.

„Als ich gestern auf der Toilette war", setzte ich an. Steinschulte hob amüsiert die Augenbrauen. „Da habe ich ein Gespräch mitangehört", fuhr ich fort. „Zwei Männer haben sich unterhalten. Der eine sagte, er wolle in diesem

Jahr den Vogel abschießen. Der andere riet ihm eindringlich davon ab, so daß es zu einer kurzen Auseinandersetzung kam."

„Inwieweit hat das mit unserem Fall zu tun?" fragte Steinschulte sachlich.

„Nun, der eine war Wilfried König, das habe ich einwandfrei erkannt. Die andere Stimme war mir nicht geläufig."

„Puh!" Steinschulte fuhr sich mit der Hand durch die Haare. „König wollte Schützenkönig werden? Und irgend jemand hatte was dagegen?"

Ich nickte. „Sieht ganz so aus!"

„Und jetzt ist er tot, der König." Steinschultes Blick verlor sich zwischen der Tür zur Damentoilette und der Treppe, die hinauf in die Festhalle führte. „Na, dann fröhliches Vogelschießen!" murmelte er und ging uns voran Richtung feiernde Menge.

4

Das mit dem fröhlichen Vogelschießen sollte nichts werden. Zwar gab es Befürworter, die das Schützenfest durchführen wollten wie geplant, allen voran natürlich Alfons Reckert, der alles für einen bedauernswerten Unfall hielt, sowie einer, der Jürgen genannt wurde. Doch den Ausschlag gegen eine Fortsetzung der Feierlichkeiten gab ein Mann, der gar nicht direkt zum Schützenvorstand gehörte. Er platzte mitten in die Diskussion, die im Partyraum gerade in vollem Gange war, und zog mit einem Schlag die gesamte Aufmerksamkeit auf sich. Max, der eigentlich gar nichts bei der Besprechung zu suchen hatte, stand im offenen Türrahmen und schmunzelte in sich hinein. Ich selbst stand draußen etwas abseits und unterhielt mich mit Christoph Steinschulte. „Johannes Osterfeld!" flüsterte Max mir zu, als müsse er mich unbedingt über die aktuellen

Ereignisse im Partyraum informieren. „Deeer Fabrikant am Ort!" Max dehnte das eeee so lang, daß ich Osterfelds Monatseinkommen auf über hunderttausend schätzte. Ich trat ein paar Schritte näher, um einen Blick in den Raum werfen zu können. Osterfeld war ein Mann Mitte Vierzig, mit braunem, modisch geschnittenem Haar, das allerdings nicht über sein eher kerniges Aussehen hinwegtäuschen konnte. Sein rundes Gesicht und seine schützenfestrosigen Wangen verliehen ihm das Aussehen eines großen Bauernjungen.

„Sagt mal, diskutiert ihr allen Ernstes hier rum, ob morgen das Vogelschießen stattfinden soll?" Osterfeld blickte sich empört um. Die Schützen in ihren Uniformen standen da wie Schuljungen, die bei einem Lausbubenstreich ertappt worden waren. Keiner sagte ein Wort. „Wilfried König ist vor einigen Stunden zu Tode gekommen. Wilfried, der für eure Bruderschaft auf den Knien rumgerutscht ist. Wilfried, dessen Onkel hier in eurem Kreis steht und dem ihr keine Stunde der Trauer laßt." Die Blicke richteten sich auf einen Mann, der seinen Federbüschelhut in der Hand hielt. Er war ziemlich bleich und hatte glasige Augen. Die Todesnachricht hatte ihm schwer zugesetzt.

„Gerhard Streiter!" zischte Max mir ins Ohr. „Wilfrieds Onkel und Oberst hier im Verein!"

Johannes Osterfeld fuhr in seiner Rede fort. „Und ihr wagt ernsthaft morgen an ein Vogelschießen zu denken?" Weiterhin betretene Stille. Dann ergriff Alfons Reckert das Wort:

„Herr Osterfeld, wo denken Sie hin? Im Grunde sind wir uns gerade einig geworden: Wir werden den morgigen Festtag ausfallen lassen. Am besten werde ich jetzt gleich die Schützenbruderschaft informieren." Reckert hatte es eilig, nach draußen zu kommen. Er hastete an uns vorbei und verschwand sogleich in der Menge. Max stürzte plötzlich hinterher. „Ist der denn bescheuert?" zischte er. „Die Moni weiß noch gar nicht Bescheid, und er will hier durchs Mikrofon Wilfrieds Tod bekanntgeben?" Max lief auf Steinschulte zu, der sich jetzt mit dem Rest der Polizeibeamten besprach. Er redete hastig auf ihn ein, dann liefen die beiden los, in die Menge hinein. Ich selbst machte mich auf die Suche nach Alexa. Nach zwei Metern begegnete ich zunächst meiner Hofstaatdame. Sie stand Arm in Arm mit ihrem Kleiderschrank zusammen. Als sie mich sah, machte sie ein verlegenes Gesicht. Ich knipste ihr ein Auge und lief vorbei. Einem Instinkt folgend trieb es mich in den Eßraum. Tatsächlich saß Alexa allein an einem Tisch, vor sich einen leeren Teller. Wenigstens hatte es ihr nicht den Appetit verschlagen.

„Schnitzel?" fragte ich und setzte mich ihr gegenüber.

„Nee! Currywurst mit Pommes! Oder sagen wir besser zwei."

„Zwei Pommes?" fragte ich, um sie zu ärgern.

„Nein, zweihunderttausend Kalorien!" sagte sie patzig.

Ich streckte den Arm nach ihr aus.

„Ich bin total kaputt!" sagte Alexa müde. Sie griff nach meiner Hand. „Können wir endlich nach Hause?"

„Ich glaub' schon! Zu den Ermittlungen können wir eh nichts mehr beitragen."

„Und was machen wir zu Hause?" Alexa gab sich die Antwort selbst. „Zuerst nehme ich ein Bad. Dann trinke ich ein Glas Wein. Und dann versuche ich mich abzulenken."

„Hast du schon eine Idee, womit?" fragte ich in meinem charmantesten Tonfall.

„Aber natürlich!" Alexa war ein einziger Augenaufschlag. „Ich werd mir den Rollemeyer antun. Der Klassiker unter den Nachschlagwerken, wenn es um Rinderpraxis geht. Dabei schlafe ich jedesmal sofort ein."

Mein Lächeln gefror mir zwischen den Zähnen.

„Moni! Moni!" Es war eine Frauenstimme, die da rief. Am Nachbartisch drehte sich eine junge Frau um. Sie war auf eine ganz einfache Art hübsch. Kurze braune Haare, eine zierliche Figur, ein angenehmes Gesicht.

„Ja?"

„Dein Jägerschnitzel ist fertig!" Die Bedienung aus der

Küche schwenkte einen Teller.

„Komme schon!"

Als Moni sich mit ihrem Essen am Nachbartisch niederließ, starrten wir sie an. Genau in dem Moment, als ich den Stuhl zurückgeschoben hatte, um Max und Steinschulte zu suchen, wurde die Musik leiser.

„Sind Sie Moni König?" fragte ich unvermittelt.

Moni blickte überrascht auf. „Allerdings. Kennen wir uns?"

„Nein, nein, es ist nur-" Ich hörte eine Stimme, die durchgab, daß der Zweite Vorsitzende der Schützenbruderschaft jetzt eine wichtige Durchsage machen wolle.

„Es gibt jemanden, der sie unbedingt sprechen muß!" brachte ich hektisch heraus.

Alexa blickte mich verzweifelt an. „Es ist etwas Furchtbares passiert!" wandte sie sich dann an Moni.

„Was denn?" Moni blickte ängstlich.

„Eigentlich dürfen wir gar nicht-" warf ich ein, doch Alexa saß schon bei Moni am Tisch.

Alfons Reckerts Stimme war zu hören. Die Leute an den Nachbartischen waren ganz still geworden, um besser zuhören zu können.

„Ihr Mann Wilfried", sagte Alexa leise. „Er ist tot." Moni starrte uns an. Erst Alexa, dann mich. Sie hatte einen so unbeweglichen Gesichtsausdruck, wie ich ihn noch nie zuvor bei einem Menschen gesehen hatte.

„Er ist -was?" Moni sprach so leise, daß sie kaum zu verstehen war. Im Hintergrund war weiter Alfons Reckerts Stimme zu hören. „...aufgrund des tragischen Todes unseres Schützenbruders Wilfried König möchten wir innehalten, um für ein paar Augenblicke seiner zu gedenken-"

„Der Wilfried ist- ist tot? Aber warum denn?"

„Er ist gestürzt und ganz unglücklich mit dem Kopf auf einen Stein geschlagen", erklärte ich vorsichtig.

„Auf einen Stein? Auf was für einen Stein?"

„Moni?" Max und Kommissar Steinschulte standen

plötzlich vor dem Tisch. Moni König starrte sie mit einem leeren Blick an. Es war totenstill. Auch aus der Schützenhalle drang kein einziger Laut. Hunderte von Menschen standen unter Schock.

„Stimmt das?" fragte Moni fast tonlos. „Ist der Wilfried wirklich tot?"

Fast unmerklich nickte Max mit dem Kopf.

Es machte *platsch*, als Moni König mit dem Gesicht in ihr Jägerschnitzel fiel.

5

Das Rinderbuch hatte Alexa nicht mehr gebraucht. Ein Entspannungsbad mit Citronellöl, von dem sie pro Monat ungefähr eine ganze Flasche benötigte, hatte ausgereicht, um sie nach ungefähr fünf Sekunden im Bett zum Einschlafen zu bringen. Ich selbst tat mich da schwerer. Außergewöhnliche Ereignisse machten mich derart aufgekratzt, daß an Einschlafen gar nicht zu denken war. Max ging es genauso, und so saßen wir in meinem Wohnzimmer bei einem Glas Wein und versuchten, etwas Abstand zu gewinnen.

„Moni war völlig fertig", murmelte Max.

„Mhm!"

„Die beiden waren vier Jahre verheiratet." Max war für seine Verhältnisse richtig redselig. „Sie haben sich bestimmt Kinder gewünscht."

„Mag sein!" antwortete ich trocken. „Aber sicher nicht voneinander."

Max fuhr aus seiner Melancholie heraus. „Wie meinst du das denn?" Seine Stimme war reine Empörung.

„So, wie ich es sage", erklärte ich. „Die beiden standen unmittelbar vor der Trennung."

„Du spinnst!" fauchte Max. „Ich bin in Stichlingsen geboren. Meinst du, ich wüßte nichts davon, wenn-"

„Du bist in Stichlingsen geboren. Nur leider wohnst du inzwischen nicht mehr da. Im Gegensatz zu Doris Ratzbach, zu der ich, wie du weißt, ausgezeichnete Kontakte unterhalte."

„Jetzt sag schon! Hast du von ihr etwas gehört?"

Oh ja, das hatte ich. Auf dem Weg vom Eßraum nach draußen war ich ihr ein zweites Mal über den Weg gelaufen.

„Ist das wirklich wahr?" hatte sie mich aufgeregt gefragt. „Ist der König wirklich tot?"

„Ganz sicher!" hatte ich geantwortet. „Der König ist tot."

Und dann hatte Doris losgelegt. Über den König und seine letzte Kegeltour. Und diese Perle, die der König sich da aufgerissen hatte. Die der Moni von unten nicht das Wasser hatte reichen können. Aber daß er wie weggewesen war von dieser Frau. Zumindest die ersten drei Monate. Erst als Moni ihn vor die Tür hatte setzen wollen, da war er zur Besinnung gekommen. Da hatte er geschnallt, daß die Perle aus Kuhschiß-Hagen, diesem kleinen Kaff bei Sundern, wohl doch nicht so der Renner gewesen war. Daß er lieber doch bei seiner Moni und im neugebauten Haus bleiben wollte. Er hatte gemerkt, daß er plötzlich außen vor war, im Kegelclub, im Schützenverein, überall, wo er hinkam ohne die Moni. Er brauchte das Dorf, hier war seine Heimat, sein Rückhalt, sein festgefügtes Leben. Allerdings war es da zu spät gewesen. Die Moni hatte nämlich auch ihren Stolz. Die ließ sich ja nicht monatelang von einer Kuhschiß-Hagener Kegelmieze auf der Nase herumtanzen, um dann, ganz die liebe Ehefrau, wieder für ihren Gatten die Hemden zu bügeln. Zum nächsten Ersten sollte der Wilfried draußen sein, aus dem Haus. Bis dahin durfte er im Kinderzimmer schlafen, oder da, wo einmal das Kinderzimmer sein sollte. So war das mit dem König und der Moni. Allerdings hatte der König sich jetzt wohl in den Kopf gesetzt, seine Frau zurückzuerobern. Glaubte Doris jedenfalls. Aber da würde er an der Moni zu

32

knacken haben. Denn die war stur. Für die war der König gestorben. In dem Moment hatte Doris gestutzt. „Oh Gott!" hatte sie gestammelt. „Oh Gott! Und jetzt ist der König wirklich tot."

Max war ehrlich platt. „Das gibt's doch gar nicht. Da lacht der König sich auf der Kegeltour eine Freundin an? Eine, mit der er auch nachher noch zusammenbleiben will? Der spinnt doch, der König. Der hat doch die Moni gar nicht verdient. Nutzt die erstbeste Gelegenheit und geht fremd!" Dann schaute Max mich plötzlich fragend an. „Warum wollte er denn dann Schützenkönig werden? Kannst du mir das erklären?"

„Nun, wahrscheinlich hatte er tatsächlich vor, seine Frau zurückzugewinnen. Da war es doch eine ganz phantastische Idee, sie zur Schützenkönigin zu machen." Ich konnte mir ein Grinsen nicht verkneifen und geriet ins Schwärmen. „Wenn ich an diesem Wochenende etwas gelernt habe, dann ist es, welche Bedeutung das Schützenfest im Sauerland hat. Gibt es etwas Großartigeres, als einmal an der Spitze des Dorfes zu marschieren und die Schützenkette um den Hals zu tragen? Da spart man doch gerne, um seiner Frau ein teures Kleid zu spendieren und sie zur Königin zu machen. Oder gibt es etwas Erstrebenswerteres, als die Schützenfahne tragen zu dürfen, noch dazu in Uniform? Ich kann es mir kaum vorstellen. Ein Posten als Fähnrich hat sicherlich viele Arbeitsstunden gekostet, glaubst du nicht? Aber all das ist nichts gegen ein Pöstchen im Vorstand. Denk nur, du darfst die Jahreshauptversammlung leiten oder das Geld ausgeben, das die lieben Schützenbrüder das Jahr über eingezahlt haben. Ist das nichts?"

Max blickte hoch und sah mich ärgerlich an. „Weißt du was? Deine selbstgefällige und arrogante Art kotzt mich an. Es mag ja sein, daß du als Pauker es als unter deiner Würde betrachtest, dich solchen ehrenamtlichen Tätigkeiten hinzugeben, aber, Gott sei Dank, gibt es welche, die das anders sehen." Ich blickte Max verwirrt an. So aufbrausend hatte ich ihn noch nie erlebt.

„Wenn ich etwas nicht ausstehen kann, dann ist das diese abartige Oberlehrerarroganz. Die habe ich in meinem Leben zur Genüge erfahren. Man braucht nicht mitzumachen beim Schützenfest, ganz klar. Aber sich darüber lustig zu machen ist eine andere Sache. Weißt du was? Ich kann mir vorstellen, daß es für jemanden wie Bernhard Schnell eine Freude ist, die Schützenfahne zu tragen. Bernhard Schnell ist Staplerfahrer bei Osterfeld. Den ganzen Tag macht er nichts anderes als Paletten von einem Ort zum anderen zu fahren. Dafür dankt ihm keiner, dafür lobt ihn keiner. Er fährt einfach und macht seine Arbeit. Kannst du dir nicht vorstellen, daß es für ihn toll ist, einmal im Jahr ganz andere Aufgaben zu übernehmen? Aufgaben, die für ihn wichtig sind? Wobei Leute zuschauen und ihm zuwinken und ihm für seine Tätigkeit in der Schützenbruderschaft danken? Ich kann es mir vorstellen."

„Max, jetzt reg dich doch nicht so auf!" versuchte ich zu beschwichtigen. „Ich hab doch nur-"

„Du hast dich eben nur lustig gemacht!" unterbrach Max mich wütend. „Mein Vater hat sich auch immer nur lustig gemacht. Er hat auch nur immer seine Ironie und seinen Sarkasmus eingesetzt, ohne zu wissen, wie verletzend das sein kann. Er hatte dasselbe Scheiß-Oberlehrer-Verhalten wie du." Max kam jetzt fürchterlich in Fahrt. Mir war klar, daß er die Ebene einer sachlichen Diskussion längst verlassen hatte. Er trug da etwas anderes aus, etwas, das vielleicht durch das Zusammentreffen mit Christoph Steinschulte aufgebrochen war.

„Wir haben in Stichlingsen gewohnt. Wir haben dort gewohnt, ja, aber meinst du, mein Vater wäre in der Lage gewesen, auch nur einen vernünftigen Satz mit den Leuten im Dorf zu wechseln? Oh nein, er wußte schon, wo er hingehörte, unser Herr Studiendirektor für Physik und Mathematik. Klar, die Natur und die Ruhe des Dorfes sind ja ganz nett, aber den ganzen Rest, die Menschen zum Beispiel, muß man ja deswegen nicht so ernst nehmen. Wir wissen ja, wo wir stehen. Übrigens, unser Sohn

Maximilian studiert jetzt Jura. Er hat die Prüfungen natürlich vorgezogen. Sein Professor hat ihm schon jetzt geraten, seine Doktor-Arbeit bei ihm zu schreiben. Unser Maximilian, ja, da darf man ganz große Hoffnungen haben. Der macht seinen Weg. Der weiß, was er will. Der will nach ganz oben." Max' Stimme war jetzt regelrecht schrill geworden. „Aber leider läuft das Leben nicht immer so, wie man sich das vorstellt. Es läuft einfach nicht immer so, verstehst du?" Max blickte mich verzweifelt an.

„Ich habe eine Zeit erlebt, in der ich nicht mehr ein noch aus wußte, wo ich Eltern gebraucht hätte, die mir zuhören können, die mich bedingungslos unterstützen, denen alle Äußerlichkeiten egal sind. Aber die gab es nicht für mich. In dieser Zeit habe ich gemerkt, welche Menschen wirklich ein Gefühl für die wichtigen Dinge des Lebens haben. Dazu gehörten zum Beispiel mein Sandkastenfreund Peter Baumüller und seine Familie. Ich habe damals ganze Nächte in Baumüllers Küche verbracht. Wir haben geredet und geredet, und sie haben mir geholfen, diese Zeit so einigermaßen durchzustehen. Peters Vater ist Erster Vorsitzender des Schützenvereins, Jupp Baumüller. Es ist der, der im Moment mit einem Rückenleiden flach liegt. Jupp Baumüller ist einer von denen, die sich für alles und jeden einsetzen, die immer ansprechbar sind, wenn im Dorf Hilfe gebraucht wird. Vielleicht kannst du jetzt verstehen, warum ich es nicht ausstehen kann, wenn man sich über Menschen wie ihn lustig macht."

Ich kam nicht dazu, eine Antwort zu geben. Denn in diesem Moment klingelte ein Handy in Max' Jacke. Er griff in seine Tasche und drückte einen Knopf. Er wirkte überrascht über den Anrufer und erzählte dann jemandem von den Ereignissen des Tages. Ich holte in der Zwischenzeit eine Tüte Salzstangen. Aufmerksam wurde ich erst wieder, als Max das Gespräch abschloß: „Aber klar doch, Jupp! Mach ich. Ich komme morgen vorbei."

Trotz aller Niedergeschlagenheit mußte ich grinsen, als Max sein Handy in die Tasche steckte. Mein Kumpel blickte fragend.

„Ist es nicht wunderbar, das Sauerland?" fragte ich und nahm einem Schluck Wein. „Wir sind das verknüpfteste Internet, das die Welt zu bieten hat. Und das allerbeste daran: Wir brauchen noch nicht mal Computer dazu!"

6

Als ich am nächsten Morgen durch den schuleigenen Park Richtung Hauptgebäude schlurfte, mußte ich noch einmal an Max denken. Nach dem Telefongespräch war seine Offenheit vorbei gewesen. Trotz einiger Nachfragen kein Wort mehr über jene Zeit, da es ihm so schlecht gegangen war. Er brauchte halt Zeit, der Max. Irgendwann würde er vielleicht den letzten Schritt tun und auch den Rest herauslassen. Doch es war offen, wie lange das noch dauern würde. Mit einem Blick auf die Uhr entschied ich kurzerhand, vor der ersten Stunde gar nicht erst ins Lehrerzimmer hinaufzugehen, sondern mich sofort auf den Weg in meine erste Klasse zu machen, die 9b. Meine Zeitplanung war an diesem Montagmorgen wieder einmal nicht gerade üppig ausgefallen. Aber es gab noch etwas anderes, das mich davon abhielt, der geballten Kollegenschaft schon um diese Uhrzeit zu begegnen. Ich konnte einfach gut und gerne darauf verzichten, schon in den frühen Morgenstunden auf mein Mitmarschieren im Hofstaat von Stichlingsen angesprochen zu werden. Mit einem Blick in die Zeitung hatte ich mich zwar davon überzeugt, daß ich nicht etwa auf einem Foto abgebildet war, aber ich war sicher, daß einige Leute dafür gesorgt hatten, daß mein Auftritt nicht gerade eine Geheimaktion blieb. Die Zeitung hatte natürlich den Todesfall im Zusammenhang mit dem Stichlinger Schützenfest groß herausgebracht. Schützenkönig Dirk und Königin Elke gingen in ihren schicken Klamotten ziemlich unter.

Punkt acht Uhr stand ich vor der Tür. Der Lärm von innen war nicht zu verachten. Ich holte nochmal tief Luft und verabschiedete mich endgültig vom Wochenende. Diese letzten Tage vor den Sommerferien waren in der Regel nicht gerade das, wovon man vor seiner Lehrerlaufbahn immer geträumt hatte. Die Zeugniskonferenz war letzte Woche schon gelaufen, die großen Unterrichtsreihen für gewöhnlich beendet, die Motivation bei strahlendem Sonnenschein und geöffneten Freibädern auf dem Tiefpunkt. Blieb also fröhliches Unterrichten bis zum Feriencountdown. Als ich die Tür öffnete, wurde es schlagartig still. Einen Moment später begann ein neuer Krach. Irgend jemand hatte einen Cassettenrekorder mitgebracht, aus dem laute Blasmusik erscholl. Die Schüler kringelten sich. „Wir dachten, Sie stehen auf so was!" brüllte Steffen aus der letzten Reihe und ahmte einen Paukenspieler nach.

„In der Tat, allerdings nur am Wochenende!" konterte ich und stellte die Musik ab. „In der Woche gehe ich nach wie vor meinem Nebenjob nach und unterrichte euch!"

„Können wir heute nicht Eis essen gehen?" fragte Carola genervt. „Die Konferenzen sind doch eh gelaufen."

„Das heißt aber nicht, daß es für euch nichts mehr zu lernen gibt", verkündete ich freudestrahlend. „Zum Abschluß des Schuljahres werden wir uns ein paar moderne Gedichte ansehen und-"

„Wir müssen noch beten!" unterbrach Angela mich.

„Und nicht nur das", antwortete ich. „Soviel ich weiß, haben wir uns noch gar nicht begrüßt."

Genau in diesem Moment ging die Feuersirene los. Daniel, der in der ersten Reihe direkt vor dem Pult saß, griff gelangweilt nach dem Klassenbuch. Alle standen auf und schlenderten zur Tür. Es war bereits der fünfte Feueralarm in diesem Monat. Seitdem die Feuermeldeanlage ausgetauscht worden war, spielte das System verrückt. Inzwischen kannte ich sämtliche Rettungswege aus allen Gebäudeteilen auswendig.

„Daniel, du gehst als erster Richtung Getränkeautomaten, von da aus nach draußen, keiner überholt oder rennt! Ich gehe als letzter. Denkt immer dran: Es könnte auch ein echter Alarm sein." Ich konnte es den Kindern nicht verübeln, daß sie losprusteten. Lennart wollte noch seinen Walkman holen, doch ich trieb ihn mit in den Flur.

„Wenn's brennt, kannst du auch nicht zurücklaufen, um in Ruhe Musik zu hören."

„Wenn's brennt!" Lennart schnaubte. „Wenn's brennt, glaubt's eh keiner mehr!"

Unterwegs trafen wir die restlichen Klassen aus dem Flur. Ein fröhliches Gegacker entstand. Neben mir lief Roswitha Breding, meine Chemie- und Biokollegin.

„Diesmal kommt der Alarm gar nicht so schlecht!" flüsterte sie mir zu. „Ist doch ein ganz netter Einstieg in die Woche!"

Auf dem Schulhof war mächtig was los. Einige Lehrer standen an den Ausgängen, um zu verhindern, daß die Schüler den Schulhof verließen, bevor Entwarnung gegeben war. Kollege Sondermann rannte umher und versuchte, ein paar Schüler vom Fußballspielen abzuhalten. Ich stellte mich mit meiner Klasse zu Leo, der mit seinem Trupp gerade aus der Sporthalle gekommen war. Mein Sportkollege Leo, ein drahtiger Typ mit einem Lockenkopf und einer herausragenden Nase, hatte mir im Frühjahr den Einstieg als Lehrer sehr erleichtert.

„Wie ich hörte, ist in Stichlingsen am Abend noch ein Unfall passiert", sprach er mich jetzt an.

„Falls es denn ein Unfall war", sagte ich achselzuckend. Ich erzählte, daß ich selbst zu denen gehört hatte, die Wilfried König sterbend gefunden hatten. „Die Kripo ist an dem Fall dran. Sie untersuchen, ob Fremdverschulden im Spiel gewesen sein kann."

„Das gibt's doch gar nicht!" stieß Leo aus. „Jetzt bist du erst seit einigen Monaten hier und hast schon zum zweiten Mal mit einem Mordfall zu tun."

Ich verdrehte die Augen. Es war nämlich auch Leo gewesen, der mich damals dazu überredet hatte, den Tod meines Vorgängers am Elli zu untersuchen. Ich konnte nicht gerade sagen, daß ich das Bedürfnis verspürte, weitere Fälle in Angriff zu nehmen. Ich winkte daher ab.

„Nein nein, Leo. Erstens ist noch gar nicht klar, ob tatsächlich an dem Unfall etwas nicht in Ordnung war. Zum anderen habe ich kein Interesse, mich nochmal als Detektiv aufzuspielen. Es waren gestern zwei Kripobeamte da, die den Fall sicherlich zu aller Zufriedenheit bearbeiten werden." Ich kam mir vor wie ein Pressesprecher, der ein paar pöbelnde Journalisten abfertigen will. „Übrigens ist einer der beiden ein alter Kumpel von Max. Er wirkt ganz pfiffig und wird die Sache schon in den Griff bekommen."

„Ein Kumpel von Max? Das ist ja hochinteressant", erklärte Leo. „Dann seid ihr ja ganz dicht an der Polizeiarbeit dran." Ich kam kaum noch dazu, die Augen zu verdrehen, weil in diesem Moment Schwester Wulfhilde zu uns stieß.

„Ich finde es ja ganz großartig, daß Sie sich schon so gut bei uns eingelebt haben", zwitscherte sie. „Man soll es ja nicht für möglich halten, daß Sie als Rheinländer bereits in einem Schützenverein engagiert sind."

„Nicht wahr, Schwester Wulfhilde?" Leo war ganz der liebenswerte Kollege. „Ich bin sicher, unser lieber Herr Jakobs wird im kommenden Jahr gar den Vogel herunterholen."

„Worauf du dich verlassen kannst!" grunzte ich. „Allerdings bestehe ich darauf, daß du zusammen mit Schwester Wulfhilde den Hofstaat anführst." Leo lächelte süß.

„Aber ich glaube, wir halten unseren engagierten Sportkollegen auf", flötete ich mit Augenaufschlag in Richtung Wulfhilde. „Der unermüdliche Herr Brussner hat eben erklärt, er wolle die Zeit des Feueralarms nutzen, um mit seiner Sportgruppe einen Langlauf in den Wald bis zur Antoniuskapelle zu unternehmen. War es nicht so, Leo?"

„Genauso ist es!" zischte Leo zwischen den Lippen hervor. Er wandte sich an seine Schülerinnen: „Los, Leute! Jana, Steffi! Wir setzen uns in Bewegung!" Ein unvorstellbares Stöhnen setzte ein. Einige protestierten lautstark, verstummten aber, als sie Schwester Wulfhilde neben ihrem Sportlehrer stehen sahen. Dann setzte sich der Trupp in Bewegung. Es waren die Mädchen der 10c, die ich in Deutsch hatte. Ihr Aussehen ließ darauf schließen, daß Sport nicht ihr Lieblingsfach war, vor allem, weil es Frisur, Piercing und Schminke ernsthaften Gefahren aussetzte. Ihr Tempo war bahnbrechend. Wie eine Kuhherde tuckerten sie hinter Leo her, gackerten empört über diese unglückliche Wendung, nachdem der Unterricht beinahe flachgefallen wäre, und versuchten, auch beim Laufen möglichst nicht ins Schwitzen zu geraten.

„Ist es nicht schön zu sehen, daß man aus jeder Situation doch noch einen Nutzen ziehen kann?" philosophierte Schwester Wulfhilde. „Eine gelungene Abwechslung solch ein Dauerlauf durch Gottes schöne Natur! Vielleicht sollten Sie sich auch auf den Weg machen! Es wäre doch zu schade, wenn Ihr beliebter Unterricht ausfallen müßte. Soviel ich weiß, ist im Park noch der Pavillon frei. Ihre Schüler werden darauf brennen, Ihrem Unterricht gewissermaßen unter freiem Himmel zu folgen."

Eigentor.

Klassisch.

Selbstverschuldet.

„Aber natürlich, Schwester Wulfhilde!" trällerte ich. „Eine Gedichtreihe 'Open-Air' ist das, was mir schon immer insgeheim vorschwebte. Gibt es etwas Schöneres, als einem modernen Gedicht zu lauschen, während nur durch das Pavillondach verdeckt eine weiße Federwolke vorbeizieht und an die Unendlichkeit des Himmels gemahnt?"

Schwester Wulfhilde strahlte. „Ist es nicht schön, Herr Jakobs, daß wir in so vielen Dingen einer Meinung sind?"

7

Max fühlte sich einfach nicht wohl in seiner Haut. Es überkam ihn nicht zum ersten Mal der Gedanke, daß er einen Fehler gemacht hatte, als er Jupp Baumüller eine Zusage gegeben hatte. Natürlich konnte er verstehen, daß Jupp gerne jemanden in der Krisensitzung haben wollte, der ihm nachher genau Bericht erstatten konnte. Aber hätte das nicht genauso jemand von den Vorstandsmitgliedern machen können? Man wurde den Gedanken nicht los, daß Jupp seinen eigenen Leuten nicht recht traute und mit Max lieber einen unabhängigen Beobachter da haben wollte. Dabei war es gar nicht so einfach für ihn gewesen, Max in die Krisensitzung reinzubekommen. Natürlich hatten die anderen groß geguckt, daß Max, der mit der Schützenbruderschaft ja nun gar nichts zu tun hatte, teilnehmen sollte. Aber dann hatten sie sich doch zurückgehalten, wohl Jupps wegen, und hatten zugestimmt, daß Max, sozusagen als Jupps Vertreter, anwesend sein durfte. Max schaute sich um. Zumindest vom Sehen kannte er die meisten Anwesenden. Da war Alfons Reckert, der Zweite Vorsitzende, der schon wieder eine Birne hatte, als würde er gleich einen Herzinfarkt kriegen. Dann Jürgen Hebel, der Kassenführer des Vereins, der vor eineinhalb Jahren im Ort gebaut hatte. Max kannte ihn nur von zwei Taxifahrten her. Das einzige, was ihm jetzt an Jürgen Hebel auffiel, waren seine Schuhe. Er trug weiße College-Schuhe, dieselbe geschmacklose Sorte, die Max bei einem Bochumer Zahnarzt gesehen hatte, bei dem er vor Jahren in Behandlung gewesen war. Ganz offensichtlich gab es die Modelle heute immer noch.

Neben Jürgen Hebel hockte Kurt Wiesner, der wahrscheinlich das Amt des Schriftführers bekleidete. Jedenfalls hatte er sich schon Zettel und Stift bereitgelegt, um bei der Sondersitzung mitschreiben zu können. Außerdem saß Dirk Beierle da, der Schützenkönig, der eigentlich an diesem Montag morgen hätte abgelöst werden sollen, wenn da nicht dieser tragische Zwischenfall gewesen wäre. Dirk sah nicht gerade aus, als sei er in Hochform. Sein Gesicht war blaß und die Augen nur ein paar Millimeter weit auf. Ganz offensichtlich hatte er sich am Tag zuvor etwas übernommen. Passend zu seinem verschlafenen Auftreten hatte er die Königskette falschrum umgehängt. Die klimpernden, goldfarbenen Orden hingen ihm auf dem Rücken.

Offensichtlich waren immer noch nicht alle da, obwohl es bereits fünf nach zwölf war. Dann öffnete sich noch einmal die Tür und ein weiterer Offizier trat ein, Rudi Winkler. Er war so alt wie Max und mit ihm zusammen in die Grundschule gegangen. Er setzte sich neben zwei Offiziere, die Max nicht namentlich kannte.

„Ich mußte den Frauen noch die Container ranziehen", erklärte Rudi. „Das hätten die alleine nicht geschafft."

In der Tat war eine Gruppe von bestimmt fünfzehn Frauen damit beschäftigt, die Schützenhalle zu putzen. Aus diesem Grund hatte man sich in den Eßraum zurückgezogen. Hier blinkte es schon, als hätte gar kein Schützenfest stattgefunden.

Alfons Reckert begann, die Anwesenden zu begrüßen. Es war zum Schießen. Er tat, als sei es eine Selbstverständlichkeit gewesen, daß das Fest abgebrochen worden war. Max prustete in sich hinein. Hätte Johannes Osterfeld nicht zu einer kleinen Machtdemonstration gegriffen, hätte Reckert sein Vogelschießen womöglich durchgedrückt. Wenn aber der große Sponsor und Gönner der Schützenbruderschaft St. Sebastianus seine Stimme erklingen ließ, dann war jemand wie Alfons Reckert kleiner als jede Küchenschabe.

Der Zweite Vorsitzende bedankte sich ausführlich beim Schützenkönig, der sich bereit erklärt hatte, ein Jahr länger im Amt zu bleiben. Dirk Beierle antwortete mit einem Gähnen. Dann grüßte Reckert den Schützenoberst Gerhard Streiter, der trotz der Verwandtschaft zu Wilfried König am Treffen teilnahm.

„Das bin ich ihm doch schuldig", sagte der blasse

Gerhard Streiter bescheiden, und die anderen Schützen applaudierten gerührt - vor allem Streiters Adjutant Berthold Griese.

Als wieder Stille eingekehrt war, schickte Reckert ein joviales Lächeln zu Max hinüber.

„Wie ihr ja mitbekommen habt, hat unser Erster Vorsitzender Jupp Baumüller, der uns in dieser schwierigen Lage ganz besonders fehlt, seinen Vertrauten Max Schneidt geschickt. Max, du kannst uns sicher Grüße von Jupp überbringen, oder?"

Max fühlte sich wie in einer Fernsehshow, in der man plötzlich, ohne Vorbereitung, vor die Kamera gezerrt wird.

„Natürlich läßt Jupp schön grüßen", antwortete Max. Er überlegte einen Augenblick. Dann sprach er weiter. „Außerdem läßt er etwas ausrichten, das ihm sehr wichtig ist. Wie ihr alle wißt, ermittelt die Kripo bezüglich des Todes von Wilfried König. Noch immer ist nicht geklärt, ob bei dem Vorfall Fremdverschulden im Spiel war. Jupp hat daher eine große Bitte. Er möchte, daß die Todesumstände eindeutig geklärt werden, und bittet dabei um intensive Unterstützung der Polizeiarbeit. Um Jupps Worte genau wiederzugeben: Es geht jetzt nicht darum, die Schützenbruderschaft aus allem rauszuhalten. Wichtig ist, daß die Todesumstände aufgeklärt werden, und dazu kann der eine oder andere von euch vielleicht etwas beitragen."

Es folgte eine kleine Pause. Keiner der Schützen reagierte direkt auf das, was Max gesagt hatte.

Endlich ergriff Jürgen Hebel das Wort. „Ich kann Jupp da nur zustimmen. Sicherlich wird sich jeder von uns den Fragen der Polizei stellen. Soviel ich weiß, werden die Beamten ja auch gleich noch zu uns stoßen, nicht wahr, Alfons?"

Reckert nickte. „Vielleicht können wir vorher noch zu einem anderen Punkt kommen. So tragisch der Unfall von Wilfried König auch ist – wir müssen uns den Fragen der Zukunft stellen. Ich brauch' euch nicht zu erklären, daß das gestern für uns eine kleine Katastrophe war. Ich

43

meine, was jetzt die Finanzen angeht! Die Renovierungsarbeiten des letzten Jahres haben uns eine Menge Geld gekostet. Das Pflaster auf dem Vorplatz, die neue Küche, die sanitären Anlagen – all das will bezahlt werden. Da kommt uns der finanzielle Ausfall des heutigen Tages nicht gerade zupaß. Und auch gestern hatten wir im Bierverkauf nicht den Gewinn, den wir im Normalfall gehabt hätten."

Den ihr gehabt hättet, wenn Königs Tod nicht verkündet worden wäre und die Leute in Ruhe weitergesoffen hätten, fügte Max in Gedanken hinzu.

„Kannst du uns hierzu schon mal einen Einblick geben, Jürgen?" wandte sich Reckert nun an den Kassenführer.

„Zu früh, zu früh!" beeilte Hebel sich zu sagen. „Erst wenn die Abrechnungen von der Brauerei da sind, kann ich dazu Genaueres sagen. Allein von meinen Schätzungen her werden wir allerdings um 40% unter den Vorjahreseinnahmen liegen."

Ein Raunen ging durch die Reihen. Max hatte zwar keine Ahnung, um welche Summe es hier ging, aber er prägte sich die 40% ein, um Jupp nachher Auskunft geben zu können.

„Scheiß Spiel!" entglitt es Reckert. „Wir werden in nächster Zukunft etwas sparen müssen. Doch dank unserer großzügigen Sponsoren werden wir wohl keinen weiteren Kredit aufnehmen müssen."

Das dürfte sich wohl auf einen einzigen Mann beziehen, dachte Max. Reckert wird schon wissen, warum er vor dem Osterfeld winselt.

In diesem Augenblick öffnete sich die Tür und die Kripo kam herein. Der bärtige Hauptkommissar Hortmann wieder in seiner speckigen Lederjacke, Christoph Steinschulte in einem Lacoste-Polohemd und einer Designer-Hose. Max blickte an sich herunter. Er trug ein kariertes Hemd, das mindestens fünf Jahre alt war, dazu eine ausgewaschene Jeans.

Wieviel verdient so ein Bulle wohl, dachte Max unvermittelt. Aller Wahrscheinlichkeit nach mehr als ein

Taxifahrer. Dann streckte er Christoph Steinschulte die Hand entgegen.

8

Die Nachricht erreichte mich während der Vorbereitung für die Geschichtsdoppelstunde in der 11. Ich hatte mir die Hoffnung abgeschminkt, daß ich in den Tagen vor den Sommerferien noch eine Chance hatte, in den Filmraum zu kommen, und machte mich nun auf zwei schwierige Stunden gefaßt. Immerhin hatte ich eine ganz originelle Quelle entdeckt, die den Schülern bestimmt gefallen würde, als das Telefon klingelte. Es war Max.

„Ich hab eine Neuigkeit aus Stichlingsen!" sagte er knapp.

Ich antwortete nicht.

„Wilfried König ist wahrscheinlich wirklich ermordet worden!"

„Das gibt's nicht. Woher weißt du das?"

„Von Christoph Steinschulte. Die Meldung muß auch unter uns bleiben, das hatte ich ganz vergessen!"

„Alexa?" fragte ich.

„In Ordnung, wenn's dabei bleibt."

„Jetzt erzähl mal. Woher weiß man das?"

„Es gibt verschiedene Hinweise, die sich bei der gerichtsmedizinischen Untersuchung sowie bei der Untersuchung des Tatortes ergeben haben. Zum einen hat man etwa zehn Meter von Königs Fundort entfernt Reifenspuren entdeckt."

„Das wundert mich", warf ich ein. „Der Boden ist ja zur Zeit knochentrocken. Da dürfte es schwierig sein, Abdrücke zu bekommen."

„Da hast du recht", stimmte Max zu. „Es sind auch keine besonders guten. Aber paß auf: Der Hammer kommt jetzt." Max ließ mich für den Bruchteil einer Sekunde zappeln, bevor er fortfuhr. „An Königs Armen sind blaue Flecken ausgemacht worden, und zwar an den Oberarmen. Es sieht aus, als hätte jemand ihn dort sehr grob gepackt, so als hätte man ihn schütteln wollen. Eine weitere leichte Prellung findet sich am Brustkorb, wahrscheinlich von einem Schlag."

„So genau kann man das sagen?"

„Steinschulte meinte, der endgültige Bericht der Medizin komme erst morgen, doch am Telefon konnte man ihm schon die ersten Ergebnisse mitteilen."

„Aller Voraussicht nach hat König sich also geprügelt oder zumindest gerangelt. Aber kann das nicht auch schon einige Zeit vorher passiert sein? Auf dem Schützenfest? Während der tödliche Sturz ganz ohne Einwirkung passierte?"

„Natürlich ist das theoretisch möglich", gab Max zu. „Aber man muß sich einfach fragen, was wahrscheinlicher ist."

Im stillen mußte ich meinem Freund recht geben.

„Die letztendliche Todesursache war der Sturz auf diesen Grenzstein", erzählte Max.

„Das hatten wir ja auch vermutet", murmelte ich.

„Man kann sicher sagen, daß der Fundort auch der Tatort war. Außerdem paßt die Wunde am Kopf zu dem Stein. Darauf hat man übrigens mehrere blutverklebte Haare gefunden."

„War dieser Wilfried König eigentlich stark alkoholisiert?" wollte ich wissen.

„Das kann man wohl sagen! 1,8 Promille hatte er im Blut. Er dürfte ziemlich geschwankt haben, als er sich auf den Weg machte."

„Das wiederum spricht doch für einen Unfall", warf ich ein. „Der Mann war sturzbetrunken. Kein Wunder, wenn der gestolpert und auf diesen Stein geknallt ist."

„Es gibt noch ein interessantes Detail", fügte Max hinzu. „An Wilfried Königs Pullover hat man etwas entdeckt. Sein Sweatshirt hatte einen Reißverschluß am Ausschnitt, und an dem haben sich zwei Fädchen verheddert, weiße

Baumwollfädchen, die bei einem Kampf oder Stoß hängengeblieben sein könnten."

„Kann man damit etwas anfangen?" fragte ich gespannt.

„Sie stammen von einem Kleidungsstück, das mit einem extrem dünnen Faden gesponnen ist. Von einem Handschuh zum Beispiel", erklärte Max. „Die Fädchen könnten von weißen Handschuhen stammen."

„Du bist ja verrückt. Weiße Handschuhe. Wir haben Hochsommer. Kein Mensch trägt bei diesem Wetter Handschuhe."

„Wir haben Hochsommer, das stimmt", sagte Max lässig. „Aber wir haben Schützenfest. Und da tragen eine ganze Menge Leute weiße Handschuhe. Passend zu ihren Uniformen."

9

Alexa öffnete das Fenster ihres Wagens und ließ die Haare flattern. Es war ein wunderschöner Morgen und es hatte ihr heute nicht das geringste ausgemacht, die Hausbesuche zu übernehmen. „Stallbesuche" wäre wohl angebrachter. Denn meistens trieb man sich als Tierärztin ja nicht gerade in gemütlich eingerichteten Wohnzimmern herum, sondern in halbdunklen, muffigen Kuhställen oder in klinisch sauber gekachelten Schweineställen, in denen auch die Schweine aussahen, als hätten sie niemals die Suhle des Lebens kennengelernt. In der Regel durften sie ja auch nur ein einziges Mal einen Blick drauf werfen, auf die Welt da draußen, und zwar auf dem Weg zum Viehtransporter.

Alexa drehte das Radio an. „I got my mind sad on you", schallte es aus den miserablen Lautsprechern, und Alexa sang lauthals mit. Zugegebenermaßen war sie heute besonders erpicht auf die Hausbesuche gewesen, und das hatte einen einfachen Grund. Es war ein Termin in

Stichlingsen dabei, in einem Pferdestall im Hohlen Weg. Eigentlich konnte Alexa sich von diesem Besuch nichts anderes erhoffen als ein bißchen Klatsch und Tratsch, aber wer wußte das schon?

Alexa hatte jetzt Stichlingsen erreicht und bog rechts in den Hohlen Weg ein. Sie ließ eine kleine Ansiedlung von fünf oder sechs Häusern hinter sich und fuhr dann auf einem Privatweg zum Hof Breischert. Hier standen ein paar Pferde von Privatleuten, unter anderem das von Beate Kleinert, das heute untersucht werden sollte.

Als Alexa auf dem Hof hielt, kam eine Frau aus dem Stall.

„Guten Tag. Frau Kleinert?" fragte Alexa und gab ihr die Hand. Die Frau packte fest zu.

„Ganz genau! Kommt heute nicht Dr. Hasenkötter?"

Alexa ärgerte sich. Sie nahm es immer persönlich, wenn Leute nach ihrem Chef fragten.

„Sieht nicht so aus!" sagte sie deshalb frech und schämte sich im selben Augenblick. Natürlich hatte die Frau den Hasenkötter erwartet. Schließlich war er beim ersten Mal hiergewesen, um das Pferd zu behandeln. Als Kunde wünschte man sich natürlich, daß die Behandlung kontinuierlich von einer Person weitergeführt wurde.

„Es war nicht so gemeint", entschuldigte Beate Kleinert sich. „Ich dachte nur-"

„Um Gottes willen, entschuldigen Sie sich nicht!" Alexa war die Sache peinlich. „Ich kann gut verstehen, daß Sie mit meinem Chef gerechnet haben, aber Dr. Hasenkötter war leider verhindert. Er hat mich aber genauestens über die Krankheitsgeschichte Ihres Pferdes informiert."

„Das ist gut!" Beate Kleinert lief vor Alexa in den Stall hinein. In der hintersten Box stand der Patient, ein prachtvoller Fuchs, der aufgeregt in der Box tänzelte, als Alexa sich näherte.

„Ein wunderschönes Tier!" schwärmte Alexa.

Beate Kleinert lächelte stolz. „Das ist er", stimmte sie zu. „Ruhig, Boris, ruhig", redete sie nun auf den Patienten ein, während sie ihm sanft den Hals strich. Ich mußte grinsen. Der Name war für dieses rotbraune Pferd ein echter Treffer.

„Dann hat Ihnen Dr. Hasenkötter also erzählt, daß Boris sich am Stacheldraht das Bein aufgerissen hat?"

„Hat er!" bestätigte Alexa. „Er hat die Wunde mit acht Stichen genäht, hörte ich. Dann will ich mir die Sache heute einmal anschauen. Am besten halten Sie Ihr Pferd vorne. Ich kann dann in Ruhe den Verband entfernen."

Die Zusammenarbeit klappte wunderbar. Boris wurde unter Frau Kleinerts Hand schnell ruhig und ließ sich willig behandeln. Die Heilung der Wunde war ganz anständig. Hasenkötter hatte bei der Primärbehandlung eine Drainage gelegt. Diese konnte Alexa nun weglassen, da die Wunde nicht mehr näßte. Sie griff nach der Heilsalbe, die sie sich zurechtgelegt hatte, und strich das durchsichtige Zeug vorsichtig auf. Als sie den Verband anlegte, bot sich die Gelegenheit zu einem Gespräch. „Wohnen Sie selbst auch in Stichlingsen?" fragte Alexa wie beiläufig.

„Ja, gar nicht weit weg!" antwortete Beate, während sie weiter das Pferd streichelte. „Ich wohne am anderen Ende des Dorfes und kann praktisch mit dem Fahrrad zum Stall kommen."

„Stichlingsen ist ja im Moment täglich in der Presse", palaverte Alexa und kam sich im selben Moment vor wie ein altes Waschweib.

„Da sagen Sie was!" Beate hielt einen Augenblick in ihrer Tätigkeit inne. „Die Sache mit dem König ist wirklich ganz grauenhaft. Und stellen Sie sich bloß vor: Angeblich ist er gar nicht durch einen Unfall gestorben, sondern umgebracht worden."

„Was Sie nicht sagen!" Alexa kam sich saublöd vor. „Wie kommt man denn darauf?"

„Nun, schließlich rennt die Polizei durchs ganze Dorf und stellt Fragen. Meinen Sie, das machen die zum Spaß?"

„Ganz bestimmt nicht!"

„Genau! Die Kripo wäre doch längst wieder verschwunden, wenn es sich um einen ganz normalen

Unfall gehandelt hätte. Statt dessen macht sie alle Leute verrückt, als liefe hier tatsächlich ein kaltblütiger Mörder herum. Oder können Sie sich vorstellen, daß jemand aus Stichlingsen mit dieser Sache etwas zu tun hat?"

Alexa versuchte auszuweichen. „Nun, eigentlich kenne ich in Stichlingsen die Leute nicht so gut wie die Tierwelt. Keine Ahnung, ob hier auch Mörder herumlaufen."

„Auf jeden Fall könnten sie endlich mal die Moni in Ruhe lassen. Die ist ja schon völlig fertig. Und sie hat nun wirklich nichts damit zu tun."

„Die Moni ist die Frau von Wilfried König, nicht wahr?"

„Genau. Außerdem ist sie meine Freundin. Wir kennen uns schon seit Ewigkeiten und sind zusammen im Kegelverein. Ich kenne die Moni. Die könnte im Traum keinen Mord begehen, da bin ich ganz sicher. Natürlich hatte sie Streß mit dem Wilfried. Das weiß das ganze Dorf. Aber das war ja schließlich nicht ihre Schuld. Das war vielmehr dem Wilfried seine Schuld. Wenn der meint, er müßte sich da eine Tussi anlachen, dann ist es doch klar, daß die Moni nichts mehr mit ihm zu tun haben will. Aber deshalb bringt man doch keinen um, oder?"

„Ich war noch nie in einer solchen Situation!" Alexa stellte sich einen Augenblick lang ernsthaft vor, wie es wäre, wenn sie Vincent plötzlich mit einer anderen erwischen würde. Wenn sie ehrlich war, fielen ihr gleich mehrere originelle Tötungsarten ein, um ihrer Eifersucht Befriedigung zu verschaffen.

„Natürlich bringt man deshalb niemanden um!" beeilte sich Alexa zu sagen. „Da gibt es ja schließlich andere Möglichkeiten, um sich frei zu machen."

„Genau! Und das hat die Moni auch getan. Sie hat jeglichen Kontakt zu ihm abgebrochen, obwohl das gar nicht so einfach war, denn der Wilfried wohnte ja noch im Haus. Er hatte sein Bett im Gästezimmer stehen, und die Moni tat alles, um ihm aus dem Weg zu gehen. Das war bestimmt nicht immer einfach, denn der Wilfried war ja längst kuriert. Der wollte die Moni zurückerobern und laberte ständig auf sie ein. Können Sie sich vorstellen, daß er sogar Schützenkönig werden wollte? Er glaubte allen Ernstes, daß die Moni dann vor lauter Glück an seine kantige Männerbrust zurückkehren würde."

„Aber das hatte sie doch nicht wirklich vor?" fragte Alexa unschuldig.

„Wo denken Sie hin? Die Moni war außer sich, als sie von diesem Bockmist hörte. Sie hat ihn angebrüllt. Wenn er den Vogel runterholen würde, dann müßte er sich schon eine andere Königin suchen. Sie jedenfalls würde da nicht mitmachen. 'Frag doch deine Kuhschiß-Hagener Kegeltante!' hat sie den Wilfried angebrüllt. 'Die ist bestimmt auch als Schützenkönigin ganz brauchbar'."

Alexa seufzte und mimte die erfahrene Beziehungspsychologin. „Jaja, manche Männer wollen der Wahrheit einfach nicht ins Auge blicken!" Ihr war klar, daß ihre Sätze soviel Inhalt hatten wie eine Buchstabensuppe. Aber immerhin hielten sie Beate Kleinert bei Laune.

„Da sagen Sie was! Dabei hat die Moni dem Wilfried sogar zu verstehen gegeben, daß sie sich auch wieder für andere Männer interessieren könnte."

„Tatsächlich?" Alexas Ohren wurden zu Schiffssegeln.

„Das muß aber unter uns bleiben!" Beate sprach jetzt mit gedämpfter Stimme. „Das hat die Moni nämlich nicht mal der Polizei gesagt, weil das sonst vielleicht zu Mißverständnissen führen könnte."

„Auf mich können Sie sich doch verlassen!" Alexa setzte ihre Kumpelmiene auf. „Wir Frauen müssen doch zusammenhalten!"

„Da sagen Sie was!" Diese Wendung gehörte eindeutig zu Beates Lieblingsformulierungen. Jetzt beugte sie sich zu Alexa hinunter. „Um genau zu sein, hatte nämlich der Bernhard Schnell längst ein Auge auf die Moni geworfen. Und die Moni, die war gar nicht so abgeneigt. Die mag den Bernhard ganz gut leiden. Wenn Sie mich fragen, ist der Bernhard auch um Längen ein besserer Kerl als der Wilfried ist. Oder gewesen ist", verbesserte Beate sich schnell. „Nur hatte der Wilfried natürlich was dagegen,

51

daß die Moni sich mit dem Bernhard zusammentut."

„Kein Wunder!" sagte Alexa mit gewohnter Beziehungskenne.

„Und deshalb ist es zwischen den beiden auf dem Schützenfest auch zum Streit gekommen."

„Zwischen Wilfried und der Moni?" fragte Alexa unschuldig.

„Nicht doch! Die Moni hat doch mit dem Wilfried praktisch gar nicht mehr gesprochen. Nein, zwischen dem Wilfried und dem Bernhard, da hat es gekracht. Ich war selber dabei. Die beiden sind sich im Eßraum begegnet, und da hat der Wilfried den Bernhard direkt ganz blöde angepöbelt."

„Ist das zu fassen?" Alexa bandagierte nun seit etwa zehn Minuten, um das Gespräch bloß nicht aus dem Tritt zu bringen. Wenn sie nicht bald aufstände, würde ihr Rücken durchbrechen, und das Pferd würde fragen, ob das ihr erster Verband seit dem Studium wäre.

„Der Bernhard war schon ziemlich aufgebracht und hat den Wilfried zur Schnecke gemacht. Er hat dem König so eine richtige Abfuhr erteilt – nach dem Motto: Was willst du überhaupt von mir."

„Wie geschickt!" Alexa fand sich so schrecklich, daß sie sich insgeheim schwor, nie wieder einen Psychotest in einer Frauenzeitschrift mitzumachen.

„Ich fand seine Reaktion auch in Ordnung. Ist ja klar, daß er sich nicht vom König runtermachen lassen wollte. Der Bernhard ist schließlich ein echter Kerl."

Alexa stellte fest, daß zwei Drittel ihres Blutes sich inzwischen in ihrem Kopf befinden mußten. Wenn sie nicht sogleich aufstand, würde er platzen und der Box eine unnatürlich rote Farbe verleihen.

„Es ist wirklich kein Wunder, daß der Bernhard zum Fähnrich gewählt worden ist", schwärmte Beate. „Er sieht einfach zu schnuckelig aus in seiner Uniform."

Alexa stand auf und betrachtete den Verband, der aufgrund der Länge der Zeit zu einem echten Meisterstück geworden war.

„Sieht gut aus!" lobte sie sich selbst. Beim strahlenden Weiß des Verbandes kam sie nicht umhin, an weiße Uniformhandschuhe zu denken.

10

In meiner Freistunde am Dienstagmorgen blieb ich nach dem Kopieren meistens bei Schwester Gertrudis im Sekretariat hängen. Bei Mandelsplitterplätzchen und einer Tasse Kaffee erzählten wir uns dann das Neueste vom Tage. Schwester Gertrudis war eingefleischter Borussia Dortmund-Fan und hatte am Dienstag meistens das Ergebnis vom Samstag noch nicht verarbeitet. In diesen Stunden stand ich ihr dann hilfreich zur Seite und verbreitete die Hoffnung, daß demnächst wieder bessere Zeiten kämen, in denen die hochbezahlten Stars ein Fußballspiel nicht mehr nur als Gelegenheit betrachteten, um ihre Sportschuhe auszuführen. Doch heute wollte Schwester Gertrudis mit mir kein Fußballergebnis diskutieren. Genausowenig wollte sie mir ein neues Computerspiel vorführen. Nein, heute war Schwester Gertrudis allein am Fall Stichlingsen interessiert. Der „Fall Stichlingsen". Schwester Gertrudis formulierte es tatsächlich so, als wäre sie das Landeskriminalamt und wolle sich über verschiedene Fälle in der Region einen Überblick verschaffen. Daß es sich bei dem Tod von Wilfried König um Mord handelte, stand dabei von Anfang an ganz außer Frage. Zum einen, weil der Fall als Unfall nur halb so interessant gewesen wäre. Zum anderen, weil Schwester Gertrudis die Meinung vertrat, daß ein Sauerländer sich nicht so betränke, daß er Probleme hätte, sich auf den Beinen zu halten. Außerdem wäre es mehr als Zufall, wenn der betrunkene Sauerländer dann auch noch gerade mit dem Kopf auf einen Stein fiele, wo er doch genausogut in weiches Gras hätte stürzen können.

Schwester Gertrudis' Argumentation war nicht an allen Ecken schlüssig, aber sie war so in ihrem Element, daß ich sie nicht unterbrechen wollte. Im Moment beschäftigte sich die Sekretariatsnonne eingehend mit der Tötungsart.

„Da!" Sie knallte mir ein Exemplar der Zeitung *„Psychologie aktuell"* hin, das sie sich ganz offensichtlich aus der Lehrerbibliothek ausgeliehen hatte.

„Da steht's!" Ich wußte nicht, worum es gehen sollte.

„Die Tötungsart läßt messerscharfe Rückschlüsse auf den Täter zu!" Schwester Gertrudis verschränkte die Arme vor ihrer Brust, um zu signalisieren, daß ihr Ansatz unumstößlich war.

„Ich verstehe nicht ganz", wagte ich einzuwenden.

„Meinen Sie, daß ein Täter, der sein Opfer auf einen Stein schlägt, unter Umständen sein ganzes Leben in einem Steinbruch gearbeitet hat?" Ich wollte gerade anführen, daß ich diese Möglichkeit für gar nicht so unwahrscheinlich erachtete, gerade im Hinblick darauf, daß wir von Steinbrüchen nahezu umgeben waren, doch Schwester Gertrudis wischte meine Gedanken vom Tisch.

„Unsinn! Das ist natürlich eher tiefenpsychologisch gemeint! Ein Täter wählt für sein Opfer eine Tötungsart, die seinem Motiv gerecht wird, verstehen Sie?"

Ich ließ meiner Phantasie freien Lauf. Wie wär's mit dem Schüler, der seinen Geschichtslehrer nach dem Abitur am Kartenständer erhängt, um seine Rachegelüste zu befriedigen? Originell fand ich auch den Tierarzt, der gezwungen wird, eine Überdosis Tiermedizin zu schlucken, weil er die Lieblingskuh des Besitzers nicht hatte retten können. Ich dachte an Alexa und stoppte meinen freifliegenden Unsinn.

„Natürlich verstehe ich", erklärte ich an Schwester Gertrudis gewandt. „Daß die Tötungsart Rückschlüsse auf den Täter zuläßt, ist schließlich eine klassische kriminalwissenschaftliche Theorie."

„Eben! In diesem Heft werden Fälle angeführt, an denen sich genau aufzeigen läßt, wie dieses Muster funktioniert. Erschießen, zum Beispiel, ist eine kurze, relativ schmerzfreie, sichere Tötungsart, die eingesetzt wird, wenn man dem Opfer ein schnelles Ende bereiten will. Man könnte geradezu von einer phantasielosen Methode sprechen."

Ich schaute Schwester Gertrudis mit einem Gesichtsausdruck an, der zwischen Entsetzen und Fassungslosigkeit schwankte. Die Sekretariatsnonne ließ sich nicht beirren.

„Viel interessanter sind dagegen ertränken, vergiften, zerstückeln, erdrosseln oder-"

„Halt!" rief ich, obwohl ich wußte, daß es zwecklos war.

„Hier haben wir zum Beispiel den Fall eines Haustyrannen, der von seiner Frau mit dem Staubsaugerschlauch erwürgt wurde, weil er sich permanent über irgendwelche Fuseln auf dem Teppich beschwert hatte. Interessant ist auch das jähe Ende eines Popstars, der mit einem Mikrofon erschlagen wurde."

„Mir ist das Prinzip jetzt völlig klar", beeilte ich mich zu erklären. „Mir wäre es daher lieber, wenn wir auf den Fall Stichlingsen zurückkämen."

„Ja genau, der Fall Stichlingsen!" Schwester Gertrudis besann sich auf ihr eigentliches Anliegen. „Der Fall Stichlingsen ist natürlich nicht ganz so einfach. Hier haben wir es mit einer komplexeren Verbindung zwischen Tötungsart und Motiv zu tun. Nehmen wir einmal an, zwischen Täter und Opfer kam es am Tatort zu einem Streit. Man beschimpfte sich, wurde aggressiver, bis der Täter schließlich dem Opfer einen gewaltigen Stoß gab, so daß dieser, vermutlich auch wegen seines Alkoholkonsums, stürzte und mit dem Hinterkopf auf einen Stein knallte. Genauso stelle ich mir den Tathergang nämlich vor."

„Von mir aus", warf ich ein. „Es könnte so gewesen sein. Aber was hat das jetzt mit Ihrer Theorie von der Tötungsart zu tun?"

„Nun, ganz einfach. Wenn die Tat tatsächlich auf diese Weise begangen wurde, dann können wir davon ausgehen, daß es kein geplanter Mord war, sondern ein eher zufälliger Mord. Totschlag, um genau zu sein. Vermutlich war es ein guter Bekannter des Opfers. Da bin ich mir ziemlich sicher."

„Also doch kein Steinbrucharbeiter", seufzte ich.

„Nun, wo der Täter arbeitet, kann ich nicht auch noch herausfinden", meinte Schwester Gertrudis spitz. „Aber vielleicht könnten Sie sich ja mal um diesen Aspekt kümmern. Sie haben schließlich bald Sommerferien." Einen Moment lang sah Schwester Gertrudis so aus, als wolle sie sich ihrer Arbeit zuwenden. Dann wandte sie sich aber doch noch mal an mich.

„Oder wollen Sie in den Sommerferien heiraten?"

„Heiraten? Wie kommen Sie denn darauf?" Meine Stimme muß geradezu schrill geklungen haben.

„Nun, Sie waren doch mit einer jungen Dame im Hofstaat, oder nicht?"

Oh Gott, Doris Ratzbach und ich. Jetzt gab es nur noch eins. Allen Gerüchten den Riegel vorschieben!

„Daß ich mit Doris Ratzbach im Hofstaat marschieren durfte, ist dem Wegbleiben ihres eigentlichen Partners zu verdanken", quälte ich mich durch den Schlamassel. „In Wirklichkeit bin ich ganz anders- wie soll ich sagen?"

„Ach, jemand ganz anders?" Schwester Gertrudis schlüpfte beinahe in mein Ohr. „Heraus damit!"

„Sie werden sie nicht kennen", erklärte ich.

„Es ist doch nicht etwa diese nette Tierärztin, die Sie mal einen Mittag abgeholt hat?"

Ich schluckte. Es war sinnlos, Schwester Gertrudis etwas zu verheimlichen.

„Ach, Sie kennen sie doch?" murmelte ich.

„Frau Silotzki kannte sie", erklärte Schwester Gertrudis ganz ohne Hemmungen. Frau Silotzki war die Putzfrau, die für das Erdgeschoß zuständig war. „Frau Silotzkis Hund war einmal bei ihr in Behandlung. Wie war noch ihr Name? Alexa Schnittler, nicht wahr?"

„Genau!" Bislang hatte Schwester Gertrudis mich immer mit verschiedenen Kolleginnen verkuppeln wollen.

Ich war mir nicht sicher, ob es sich als Vorteil darstellte, daß sie jetzt von Alexa wußte.

„Und? Ist es etwas Ernstes?"

„Natürlich! Was denken Sie von mir? Trauen Sie mir-" Gertrudis unterbrach mich gnadenlos.

„Und warum heiraten Sie dann nicht? Die Sommerferien sind doch am besten geeignet, um solche Projekte anzugehen."

„Warum eine solche Eile? Ich denke, man-"

„Wenn es persönlich wird, reden sie immer von *man*. Es geht um Sie und um Ihre Zukunftsplanung. Sie sind schließlich nicht mehr der jüngste."

Ich schluckte. Mit meinen zweiunddreißig Jahren zählte ich mich durchaus noch zu der Altersgruppe, die für die Fernsehwerbung interessant ist.

„Haben Sie denn wenigstens schon mal die Familie Ihrer Zukünftigen kennengelernt?"

Ich druckste herum. Tatsächlich waren wir dazu irgendwie nie gekommen.

„Wir wollten demnächst – bislang keine Zeit – aber jetzt in den Ferien-"

„Ihnen ist auch nicht zu helfen", Schwester Gertrudis wandte sich demonstrativ ab. „Erst steigen Sie nicht in meine Täterpsychologie ein, und dann wollen Sie noch nicht mal in den Sommerferien heiraten." Schwester Gertrudis klickte ihren Computer an und machte damit mehr als deutlich, daß sie unter diesen Umständen keine Zeit mehr für mich hatte.

Seufzend machte ich mich auf den Weg zum Lehrerzimmer. Die erhellenden Gespräche mit der Sekretariatsschwester waren wahrscheinlich der wahre Grund für die Sommerferien. Es brauchte eben seine Zeit, um diese Klöpse zu verarbeiten und sich mit frischem Mut den wirklich wichtigen Fragen des Alltags zu stellen.

11

Mißtrauisch äugte ich durch den Dampf der Lasagne, die vor mir stand. Wir saßen bei unserem Stammitaliener, nachdem wir den Unterricht hinter uns gebracht hatten. Sicher hätten wir uns prächtig unterhalten, wenn nicht die Zusammensetzung an diesem Tage etwas ungewöhnlich gewesen wäre. Leo, Roswitha Breding und ich hatten uns nach der sechsten Stunde gerade vor dem Sekretariat getroffen, wo sich in der Regel einige familienfreie Kollegen sammelten, um in die Pizzeria aufzubrechen, da war Bernhard Sondermann zu uns gestoßen. Sondermann, der leicht aufbrausende Physik- und Mathekollege, den ich gerne als „HeSieda" betitelte, seit er mich bei meiner Ankunft am Elli mit diesem Ausruf begrüßt hatte. Ob er sich denn uns anschließen dürfe, hatte er sich in einem geradezu höflichen Ton an uns gewandt. Seine Frau mache heute eine Tagesfahrt mit der VHS zu einer Kunstausstellung in Düsseldorf. Das wäre doch eine schöne Gelegenheit, um auch mal mit den jungen Kollegen zusammenzukommen. Leo, Roswitha und ich hatten unseren Ohren nicht getraut und im selben Augenblick jeder für sich spekuliert, welches strategische Ziel hinter dieser Annäherung steckte. Leo vermutete, daß ihm zwei weitere Pausenaufsichten in den Toiletten aufs Auge gedrückt werden sollten. Das sah ich ihm an der Nasenspitze an. Roswitha fragte sich mit Sicherheit, ob sie die Mikroskope auch ordnungsgemäß in den Schrank zurückgestellt hatte. HeSieda ahndete solche Vergehen nämlich auch über Fachgrenzen hinweg. Ich selbst versuchte mich zu erinnern, ob ich vielleicht eine Vertretungsstunde versäumt hatte. Jetzt saßen wir bereits vor unserem Essen und waren immer noch nicht schlauer. Sondermann hatte sich die ganze Zeit über geradezu handzahm verhalten. Jetzt warteten alle auf den großen Knall.

„Was ich Sie immer noch fragen wollte, Herr Jakobs-" Ich horchte auf. Ich hätte mir denken können, daß ich das Opfer werden sollte. „Stimmt es eigentlich, daß Sie nach dem Stichlingser Schützenfest diesen jungen Mann gefunden haben?"

Leo grinste in seine Pizza Spinaci hinein. Daher wehte also der Wind. Die pure Neugier hatte Sondermann getrieben.

„Ich war nicht allein", wich ich aus.

„Na, Gott sei Dank", ulkte Sondermann. „Sonst wären Sie womöglich noch als Täter in Frage gekommen. Denn wie man hört, ist noch gar nicht klar, ob es sich um den harmlosen Unfall eines Betrunkenen handelt. Die Kripo ermittelt noch."

„Tatsächlich?" fragte ich gleichgültig, während ich mich an meine Lasagne heranmachte.

„Mich würde es nicht wundern, wenn in Sebastianus so einiges im argen läge, was vielleicht zu einem Streit mit tödlichem Ausgang geführt hat."

Ich stellte meine Ohren auf. Außerdem registrierte ich bei Leo eine Reaktion. Offensichtlich erwachte sein detektivisches Interesse, das, seitdem er als Kind *Kalle Blomquist* und *Die Fünf Freunde* gelesen hatte, immer mal wieder aufflammte.

„Haben Sie selbst schon mal mit dem Verein zu tun gehabt?" Leo spielte ein nur mäßiges Interesse vor. Doch Sondermann ließ sich nicht täuschen. Es war ihm klar, daß wir an seinen Informationen interessiert waren.

„Bevor wir unser neues Haus gebaut haben, haben wir viele Jahre in Stichlingsen gewohnt", erzählte HeSieda und sonnte sich in unserer Aufmerksamkeit. „In dieser Zeit ist man an mich herangetreten und hat mich gebeten, einen Posten zu übernehmen."

„Lassen Sie mich raten? Fähnrich!" platzte ich heraus. Sondermann würdigte mich keines Blickes mehr und wandte sich nur noch an Leo. „Ich wurde mit der Kassenführung betraut. Zwei Jahre lang habe ich in diesem Amt gearbeitet. Danach sind wir dann weggezogen."

„Dann kennen Sie sich in dem Laden ja wirklich bestens aus", kitzelte Leo.

„Das kann man wohl sagen", schwadronierte Sondermann selbstzufrieden, während er sein Fleischgericht akkurat beschnitt.

„Und Sie meinen, St. Sebastianus hat ein paar Leichen im Keller?" Leos Frage war angesichts Wilfried Königs Tod ein bißchen makaber. Sondermann schien das nicht zu bemerken.

„Zu meiner Zeit war in der Vorstandsetage natürlich alles zum besten bestellt."

Leo und ich nickten eifrig. Wie konnten wir das bezweifeln?

„Ich war jedoch nur zwei Jahre im Amt und habe wegen unseres Umzugs sowie schulischer Belastungen den Posten aufgegeben." Leo und ich nickten erneut und fügten einen leicht bedauernden Gesichtsausdruck hinzu.

„Aus der damaligen Mannschaft sind heute nur noch Jupp Baumüller und Gerhard Streiter dabei", führte Sondermann aus. Baumüller war der väterliche Freund von Max, erinnerte ich mich. Und Gerhard Streiter? Wenn mich nicht alles täuschte, war das der Onkel von Wilfried König.

„Außerdem kenne ich den Kurt Wiesner, den Schriftführer, ganz gut. Er erzählt mir ab und zu, wie es nach meinem Weggang weitergelaufen ist im Verein. Heute ist zum Beispiel dieser Reckert mit in der Führungsriege", sagte Sondermann abfällig. „Wenn Sie mich fragen, eine absolute Fehlbesetzung. Dreht sich wie ein Fähnchen im Wind, der Kerl. Redet dem Ersten Vorsitzenden nach dem Mund, zieht aber hinter seinem Rücken über ihn her. Außerdem sollte es mich wundern, wenn bei seiner Auftragsvergabe alles mit rechten Dingen zugegangen wäre." Jetzt waren wir offensichtlich bei den Leichen im Keller angelangt. Sondermann wartete einen Augenblick mit weiteren Ausführungen, um die Spannung zu steigern. Ich seufzte innerlich. Heute hatte ich in der 11 genau dieses retardierende Moment im klassischen Drama besprochen. Ich hätte Sondermann zur Veranschaulichung hinzuziehen sollen.

„Wie meinen Sie denn das?" fragte Leo endlich und befriedigte damit HeSiedas Aufmerksamkeitsgelüste.

„Nun, bei Sebastianus sind im vergangenen Jahr etliche Umbau- und Renovierungsarbeiten durchgeführt worden. Natürlich wird da viel in Eigenleistung gemacht. Gerade der König soll sich da mächtig eingesetzt haben. Aber verschiedene Arbeiten werden eben doch vergeben, weil sie zu speziell sind oder aus versicherungstechnischen Gründen von Fachkräften ausgeführt werden sollten."

„Und bei der Vergabe dieser Arbeiten ist nicht alles sauber gelaufen?" fragte ich, weil ich mich auch mal wieder ins Spiel bringen wollte. Sondermann hatte mir den Fähnrich inzwischen verziehen.

„Im Küchen- und Toilettenbereich sind letztes Jahr Installationsarbeiten mit einem Auftragsvolumen von über 100.000 Mark vergeben worden. Ich glaube nicht, daß es Zufall ist, daß die Firma Reckert diesen Auftrag übernommen hat. Gas- Wasser- und Heizungsbauer Ernst Reckert ist der Bruder von Alfons Reckert, dem Zweiten Vorsitzenden. Das Unternehmen ist nicht in Stichlingsen ansässig, was sonst oft bei Schützenvereinen eine Rolle spielt. Angeblich lagen auch günstigere Angebote von anderen Unternehmen vor. Doch den Zuschlag bekam am Ende Ernst Reckert."

„Filz im Schützenverein", murmelte Leo. „Wenn ich mal einen Sauerlandkrimi schreiben sollte, wäre das ein schöner Titel."

„Zu platt!" kanzelte ich ab. „Hat Reckert denn alleiniges Vergaberecht?" wandte ich mich nun wieder an Sondermann. „Kontrolliert denn keiner die Geschäftsführung?"

„Welche Maßnahmen und Ausgaben getätigt werden, beschließt die Jahreshauptversammlung, also die gesamte Schützenbruderschaft", erläuterte Sondermann. „Die Ausschreibung und Vergabe liegt beim geschäftsführenden Vorstand. Dazu gehören die beiden Vorsitzenden, Schrift- und Kassenführer sowie Oberst und Adjutant. Aber um ehrlich zu sein, sind einige froh, wenn sie mit diesem Kram nichts zu tun haben. Meistens bleiben diese Dinge an den Vorsitzenden hängen."

„Oder anders ausgedrückt: Die können alleine entscheiden", fügte Leo hinzu.

„Genau! In diesem Falle passierte die Vergabe der Aufträge, als Jupp Baumüller wegen seiner Bandscheiben-operation in der Klinik war. Reckert hatte also weitgehend freie Hand." Sondermann hatte seine Kalbsmedaillons vertilgt und schob seinen Teller beiseite. Er lehnte sich zurück und streichelte zufrieden seinen Bauch. Einen Moment lang dachte ich, daß jetzt eine Zigarre gut passen würde.

„Neben der Auftragsvergabe ist natürlich auch die Kassenführung ein interessantes Geschäft", meinte Sondermann.

Ich selbst konnte mir keinen langweiligeren Posten vorstellen, aber da soll es ja geschmacklich große Unterschiede geben. Ich legte mich schließlich auch nicht auf eine Sonnenbank, um meine Haut durchbrutzeln zu lassen noch würde ich mich zum Bungeespringen hinreißen lassen. Folglich mußte ich mich auch nicht für die Geldverwaltung eines Vereins begeistern können.

„Sie glauben ja gar nicht, welche Summen eine Schützenbruderschaft oftmals zu verbuchen hat", erläuterte HeSieda. „Allein der Bierverkauf an drei Schützenfesttagen bringt in Stichlingsen einen Umsatz von fast hunderttausend Mark."

Ich begann zu rechnen, wie viele Gläser, Liter, Hektoliter Bier verkauft werden mußten, um auf diese Summe zu kommen. Als irgendwo in meinem Gehirn ein Komma steckenblieb, ließ ich es sein.

„Wenn ein einzelner diese Summen unter sich hat, vor allem wenn er den Umgang mit solchen Geldbeträgen nicht gewohnt ist, kann das leicht zu Problemen führen." Sondermann drückte sich nun mehr als ungenau aus.

„Haben Sie bezüglich des derzeitigen Kassenführers einen konkreten Verdacht?" Leo bohrte nach.

„Um Gottes willen!" Sondermann hob abwehrend die

Hände. „Ich habe nichts dergleichen andeuten wollen, obwohl da Gerüchte im Vorstand herumgeistern. Sagen wir mal so: Es würde mich einfach interessieren, ganz unverbindlich einen Blick in die Bücher zu werfen."

Roswitha Breding, die während des gesamten Essens keinen Ton gesagt hatte, nutzte jetzt die Gelegenheit, um das Thema zu wechseln. Ich selbst schmorte ein wenig in Schützenfestgedanken. Konnten all die Informationen und Gerüchte, die Sondermann hier vom Stapel gelassen hatte, mit dem Mord an Wilfried König zu tun haben? War es nicht absurd zu denken, daß die Vergabe von Kloinstallationen zum Mord führen konnte? Und wenn ja, auf welchen Umwegen? Hatte König Wind von diesen Geschichten bekommen? Hatte er jemanden absägen wollen oder eine Erpressung versucht? Ich mußte an Schwester Gertrudis und ihre Theorie denken. Wie brachte man jemanden um, den man für seine Sanitär-Transaktionen bestrafen wollte? Ganz klar, entweder erdrosselte man ihn mit einem Duschschlauch oder man ertränkte ihn in der Kloschüssel. Ich würde Schwester Gertrudis diese Thesen vorstellen müssen. Schließlich war sie die Expertin, nicht ich.

12

Am Abend saß ich mit Alexa im Weinkeller. Das Gewölbe unter dem Stadtmuseum war zu unserem Lieblingstreffpunkt geworden. Nicht zuletzt deshalb, weil man hier kaum Gefahr lief, irgendwelchen Schülern zu begegnen. Nicht, daß ich sie nicht mochte – im Gegenteil. Aber dennoch störte es mich, wenn ich schon mal ausging, gleich wieder mit Schule und allem, was dazugehört, konfrontiert zu werden. Alexa saß mir gegenüber und löffelte vorsichtig eine heiße Fischsuppe. Sie sah phantastisch aus. Sie trug ihre kastanienbraunen Haare mit dem sanften Rotstich wie meistens in einer verwuselten Zopffrisur. Ihre grünen, lachenden Augen und ihr dunkler Teint waren unverwechselbar.

„Hast du noch Hunger?" fragte Alexa. Sie hatte gemerkt, daß ich sie beobachtet hatte, und fürchtete nun um ihre Restsuppe. Vielleicht war das Alexas prägnanteste Eigenschaft: Sie hatte eigentlich immer Hunger, aß wie ein Scheunendrescher, wurde aber niemals dick davon, ein Umstand, den ich aus meiner Warte als schlichtweg ungerecht bezeichnen konnte. Ich schüttelte den Kopf und wechselte das Thema.

„Ich muß sagen, die Sache in Stichlingsen geistert mir immer noch häufig im Kopf herum. Die Fädchen am Reißverschluß, das Gespräch auf der Toilette, die Andeutungen meines Kollegen Sondermann und das, was du über Königs Frau gehört hast, - all das macht einen banalen Unfall wirklich denkbar unwahrscheinlich."

„Da hast du recht!" Alexa ließ ihre Suppe einen Moment lang ruhen. „Es schwirren so viele ungeklärte Verdächtigungen durcheinander, daß es einem ganz mulmig in der Magengegend wird."

„Ich nehme an, daß die Polizei auf dieselben Dinge gestoßen ist wie wir", sagte ich unsicher. „Sie wird hoffentlich bald Klarheit in den Fall bringen."

Alexa sagte nichts, sondern aß ihre Suppe weiter. Uns war beiden klar, daß wir einen Teil der Informationen durch große Zufälle erhalten hatten. Insofern konnte man nicht gerade davon ausgehen, daß die Polizei dasselbe erfahren hatte.

„Meinst du, wir sollten nochmal mit der Polizei sprechen? Machen wir uns damit nicht-"

Im selben Moment legte sich mir eine Hand auf die Schulter. Es war Max.

„Wenn das kein Zufall ist!" begrüßte er uns.

„Bist du allein unterwegs?" wollte Alexa wissen.

„Ich bin hier verabredet."

„Willst du dich solange zu uns setzen?" Max ließ sich nicht lange bitten. Er ließ sich nieder und verspeiste das

Brot, das auf meiner Wurstplatte übriggeblieben war.

„Ihr redet nicht gerade über Stichlingsen?"

„Ach, nur ganz flüchtig!" wich ich aus. „Weißt du schon was Neues?"

„Noch nicht!" Max antwortete mit einem Mund voll Brot. „Aber das wird sich vielleicht gleich ändern."

Im selben Augenblick piepste es in Alexas Jacke. Max wollte etwas sagen.

„Sei rücksichtsvoll zu ihr", wandte ich mich an ihn. „Sie hat einen Herzschrittmacher."

Alexa nahm genervt ihr Handy raus, beugte sich weg und telefonierte. Eine Minute später war sie fertig.

„Das war dann unser schöner Abend", murmelte sie bitter. „Ich muß nochmal raus. Ein Landwirt hat Probleme beim Kalben."

„Ich wußte gar nicht, daß die das heutzutage selber machen."

Alexa hatte genug von ihrem Bereitschaftsdienst und unseren Scherzen. Sie küßte mich unleidenschaftlich aufs Ohr und zog ihre Jacke an. „Falls es nicht zu spät wird, ruf ich dich an."

„Super Deal!" konterte ich. „Dafür bezahle ich dann schon mal deine Suppe."

Alexa warf mir ihr umwerfendes Lächeln zu, das mich jeden verkalbten Dienstagabend vergessen und von einem tierfreien Sonntag träumen ließ.

Sie griff nach ihrem Schlüssel und machte sich auf den Weg. Kurz vor der Ausgangstür drehte sie sich noch einmal um, winkte uns zu und rannte dabei jemanden halb um. Es war Christoph Steinschulte, der gerade mit suchendem Blick hereingekommen war.

„Hoppla!" Steinschulte faßte Alexa an den Schultern, um sie wieder sicher auf die Beine zu stellen. Eine übertriebene Reaktion, fand ich. Alexa war schließlich kein kleines Kind mehr. Sie konnte schon alleine stehen, auch nach einem solchen Rempler.

Steinschulte strahlte über das ganze Gesicht. „Frau Schnittler, nicht wahr? Wenn das kein Zufall ist. Ich bin hier verabredet. Müssen Sie etwa schon gehen?"

„Ja, leider!" Alexa lächelte bedauernd. Steinschulte bedauerte noch mehr.

„Vielleicht kann ich Sie ja ein andermal einladen?" Was nahm sich der Kerl heraus? Er glaubte wohl, nur weil er einen Sheriffstern in der Tasche hatte, durfte er wildfremde Frauen anquatschen.

„Im Moment ruft jedenfalls ein Bauer!" Steinschulte guckte kariert. Alexa lächelte ihm noch einmal herzzerreißend zu und verschwand dann endlich aus der Tür.

Es dauerte einen Augenblick, bis Steinschulte uns entdeckt hatte. In bezug auf Männer war er offensichtlich kurzsichtig. Endlich schaffte Max es, ihn auf uns aufmerksam zu machen. Ich war etwas unsicher. Höchstwahrscheinlich hatten Max und Steinschulte bei ihrem Treffen nur an vier Augen gedacht. Andererseits hatte Max sich ja an unseren Tisch gesetzt, ich nicht an seinen.

„N' Abend zusammen!" Steinschulte sah müde aus. Er ließ sich auf den Stuhl mir gegenüber fallen, auf dem eben noch Alexa gesessen hatte.

Einen Moment später stand die Bedienung hinter ihm. Christoph Steinschulte bestellte ein Bitter Lemon und einen Salat, Max einen Schoppen Wein. Ich selbst wand mich. „Ich muß sowieso jetzt los!" entschuldigte ich mich. „Morgen ist schließlich Schule."

„Allerdings. Und zwar der vorletzte Tag vor den Sommerferien", raunzte Max. „Wenn du glaubst, du störst, dann hast du dich getäuscht. Christoph und ich sitzen nicht hier, um Intimitäten auszutauschen, sondern um den Fall in Stichlingsen nochmal durchzusprechen. Dabei könntest du eine Hilfe sein, Vincent." Max warf einen Seitenblick auf Steinschulte. „Du siehst das doch auch so, Christoph?" Steinschulte guckte unsicher. Er wußte noch nicht, wie er das sehen sollte. Max warf noch einen Stein für mich in die Waagschale:

„Ich muß dazu sagen, Vincent hat einige Erfahrung bei

der Lösung von Kriminalfällen." Ich verdrehte die Augen. Meine Erkenntnisse über Bruno Langensieps Tod waren ja nicht gerade durch übermäßige Professionalität zustande gekommen. In meinem Fall von kriminalistischen Erfahrungen zu sprechen war ungefähr so zutreffend wie die Behauptung, Margaret Thatcher sei die Vorreiterin des Aerobic-Sports gewesen. Christoph Steinschulte sah folglich auch nicht sonderlich beeindruckt aus. Max dagegen war voll in seinem Element. „So, Christoph, Vincent, dann wollen wir mal zusammentragen!" Max hatte mit dieser Aufforderung nicht nur das Du zwischen Steinschulte und mir zur beschlossenen Sache erklärt, sondern gleichzeitig eine unliebsame Unterrichts- formulierung eingebracht. „Vincent, vielleicht erzählst du einfach mal, was dein Kollege über die Schützen- bruderschaft St. Sebastianus ausgeplaudert hat!"

Bei einer solch direkten Aufforderung konnte natürlich auch der letzte Schüler nicht mehr entfliehen. Ich bestellte mir ein Viertel Wein und begann zu erzählen – von Sondermann, von seiner Funktion im Schützenverein in der Vergangenheit, von seinen zugegebenermaßen spekulativen Andeutungen. Außerdem berichtete ich von Alexas Gespräch mit Moni Königs Freundin im Reitstall. Christoph Steinschulte hörte sehr aufmerksam zu. Am Ende holte er sogar einen Notizblock aus der Jacken- tasche.

„Es mag vielleicht etwas albern wirken", entschuldigte er sich. „Aber ich muß mir immerhin die Namen der Leute notieren, über die ihr etwas erfahren habt. Vielleicht können sie ja wirklich irgendwie weiterhelfen." Christoph schrieb kurz etwas nieder. Dann blickte er wieder hoch. „Ehrlich gesagt, blicke ich in diesem ganzen Schützen- kuddelmuddel nicht mehr so ganz durch. Wir haben natürlich schon mit verschiedensten Personen gesprochen, aber eine wirklich heiße Spur haben wir leider immer noch nicht."

„Laß uns doch die wichtigen Leute einfach mal durchgehen", schlug Max vor. „Immerhin deuten die

Handschuhfädchen an Königs Pullover darauf hin, daß ein Offizieller am Werk war."

„Unsinn!" sagte Steinschulte schroff. „Daß die weiße Fädchen von Schützenfesthandschuhen stammen, ist eine ganz theoretische Möglichkeit. Und selbst wenn sie von solchen Handschuhen stammen, muß das im Grunde nicht viel bedeuten. Wir haben herausgefunden, daß jeder der Schützen, die im Zug in Uniform mitmarschierten, zwei Paar davon in Reserve zu Hause rumliegen hat. Die Dinger sind überall leicht zu bekommen. Wir können uns leider nicht auf die überschaubare Zahl von Schützenoffizieren beschränken."

„Sogar die Hofstaatdamen hatten Handschuhe", fiel es mir plötzlich ein. „Vor dem Zug gab es eine große Diskussion, ob die Frauen gesamtheitlich weiße Handschuhe überziehen sollten. Die Schützenkönigin fand diese Idee großartig, kam aber schließlich zu dem Schluß, daß nur sie selbst Handschuhe tragen sollte, quasi als besonderer Pfiff für die Königin. Auf jeden Fall hatten aber alle Damen Handschuhe dabei, die sie wahrscheinlich dann in ihren Handtaschen deponiert haben."

„Trotzdem sollten wir uns einen Überblick verschaffen", ordnete Max an. „Eine Hitliste der Verdächtigen sozusagen. Laß uns der Einfachheit halber mal mit der Schützenbruderschaft anfangen!"

All das kam mir so schrecklich bekannt vor. Damals bei der Untersuchung von Bruno Langensieps Tod war es mein Sportkollege Leo gewesen, der mit Enthusiasmus die „Ermittlungen" vorangetrieben hatte. Heute war es Max, der sich im Detektivspiel übte. Ich seufzte leicht, doch nahm das keiner zur Kenntnis. Max hatte sich längst einen Zettel von Christoph genommen und kritzelte emsig darauf herum. Von gegenüber konnte ich den Namen *Wilfried König* erkennen. Der Name wurde dick eingekreist. Dann begann Max, ein paar Kreise um das Opfer herum zu malen. „Als erstes hätten wir natürlich Alfons Reckert, den Zweiten Vorsitzenden des Vereins", erläuterte Max, indem er den Namen in einen Kreis

68

einfügte. „Reckert ist durch die Krankheit Jupp Baumüllers, des Ersten Vorsitzenden, momentan der wichtigste Mann im Verein. Was können wir über Reckert anmerken?"

Schon wieder Schule. Herausarbeitung der Charaktere. Auch hier war Christophs und meine Mitarbeit mangelhaft. Doch Max war ein motivierter Lehrer. Er ließ sich nicht aus dem Konzept bringen.

„Nun, er ist von Natur aus aufbrausend", beschrieb Max. „Außerdem dreht er sich wie das Fähnchen im Wind." Soweit ich sehen konnte, setzte er unter Reckerts Namen die Adjektiv *aufbrausend* und *opportunistisch*.

„Am wichtigsten ist natürlich die Information, die dein Kollege über Reckert gegeben hat", meinte Max mit einem Blick auf mich. „Falls Reckert tatsächlich seinem Bruder einen Auftrag zugesteckt hat, könnte das zu Unmut im Verein geführt haben."

„Unter Umständen hat König Reckert deswegen zur Rede gestellt", spekulierte Christoph. „Vielleicht wollte er die Sache hochkochen, aus welchen Gründen auch immer. Dann hätte er sich ganz sicher Reckerts Ärger zugezogen."

Max notierte diese Angelegenheit mit *Auftragsfilz* in Reckerts Kreis. Kurz drauf fügte er *Streit?* hinzu.

„Das wäre wohl vorläufig alles, was es zu Reckert zu sagen gibt", resümierte Max. „Nein, halt! Hat Reckert ein Alibi?"

„Nein, eigentlich nicht", antwortete Christoph. „Er war auf dem Fest mal hier, mal da, hat sich um alles mögliche gekümmert. Keiner kann ganz genaue Zeitangaben machen, wann er mit Reckert gesprochen hat. Es wäre durchaus möglich, daß er für zwanzig oder dreißig Minuten verschwunden ist. Allerdings hat auch keiner ausgesagt, daß er Reckert hat wegfahren sehen."

Max faßte das als *Kein Alibi* zusammen.

„Dann hätten wir als nächstes Bernhard Schnell, den Nebenbuhler und Fähnrich", fuhr unser Schriftführer fort. „Bernhard ist deswegen interessant, weil er direkt vor dem Geschehen mit König einen Streit hatte. Er muß für König ein rotes Tuch gewesen sein, falls der wirklich vorhatte, seine Frau zurückzuerobern."

„Bernhard Schnell ist bislang von der Kripo völlig vernachlässigt worden", sagte Christoph nachdenklich. „Er schien einfach uninteressant, da wir nichts über seine Beziehung zu Moni König wußten. Ich kann noch nicht mal sagen, ob Bernhard Schnell ein Alibi hat."

Max trug unter *Bernhard Schnell* die Wörter *Affäre* sowie *Streit* ein. Außerdem kritzelte er *Alibi?* darunter.

„Der Vorstand gibt jetzt nicht mehr viel her", murmelte Max. „Der Oberst Gerhard Streiter, sein Adjutant Berthold Griese, Kurt Wiesner, der Schriftführer- über all die gibt es wahrscheinlich nicht viel Interessantes zu sagen!"

„Das kann ich nach unseren Ermittlungen nur bejahen", antwortete Christoph. „Keiner der Genannten hatte etwas Außergewöhnliches zu sagen oder ist sonstwie aufgefallen. Übrigens gibt es noch zwei Offiziere, die du jetzt nicht genannt hast. Sie haben zur Tatzeit mit dem Königspaar am Hofstaattisch gesessen und sich von da nicht wegbewegt, wie viele Augenzeugen bestätigen können. Und dieser Adjutant, dieser Griese, war in der Zeit zum Essen mit seiner Frau. All diese Leute können wir vernachlässigen."

„Moment, Moment!" warf ich ein. „Was ist mit diesem Onkel, Gerhard Streiter? Wie war das Verhältnis zwischen ihm und Wilfried König?"

„König war sechzehn, als seine Mutter an Krebs verstarb und er zu seinem Onkel und seiner Tante kam. Der Vater war schon als junger Mann bei einem Arbeitsunfall ums Leben gekommen. Onkel und Tante haben den Neffen wie ein eigenes Kind aufgenommen. Wie wir gehört haben, ist das Verhältnis, besonders zur Tante, immer herzlich und vertraut gewesen. Gerhard Streiter hat sich während Königs Ehekrise sogar sehr um ihn bemüht. Er hat ihn besucht, sich um ihn gekümmert – wie man das halt so macht, wenn man beinah der Vater ist."

„Hat Streiter ein Alibi?" wollte Max wissen.

„Der Kassenführer Jürgen Hebel hat ausgesagt, er habe Streiter in der fraglichen Zeit kurz im Keller gesehen."

„Jürgen Hebel!" rief ich aus. „Der nächste Kandidat! Wenn etwas an dem Gerücht über seine nachlässige Kassenführung dran ist, dann könnte er genauso von König bedrängt worden sein wie Reckert. Womöglich hat er nur behauptet, er habe Streiter gesehen, weil er sich damit indirekt selbst ein Alibi gibt."

„Schon möglich!" Max malte wieder. Bei der Fülle der Personen mußte er wieder neue Kreise malen. „Ich werde mal mit Jupp Baumüller über diese Finanzgeschichte sprechen." Dann blickte er hoch. „Außerhalb des Vorstands dürfte Königs Frau Moni die wichtigste Person sein. Sie fühlte sich belästigt durch ihren Mann und freute sich auf den Tag, an dem sie ihm nicht mehr regelmäßig begegnen mußte. Aber ist das ein Grund, seinen Gatten umzubringen?"

„Klar!" Christoph und ich hatten wie aus einem Mund geantwortet.

„Vielleicht hat König Moni unterwegs getroffen und ihr erneut die Hucke voll geheult", spekulierte ich. „Die beiden sind in Streit geraten. König war betrunken, wurde zudringlich, Moni schubste ihn weg, so daß er mit dem Kopf auf den Stein knallte."

„Hm", Max grinste. „Moni? Die wäre niemals so kaltblütig, ihren Mann verblutend zurückzulassen. Im Leben nicht. Außerdem: Wo kämen dann die weißen Fädchen her?"

„Natürlich hat die Kripo bei der Hauptverdächtigen die Kleidung überprüft", referierte Christoph sachlich. „In der Tat hatte Moni König weder Handschuhe dabei noch sonst etwas an, das die Fädchen hinterlassen haben könnte. Doch Moni König ist nicht dumm. Vielleicht hat sie gemerkt, daß sie hängengeblieben ist, hat sich umgezogen und das verdächtige Kleidungsstück verschwinden lassen."

„Um dann in neuem Aufzug und gutgelaunt an den weiteren Feierlichkeiten teilzunehmen?" Max schnaubte. „Das kann doch nicht dein Ernst sein!"

„Gibt es weitere Familienmitglieder, die für die Tat in Frage kommen?" wechselte ich das Thema.

Steinschulte lehnte sich zurück. „Natürlich haben wir das sorgfältig recherchiert. Allerdings hat Wilfried König verwandtschaftlich nicht viel zu bieten. Seine Eltern sind verstorben, das sagte ich ja schon, Geschwister sind auch nicht vorhanden. Bleibt also nur der Zweig seiner Frau: die Mutter und ein alleinstehender Bruder."

„Die beiden sind ja nach Königs Seitensprung wahrscheinlich nicht gerade gut auf ihn zu sprechen", vermutete ich.

„In der Tat. Moni Königs Mutter macht keinen Hehl daraus, daß sie ihren Schwiegersohn nicht ausstehen konnte - wie sie sagt, nicht erst seit seiner Affäre. Dennoch kommt sie als Täterin nicht in Frage. Zum einen ist sie ziemlich gebrechlich, zum anderen hat sie den Nachmittag mit einer Nachbarin verbracht. Der Bruder arbeitet in Frankfurt als Krankenpfleger und hatte an dem Nachmittag Dienst. Er ist ebenfalls aus dem Rennen."

„Die Kuhschiß-Hagener Affäre", Max sah man seinen Geistesblitz zwischen den Augen an. „Wenn irgend jemand Grund gehabt hat, Wilfried König um die Ecke zu bringen, dann doch wohl die verlassene Ex-Geliebte, die nach einer kurzen Spritztour wieder in Kuhschiß-Hagen abgelegt worden ist."

Christoph hob die Augenbrauen. „Natürlich haben wir die Dame gecheckt. Wie sie aussagt, konnte ihr der König den Buckel runterrutschen. Bei ihr läuft inzwischen wieder was Neues. Ihr Alibi wird gerade überprüft."

Max schrieb mit großen Lettern *Kuhschiß-Hagen-Mieze* in einen Kreis. Dahinter das obligatorische *Alibi?*

„Ich glaube, wir haben nun die Hauptpersonen des Stücks", meinte Max. Das Gefühl hatte er vor allem, weil kein Kreis mehr auf sein Blatt gepaßt hätte. „Bleibt nur noch zu überlegen, wie man die Sache jetzt angeht."

Das weitere Gespräch von Max und Christoph ließ ich ohne Einmischung an mir vorbeiziehen. Ich hatte keine Lust, mich in eine Sache einzumischen, die nur die Polizei etwas anging. Christoph Steinschulte und seine Crew hatten die Angelegenheit ja gut im Griff. Aber das war nicht der alleinige Grund für mein Abtauchen. Vielmehr grübelte ich in mich hinein und wog ab, welches der Motive, die wir ausgegraben hatten, am wahrscheinlichsten war.

Als ich auf dem Heimweg die Papenhauser Straße entlangschlenderte, kam mir das Toilettengespräch wieder in den Sinn. Es war ja bei dem Streit nicht nur darum gegangen, daß König nicht den Vogel abschießen sollte. König hatte vielmehr angedeutet, daß im Vereinsvorstand nicht alles zum besten stand. Unsere Verdächtigenliste hatten wir daher im Rahmen der Schützenoffiziellen ganz gut angelegt. Mein Gefühl sagte mir, daß im Toilettengespräch die beiden Kernfragen enthalten waren, die uns zu Königs Mörder führen konnten: Hatte Wilfried etwas über den Schützenverein gewußt, womit er groß auftrumpfen wollte? Stoff schien es da ja genug zu geben. Und außerdem: Wer hatte verhindern wollen, daß der König König wurde?

13

Als Max vor Baumüllers Haustür stand, hörte er von innen Stimmen. Die eine war von Jupp, die andere sagte ihm zunächst nichts. Max überlegte einen Augenblick, ob er zu einem späteren Zeitpunkt wiederkommen sollte, als plötzlich die Tür geöffnet wurde. Gerhard Streiter, Königs Onkel, stand vor ihm und stutzte einen Augenblick. Max hatte ihn im allerersten Moment gar nicht erkannt. Gerhard Streiter war jemand, der eigentlich mit seiner Schützenuniform verwachsen war. Als „Zivilperson" war er ihm nicht vertraut. Sein bereits weißes, aber sehr dichtes Haar wirkte über der braunen, schmucklosen Windjacke ganz anders als zu der Uniform. Sein faltig gegerbtes Gesicht erschien plötzlich so verwechselbar. Streiter war ohne seinen grünen Anzug ein unscheinbarer Mann, der mit großen Schritten auf die Rente zuging.

„Guten Morgen!" grüßte der Schützenoberst freundlich. „Na, da wird sich unser Invalide aber freuen, daß er noch mehr Besuch bekommt."

Max hörte von drinnen heftigen Widerspruch: „Wart's ab, Gerd!" brüllte Jupp Baumüller. „Wenn ich wieder auf den Beinen bin, leg ich dich aufs Kreuz! Daß du es nur weißt!"

„Wo ist denn der Schwerkranke?" fragte Max und machte einen Schritt hinein.

„Er flegelt sich schon wieder auf der Wohnzimmercouch herum", flachste Streiter. „Da gefällt es ihm so gut, daß er gar nicht mehr aufstehen will. Wahrscheinlich spielt er nur den Kranken, damit er in Ruhe die Fernsehprogramme gucken kann, die Gerda ihm sonst nicht erlaubt."

Streiter führte Max ins Wohnzimmer, wo Jupp unter einer Wolldecke auf dem Sofa lag.

„Glaub ihm kein Wort, Max!" schimpfte er. „Der alte Neidhammel stänkert nur herum, weil er gleich zur Arbeit muß, während ich Frührentner mich hier vor Schmerzen krümme."

Sehr eilig schien Streiter es jedoch mit seiner Arbeit nicht zu haben. Jedenfalls ließ er sich zunächst nochmal auf einer Sessellehne nieder, um den Schlagabtausch fortzusetzen.

„Sieh nur zu, daß du Frührentner langsam auf die Hufe kommst!" palaverte er. „Unsere Bruderschaft braucht dich im Moment dringender denn je."

„Jaja, das weiß ich selbst!" Jupp Baumüller zog sich seine Wolldecke zurecht. „Aber was nicht ist, das ist nicht. Ich kann nicht hexen. So ein Bandscheibenvorfall, der braucht seine Zeit. Du kannst mir glauben, ich hätte am Wochenende lieber in der Halle gestanden, als hier auf dem Sofa rumzuliegen."

„Wie sieht's denn aus im Verein?" erkundigte Max sich beiläufig. Er hatte sich inzwischen auf dem zweiten Sessel niedergelassen und schlug die Beine übereinander.

„Wilfrieds Tod wirbelt einfach alles durcheinander", erklärte Jupp. „Es ist eine große Unsicherheit da. Jeder spekuliert, ob es sich tatsächlich um Mord handeln könnte. Dabei werden Verdächtigungen und Anschuldigungen gemacht, die nicht Hand und Fuß haben."

„Es wäre das beste für alle, wenn sich langsam Ruhe einstellen würde." Gerhard Streiter machte ein denkbar besorgtes Gesicht. „Wenn sich zum Beispiel herausstellen würde, daß Wilfried durch einen Unfall ums Leben gekommen ist..."

„Wenn es ein Unfall war, wäre das sicher das beste", antwortete Max trocken. „Aber wenn es kein Unfall war, ist die weitere Ermittlung die bessere Möglichkeit."

„Ich bin der letzte, der das verhindern will", beeilte Streiter sich zu sagen. „Immerhin ist Wilfried mir wie mein eigener Sohn gewesen. Ich habe ihn nach dem Tod seiner Eltern bei mir aufgenommen und war immer wie ein Vater für ihn. Da kann man sich vorstellen, wie ich mich jetzt fühle." Streiters Stimme wurde brüchig. Er schien mit den Tränen zu kämpfen. Max ärgerte sich, daß er es so weit hatte kommen lassen.

„Ich muß dann jetzt los!" Streiter fuhr sich fahrig mit dem Handrücken über die Augen. „Jupp, ich komme die Tage wieder vorbei. Macht's gut zusammen!" Ein paar Sekunden später schloß sich die Haustür hinter ihm. Max saß etwas betreten da.

„Gerd hat schon recht", sagte Jupp. „Je eher die Sache geklärt ist, desto besser für alle Beteiligten. Dieser Fall und die damit verbundenen Befragungen lösen viel Ärger zwischen den Schützenbrüdern aus. Ich weiß gar nicht, ob man das nachher wieder kitten kann."

Max runzelte die Stirn. „Worum geht es denn konkret?"

Jupp schien nicht zu wissen, wo er anfangen sollte. „Da

hat zum Beispiel Alfons Reckert bei irgendeiner Gelegenheit gesagt, Wilfried König habe demnächst Fahnenoffizier werden sollen."

„Ja, das hab ich selbst mitgekriegt", bestätigte Max. „Das war bei der ersten Befragung am Sonntag."

„Ja, und der Bernhard Schnell, unser Fähnrich, macht daraus jetzt eine große Sache. Er stellt sozusagen die Demokratie unserer Bruderschaft in Frage", grunzte Jupp.

„Ich weiß selbst nicht, was den Reckert geritten hat, so eine Aussage zu machen. Der Vorstand hat darüber nie gesprochen. Wahrscheinlich wollte er nur bekräftigen, daß der Wilfried ein beliebter Schützenbruder war, und dann hat er einfach aus der Hüfte geschossen. Ich weiß es auch nicht."

Jupp ließ den Kopf fallen und schien auf einmal sehr müde. Doch Max' Neugier war noch nicht gestillt. „Und was gibt es noch für Unstimmigkeiten bei euch?"

„Nun, der Bernhard Schnell ist ja selbst auch ein Problem. Inzwischen hat sich herumgesprochen, daß er mit der Moni König angebändelt hat, und das macht natürlich einen seltsamen Eindruck. Zum einen, weil manche es so hinstellen, als hätte er dem Wilfried die Chance genommen, seine Ehe wieder zu kitten. Zum anderen, weil es einfach einen unguten Beigeschmack hinterläßt, daß er vor dem Unfall einen heftigen Streit mit Wilfried hatte. Da liegen unausgesprochene Verdächtigungen in der Luft. Das spürt Bernhard, und das macht die Sache nicht gerade angenehm."

Max nickte stumm. „Traust du dem Schnell so etwas zu? Ich meine, daß er den König vorsätzlich umgebracht hat?"

„Vorsätzlich?" Jupp drehte seinen Kopf einen Moment lang zur Wand. „Was heißt schon vorsätzlich? Vielleicht haben sie sich geprügelt, und dabei ist das Unglück dann passiert. Bernhard Schnell kann es gewesen sein, genau wie andere es gewesen sein können." Jupp blickte Max einen Moment an. „Gut, Bernie ist in gewisser Weise ein Heißsporn. Er gerät sicher schneller außer Kontrolle als so manch anderer. Aber im Grunde seines Herzens ist er ein guter Kerl."

„Gibt es sonst noch Turbulenzen?"

Jupp legte die Hand an die Stirn zum Zeichen, daß ihm alles zuviel wurde. „Tatsächlich geht noch ein weiteres Gerücht um", erklärte er gepreßt. „Kurt Wiesner, unser Schriftführer, behauptet, irgend etwas stimme mit Jürgen Hebels Kassenführung nicht."

Jupp bemerkte nicht, daß Max keineswegs überrascht war.

„Natürlich glaube ich nichts, solange ich nicht Klarheit habe. Aber jetzt stell dir vor, wer dieses Gerücht aufgebracht hat!"

Max machte sich gar nicht die Mühe, darauf zu antworten.

„Wilfried König!" stöhnte Jupp. „Der König hat das über unseren Kassenwart gesagt."

Jupp sagte eine Weile gar nichts. Dann murmelte er: „Scheiße, Scheiße, Scheiße nochmal!"

„Bist du müde?" Max lehnte sich nach vorne, um Jupp ansehen zu können.

„Ach, diese Mist-Bandscheibe!" schimpfte Jupp. „Seit Monaten liege ich nun schon weitgehend flach. Die Operation hat es nicht gebracht. Die Reha hat es nicht gebracht. Ich weiß nicht, ob ich überhaupt wieder richtig auf die Beine komme."

Im selben Moment hörte Max einen Schlüssel in der Haustür. Durch die geöffnete Wohnzimmertür sah er Gerda ins Haus kommen, Jupps Frau. Sie trug einen Einkaufskorb am Arm und sah mit ihrer Kurzhaarfrisur unglaublich flott aus. Max stand auf, um sie zu begrüßen.

„Max, wie schön, daß du uns besuchen kommst!" freute sie sich und nahm Max herzlich in den Arm.

„So wird man wenigstens nicht ganz vergessen!" meckerte Jupp aus seiner Couch heraus.

„Du und vergessen", meinte Gerda. „Dir laufen doch die Leute das Haus ein, und das schon seit Monaten." Dann wandte sie sich wieder an Max. „Aber über deinen

77

Besuch freuen wir uns natürlich immer ganz besonders."

Gerda ging auf Jupp zu und streichelte ihm über die Wange. „Du bist müde, was? Laß mich raten! Habt ihr schon wieder über Wilfried König gesprochen?"

„Die Sache ist ja nun auch wichtig!" verteidigte er sich unwirsch.

„Sicherlich!" konterte Gerda. „Aber ich glaube nicht, daß du mit deiner Krankheit besonders gut geeignet bist, dich um diese Sache zu kümmern!"

Jupp zog sich die Wolldecke bis zum Kinn.

„Für den Außendienst habe ich ja den Max!" sagte er und grinste dann verschmitzt wie ein kleiner Junge.

14

Der Mittwochmorgen war für mich immer der reine Horror. Sechs Stunden Unterricht mit nur einer Freistunde dazwischen, in der siebten außerdem die 8c. Für den Unterricht in dieser Klasse hätte man an sich schon drei Freistunden als Ausgleich verdient. Daran konnte auch die zeitliche Nähe zu den Sommerferien nichts ändern. All das bedeutete den Total-k.o. um zwei Uhr mittags. Ich saß, wie jede Woche um diese Zeit, in einem Zustand körperlicher und geistiger Zerstörtheit im Lehrerzimmer, als Leo auf mich zusteuerte.

„Na, muß ich Wiederbelebungsversuche starten?"

„Danke, auch das wird nichts nützen", murmelte ich. „Ich wünsche übrigens eine Trauerfeier im engsten Familienkreis."

„Jetzt laß dich nicht so hängen! Vielleicht wird der nächste Stundenplan besser!"

Das munterte mich auf. Dies war der letzte richtige Schultag vor den Ferien gewesen, und nach der Sommerpause wurden die Karten neu gemischt.

„Komm, laß uns zum Chinesen gehen!" schlug Leo vor.

Ich winkte ab. „Gestern Pizzeria, heute Nasi Goreng. Wenn es nach Schwester Gertrudis geht, habe ich aufgrund meines fortgeschrittenen Alters schon jetzt kaum noch Chancen auf eine Eheschließung. Wenn ich jetzt auch noch dick werde, ist alles aus."

„Schwester Gertrudis!" Leo grinste. „Bis zu deiner Ankunft war ich ihr Lieblingsopfer in Verkupplungsangelegenheiten. Ich bin froh, daß du diese Rolle jetzt übernommen hast."

„Meine Hochzeit ist nur eins von vielen Themen für Schwester Gertrudis", erklärte ich. „Darüber hinaus läßt sie sich gerne über Mordtheorien im Fall Stichlingsen aus. Letztes Mal haben wir sachkundig den psychologischen Hintergrund verschiedener Tötungsarten erörtert."

Ich erzählte Leo von den illustrativen Beispielen, die Schwester Gertrudis parat gehabt hatte.

„Nach dieser Theorie müßte Wilfried König doch erschossen worden sein, oder?" fragte mein Sportkollege.

„Zumindest wenn es ein Schützenbruder war."

„Haben Schützen denn überhaupt noch was mit Schießen zu tun? Ich meine jetzt mal abgesehen vom Vogelschießen."

„In manchen Vereinen ist durchaus eine Schießsportabteilung beheimatet", erklärte Leo. „Ob das bei den Stichlingsern der Fall ist, weiß ich allerdings nicht."

Leider konnten wir die Sache nicht näher beleuchten, denn Leo entschloß sich, auch ohne mich zum Chinesen zu gehen. Ich dagegen entschied mich für eine Dosensuppe und machte mich auf den Weg zum Supermarkt. Ich parkte den Wagen hinter der neuen Post und schlenderte in den nahegelegenen Einkaufsmarkt.

Als ich an der Obstwaage die Taste für Pfirsiche suchte, entdeckte ich neben mir ein bekanntes Gesicht: Moni König. Sie lächelte schwach, als sie mich anblickte. Offenbar erkannte sie mich wieder.

„Hallo!" grüßte ich vorsichtig. „Wie geht's?" Die Frage war dämlich, da Moni König aussah, als hätte sie in den letzten Tagen zehn Kilo abgenommen. Sie war blaß und wirkte sehr hager.

„Wie soll's mir schon gehen?" fragte sie verbittert zurück, während sie ihren Beutel mit Paprika zuknotete. „Wie fühlt man sich, wenn man vom halben Dorf verdächtigt wird, seinen Mann umgebracht zu haben?"

„Sie machen Witze!"

„So kommt es mir jedenfalls vor!" Moni schluckte einen Kloß im Hals hinunter und senkte ihre Stimme. „Wo ich auftauche, habe ich das Gefühl, argwöhnisch betrachtet zu werden. Außerdem taucht ständig die Polizei mit neuen Fragen auf. Ich habe kein Alibi. Ich bin erst spät zum Schützenfest gegangen und hätte zur Tatzeit mit Wilfried zusammensein können. Aber was kann ich dafür, daß ich kein Alibi habe? Hätte ich es vorher gewußt, wäre ich natürlich eine halbe Stunde eher zum Fest gegangen, um bloß keinen Verdacht aufkommen zu lassen."

„Wahrscheinlich hat die Polizei nicht viel an der Hand", versuchte ich zu erklären. „Vermutlich versuchen die, möglichst viel von Ihnen über Wilfried zu erfahren."

„Ach, was kann ich denen denn schon sagen? Wir haben doch schon lange gar nicht mehr richtig miteinander gesprochen. Selbst vor Wilfrieds Affäre nicht, weil er fast nur noch gearbeitet hat. Er war praktisch nie zu Hause. Wenn er für die Firma im Osten war, dann habe ich ihn oft eine ganze Woche nicht gesehen."

„Ich denke, Ihr Mann hat bei Osterfeld gearbeitet! Die Firma ist doch am Ort!"

„Ja, schon, aber eine zweite Niederlassung ist in Döbern entstanden, in der ehemaligen DDR. Da mußte Wilfried häufig hin, um die Produktion mitzuorganisieren."

Ich stand einer Kundin im Weg, die sich ärgerlich vorbeiquetschte. Moni und ich gingen einen Schritt zur Seite.

„Ich habe gehört, daß Ihr Mann Schützenkönig werden wollte", versuchte ich mein Glück. „Können Sie sich vielleicht vorstellen, daß jemand etwas dagegen hatte?"

Moni stutzte etwas und überlegte. „Ich weiß nur", begann sie dann, „daß Wilfried nicht nur König werden wollte, um mir damit eine Freude zu machen - wobei das allerdings der Hauptgrund war. Der Kerl glaubte wirklich, vor lauter Seligkeit würde ich alles vergessen, wenn ich erst Königin wäre. Aber was eben auch eine Rolle spielte, war, daß er als König in den Schützenvorstand reinwollte."

„Das klingt interessant", sagte ich nachdenklich. „Hatte das einen besonderen Grund?"

„Es hatte wohl einen", Moni kaute auf ihrer Unterlippe. „Aber so ganz genau weiß ich den auch nicht. Als er einmal zuviel getrunken hatte, meinte er, es müsse sich einiges ändern in St. Sebastianus, und wenn er erstmal mit am Ruder säße, dann ließe er die Katze aus dem Sack."

„Das hat er gesagt? Haben Sie irgendeinen Verdacht, um was es gegangen sein könnte?"

Moni schüttelte langsam den Kopf. „Gegen den Reckert hatte er was, aber ob er dem was nachweisen wollte – keine Ahnung! Mit dem Hebel ist er früher häufig zur Arbeit gefahren, aber in letzter Zeit war das wohl nicht mehr der Fall. Vielleicht hat er sich auch mit dem gehabt – ich kann es Ihnen nicht sagen!"

Ich war ziemlich in Gedanken, als ich zur Kühltheke schlenderte. Daher wurde ich etwas aufgeschreckt, als ich dort erneut auf ein bekanntes Gesicht stieß: Schwester Gertrudis. Sie erledigte zusammen mit dem Hausmeister ein paar Einkäufe für den Orden. In den Händen hielt sie je eine Flasche Milch von zwei verschiedenen Firmen. Ich war sicher, daß sie mich zusammen mit Moni König beobachtet hatte und eine neue Frau in meinem Leben vermutete.

Nachdenklich las sie die Aufschriften auf den verschiedenen Milchetiketten. „Man weiß wirklich nicht, welche man nehmen soll." Dann lächelte sie noch einmal schelmisch, bevor sie hinzufügte: „Hauptsache, man überschreitet das Haltbarkeitsdatum nicht, habe ich recht, Herr Jakobs?"

15

Als Max vor seiner Wohnung einen Parkplatz gefunden hatte, blieb er noch einen Augenblick im Auto sitzen. Der Tag war lang gewesen. Morgens der Besuch bei Jupp. Danach ein paar Stunden arbeiten. In der Mittagspause dann diese Pleite bei Hebel. Die Sache stank. Das mußte nach Hebels Auftritt jedem Idioten aufgehen! Jupp, der nun endlich klar Schiff in dieser Angelegenheit machen wollte, hatte vorher extra bei Jürgen Hebel angerufen und ihn gebeten, die Kassenbücher der Schützenbruderschaft zurechtzulegen, damit Max sie abholen und zu Jupp bringen konnte. Hebel hatte wohl schon am Telefon etwas herumgedruckst, sich dann aber bereit erklärt. Als Max dann aber um zwei Uhr, wie verabredet, vorbeigekommen war, hatte Hebel sich verleugnen lassen. Er habe nicht von der Arbeit zum Essen nach Hause kommen können, wie sonst üblich, hatte seine Frau erklärt. Die Sachen selbst heraussuchen wollte seine Frau natürlich auch nicht. Sie wisse ja gar nicht, um welche Dinge es da genau gehe. Außerdem sei sie sowieso unglaublich enttäuscht, daß Baumüller in den Büchern herumschnüffeln wolle, obwohl das ganz und gar nicht üblich sei, so mitten im Jahr. Und wo denn da das Vertrauen bleibe, und der Schützenverein solle sich am besten jemand ganz anderen suchen, der die Kasse führe. Ihr Mann sei sich zu schade für Kontrollen außer der Reihe. Oh ja, Frau Hebel hatte sich ziemlich aufgeregt, und Max hatte den ganzen Lack abbekommen. Am frühen Abend, nach ein paar Stunden Taxifahren, war Max dann ohne Absprache einfach nochmal bei Hebel aufgekreuzt. Diesmal hatte der Hausherr selbst die Tür geöffnet.

Na, das ist ja prima, hatte Max gesagt. Dann kann ich die Unterlagen ja gleich mitnehmen, damit die Sache erledigt ist. Da war der Hebel aber ins Schwitzen geraten. Er habe sich noch nicht um die letzten Abrechnungen kümmern können. Schließlich habe er auch noch andere Dinge zu tun, als ehrenamtlich Kassenbücher zu führen.

Er werde sich bei Jupp melden, wenn er so weit sei. Aber vor nächstem Monat würde das sowieso nichts. Und er würde die Bücher in nicht abgeschlossenem Zustand einfach nicht zur Verfügung stellen wollen. Man sei da ja eigen. Hebels Kopf hatte sich bei diesen Ausführungen ziemlich dunkelrot gefärbt. Max hatte sich darauf beschränkt zu sagen, er werde Jupp seine Absage mitteilen. Der werde sich ja dann wahrscheinlich mit ihm in Verbindung setzen. Hebel hatte dann weitergefaselt, das sei gar nicht notwendig, er werde sich melden, sobald er so weit sei. Allerdings war ihm jetzt eine deutliche Erleichterung anzumerken gewesen, da Max offensichtlich bald verschwinden würde. Er hatte sich nur noch ein einziges Mal aufgeregt, das war, als Max sich verabschiedete. Max hatte mit der Hand über die schöne Haustür aus Holz gestrichen. „Eine wunderschöne Haustür, Herr Hebel", hatte er gesagt. „Überhaupt ein wunderschönes Haus, das Sie sich da gebaut haben. Wird eine Menge Geld gekostet haben, stimmt's?"

Max atmete durch. Als Jupp Baumüllers „Außendienstmitarbeiter" zu fungieren, entsprach nicht gerade seinem Traumjob. Klar, er war auch interessiert an dem Kuddelmuddel im Schützenverein. Aber daß er deshalb überall in der dreckigen Wäsche herumwühlen sollte, war nicht sehr angenehm. Als er am Nachmittag noch einmal zu Jupp hingefahren war, hatte er kurz am Lebensmittelgeschäft in Stichlingsen gehalten und ein paar Bananen gekauft. Zugegeben, er hatte auch mit Thomas Ehringhaus sprechen wollen, dem jungen Besitzer des Ihre-Kette-Ladens, von dem er wußte, daß er mit Bernhard Schnell befreundet war. Thomas war ausgesprochen redselig - die einzige Chance, wenn man mit einem kleinen Laden in einem kleinen Dorf seine Familie ernähren wollte. Thomas war wie von selbst auf den „Fall Stichlingsen" zu sprechen gekommen. Er hatte sogar von sich aus erzählt, daß Bernhard mit der Moni ein Techtelmechtel begonnen hatte. „Aber die Moni wollte sich nicht direkt in die nächste Kiste stürzen", hatte

Thomas anschaulich erklärt. „Die mag den Bernhard zwar, aber sie will eigentlich erstmal ihre Ruhe haben, um mit sich selbst und ihrer gescheiterten Ehe ins reine zu kommen. Der Bernhard dagegen, der war schon immer in die Moni verknallt. Für den sind durch Königs Affäre mit der Frau aus Kuhschiß-Hagen die Schranken geöffnet worden. Der würde alles für die Moni tun."

Max hatte augenscheinlich die Augenbrauen hochgezogen. Dann hatte er gefragt, ob er, Thomas, denn auf dem Schützenfest mit Bernhard zusammengewesen war. Klar, war er. Immer mal wieder, aber nicht die ganze Zeit. Der Bernhard war ja Offizier. Der mußte sich immer mal um irgendwas kümmern, und dann verschwand er eben für einige Zeit. So war das eben, wenn man ein Offizieller war.

„Für mich wär' das nichts", hatte Thomas gelacht. „Ich habe hier im Laden meinen Kittel an. Das reicht mir vollkommen. Da brauche ich für das Schützenfest keine Uniform!"

Max hatte auch gelacht und dann gesagt, er müsse jetzt aber los, noch beim Jupp vorbei. Und nachher noch arbeiten, ohne Kittel. Schade eigentlich, daß man beim Taxifahren keine Arbeitskleidung trug. Das hatte doch was.

Der Jupp war dann ziemlich am Ende, als Max erzählt hatte. „Oh Gott! Das hört sich ja schaurig an", hatte er gestöhnt. „Wenn jetzt tatsächlich die Bücher nicht in Ordnung sind, dann können wir den Verein gleich dichtmachen." Max wußte, wenn Jupp nicht so malad gewesen wäre, dann hätte er getobt. So aber übte er sich in stillem Gram.

Wenn er es genau nahm, hatte Max es ziemlich satt, in den Mordermittlungen rumzufuckeln. Wenn es nicht für Jupp gewesen wäre, hätte er sich lieber den ganzen Tag in sein Taxi gesetzt und wär' herumgefahren. Andererseits war er Jupp mehr als einen Gefallen schuldig. Wenn der nicht gewesen wäre, dann säße er vielleicht jetzt nicht hier. Dann wäre er mit allem gar nie fertig geworden. Max seufzte, als er aus dem Auto stieg. Die Gedanken, die jetzt in ihm aufstiegen, brannten immer noch. Wenn er einmal anfing zu grübeln, wenn einmal der Film begann von Natascha, wie sie vor ihm stand und mit ihm sprechen wollte, dann konnte er meist kein Auge zutun. Dann lag er stundenlang wach und verzweifelte, weil die Vergangenheit unumkehrbar war.

Als Max ein Geräusch hörte, kam er nicht mehr dazu, sich umzudrehen. Er wurde von hinten gepackt und so heftig an die Hauswand geschleudert, daß sein Rücken krachte. Das Gesicht, in das er blickte, war in höchster Anspannung. Max wollte etwas sagen, aber sein Gegenüber kam ihm zuvor: „Halt dich raus!" sagte er gepreßt. „Halt dich, verdammt nochmal, da raus!" Max hörte seinen Herzschlag bis zum Hals pochen. Im selben Moment wurde es dunkel um ihn herum.

16

„Du mußt ihn anzeigen!" Alexa redete ganz aufgebracht auf Max ein. Er hielt sich den Schädel, der wohl immer noch gehörig brummte.

Max hatte plötzlich vor der Tür gestanden und gefragt: „Habt ihr mal ein Pflaster für mich?"

Alexa regte sich immer mehr auf. „Ich verstehe das nicht! Warum rufst du nicht direkt bei der Polizei an? Je eher desto besser. Jemand wie dieser Schnell muß doch belangt werden."

Max schüttelte unwillig den Kopf. „Ich kann ihn ja verstehen."

„Wie bitte?" Alexa war außer sich. „Du kannst verstehen, daß jemand brutalste Mittel einsetzt, um einen Mord zu vertuschen? Wahrscheinlich bist du der Großneffe von Al Capone und verschiebst nebenbei gestohlene BMWs, was?"

„Quatsch!" Max faßte sich mit beiden Händen an den Kopf. „Ich kann nur verstehen, daß jemand Panik bekommt, wenn sich die Verdachtsmomente auf ihn konzentrieren."

„Oh ja, ich kann auch verstehen, daß jemand Panik bekommt, wenn sich die Verdachtsmomente auf ihn konzentrieren. Die Frage ist nur, warum sich die Verdachtsmomente auf ihn konzentrieren. Bernhard Schnell war Königs Konkurrent. Er hatte kurz vorher mit dem Opfer einen Streit. Findest du nicht, daß diese Verdachtsmomente ziemlich gravierend sind? Aber deiner Meinung nach kann man ihm natürlich nicht böse sein, wenn er versucht, einen unglückseligen Mord lieber unter dem Deckel zu halten, zur Not mit Hilfe eines skrupellosen Überfalls!"

„So war es ja gar nicht", grummelte Max. Alexa und ich starrten ihn verwundert an.

„Er war verzweifelt. Er hat Angst. Er ist alles andere als ein skrupelloser Mörder. Niemals hat er den König blutend im Dreck zurückgelassen."

„Woher willst du das wissen?" Alexa startete einen letzten Versuch.

Max nahm sich einen Moment Zeit für die Antwort. „Ich weiß es einfach", sagte er dann.

„Aha!" meinte Alexa ironisch.

„Aha!" schloß ich mich an.

„Bernhard Schnell wächst die Sache über den Kopf", begann Max zu erklären. „Er fühlt sich eingekesselt. Die Polizei sieht in ihm den optimalen Täter und in mir vermutet er den Schnüffler, der ihn in die Enge treiben will. Thomas Ehringhaus hat ihm brühwarm von meinem Interesse an dem Fall erzählt - und natürlich nicht verschwiegen, daß ich danach direkt zu Jupp Baumüller gefahren bin. Er sieht dahinter ein regelrechtes Komplott. Die Schützenbruderschaft will die Sache schnell vom Tisch haben, um zur Tagesordnung übergehen zu können. Und dabei sieht er sich auf der Strecke bleiben. Ihr könnt mir sagen, was ihr wollt, aber ich kann seine Überreaktion verstehen."

„Der Mann hat seine Emotionen nicht unter Kontrolle",
schimpfte Alexa. „Der gehört aus dem Verkehr gezogen."

Ich wußte intuitiv, daß Alexa das nicht hätte sagen sollen.
Es gab Formulierungen, die Max aus der Fassung
brachten, die wohl mit seiner Vergangenheit zusammen-
hängen mußten.

„Natürlich ist es sehr nützlich, wenn man immer seine
Emotionen unter Kontrolle hat", sagte Max bitter. „Ich
selbst bin wahrscheinlich das beste Beispiel dafür."

Alexa schwieg. Sie wußte, daß jedes Wort von ihr jetzt
falsch sein konnte. Max war durch eine einzige Bemerkung
getroffen worden. Aber vielleicht war es ja jetzt die
Gelegenheit für ihn, endlich mit der Wahrheit heraus-
zurücken.

„Vielleicht wäre es nicht schlecht, wenn du deine
Emotionen uns gegenüber herausließest", versuchte ich
mein Glück. Ich kam mir vor wie ein schlechter Psycho-
loge.

Max schwieg, aber nur für ein paar Sekunden. Dann
kam es. Nach langer Zeit, nach vielen Andeutungen und
Empfindlichkeiten begann Max endlich zu sprechen.

„Sie hieß Natascha", begann Max leise. „Und sie
studierte Theaterwissenschaften in Bochum. Ich war
zweiundzwanzig, als es passierte. Ich hatte gerade meine
ersten wichtigen Prüfungen hinter mit, mit glänzendem
Erfolg natürlich, so wie Vater es sich gewünscht hatte.
Einen Tag später stand Natascha plötzlich vor meiner Tür.
Sie kam herein, ganz schüchtern war sie, und sagte, sie
sei schwanger. Ich fiel aus allen Wolken. Wir waren ja
erst ein halbes Jahr zusammen. Ich hatte fest vor, im
folgenden Semester ein Stipendium in Cambridge
anzunehmen. Und dann stand Natascha da und sagte,
sie sei schwanger von mir. Ich wußte gar nicht, was ich
sagen sollte. Ich hatte nicht mal die Kraft, auf sie zuzugehen
und sie in den Arm zu nehmen. Natascha stand ein paar
Minuten da, und dann ging sie einfach, ohne ein Wort."
Max machte eine Pause, in der er sich stark innerlich zu

zügeln schien. „Als ich zur Besinnung kam, lief ich hinter ihr her. Ich suchte sie überall. Vergeblich. In ihrem Studentenwohnheim, bei Freundinnen, an der Uni – sie war einfach nicht zu finden. Ständig versuchte ich, bei ihr anzurufen- keine Chance. Zwei Tage danach hatte ich die Nummer ihrer Eltern in Süddeutschland heraus- gefunden. Ich rief an und-und erfuhr, daß - daß Natascha sich das Leben genommen hatte. Sie war bei ihren Eltern gewesen, aber die hatten zu einer Abtreibung geraten. Immerhin sei sie ja noch jung und habe alles noch vor sich. Sie solle erstmal das Studium abschließen. An ein Kind sei jetzt noch gar nicht zu denken." Max' Stimme war jetzt von Tränen erstickt. „Könnt ihr euch das vorstellen? Kein Mensch hat sie unterstützt. Kein Mensch hat gesagt: Wir schaffen das schon. Sie muß sich gefühlt haben, als sei sie ganz allein auf der Welt. Sie hat mir einen Brief geschrieben. Darin schrieb sie, sie würde mit ihrem Kind weggehen, dahin, wo sie wirklich angenommen sei." Max verbarg sein Gesicht in den Händen und schluchzte leise. Ich fragte mich, wie oft er diese Geschichte in seinem Leben schon erzählt hatte. Einmal, zweimal? Er mußte all dies ständig mit sich herumtragen wie eine Last, die man nie abwerfen kann.

„Max", sagte ich, „du warst überfordert. Kein Mensch hätte anders reagiert. Du konntest ja nicht ahnen-"

„Ich habe einen Fehler gemacht", sagte Max langsam, „und diesen Fehler werde ich nie wiedergutmachen können. Ich muß damit leben, so ist das nun mal."

„Du hast dein Studium geschmissen?" fragte Alexa vorsichtig.

„Ja, zur Betrübnis meiner Eltern, die von diesem Tag an nie wieder auch nur einen meiner Gedanken, auch nicht das leiseste Gefühl verstehen konnten. Sie hatten nur meine Karriere im Kopf, die nun unweigerlich auf dem Spiel stand. Sie haben nicht ein einziges Mal das richtige Wort für meine Situation gefunden. Sie haben nicht ein einziges Mal nach Natascha gefragt. Sie gaben sich allein der Sorge hin, daß ich mein Studium jetzt nicht in Bestzeit würde abschließen können."

Dann weinte Max. Er weinte lange und hemmungslos. Wenn ich an diesen Abend zurückdenke, so höre ich noch minutenlang ein verzweifeltes, hemmungsloses Schluchzen.

17

Der Donnerstag morgen hätte eigentlich ein fröhlicher Abschluß des Schuljahres werden sollen. Die Schüler waren gutgelaunt, zum großen Teil jedenfalls, soweit das Zeugnis das zuließ. Und die Kollegen waren zwar erschöpft von den letzten anstrengenden Wochen, aber trotzdem in ausgelassener Stimmung, weil sechs schul- und schülerfreie Wochen anstanden. Die Planungen für die Ferien waren so unterschiedlich wie die Kollegen selber. Roswitha Breding, meine pummelige Chemie- und Biokollegin, freute sich auf eine Wandertour durch Norwegen. Mein wuseliger Chemiekollege Frank Seling stürmte in die Endphase seines Hausbaus, die mit dem Einzug in der letzten Woche gekrönt werden sollte, und Gisela Erkens startete in eins ihrer geschätzten Selbstfindungsseminare. Nach der dritten Stunde, in der die Schüler in die Ferien entlassen wurden, gab es einen kleinen Umtrunk im Lehrerzimmer. Ich war noch verkatert von den Gesprächen des vergangenen Abends und hatte mich etwas abseits gestellt, um die ausgelassenen Kollegen aus der Distanz zu beobachten. Dieser Zustand hielt nicht lange an. Antonius Becker, ein älterer Lateinkollege, versuchte mich zu überreden, mich nach den Ferien in den Lehrerrat wählen zu lassen. Dann steuerte Leo, mein Sportkollege, auf mich zu.

„Was hast du eigentlich vor?" fragte er gutgelaunt. Leo wollte sich schon am Tag darauf zu einer Kanufahrt nach Südfrankreich aufmachen. Ich selbst hatte da weniger zu bieten. Mein Urlaub mit meinem Kölner Freund Robert mußte erst noch genauer geplant werden.

„Alexa muß arbeiten", erklärte ich. „Ich werde ein paar Tage hier ausspannen und danach einige Zeit in Köln verbringen." Allein bei dem Gedanken daran glimmte ein Freudenfunken in mir auf. „Von da aus werde ich mit Robert nach Griechenland aufbrechen. Wir haben nichts gebucht. Es soll ein Spontanurlaub werden."

„Bei 50 Grad auf der Akropolis würde es mir spontan zu heiß", sagte Leo trocken und grinste. Im selben Moment gesellte sich Bernhard Sondermann zu uns. Auch er war in ausgesprochen vergnügter Stimmung.

„Na, hat sich wieder das Stichlingser Aufklärungsteam versammelt?" fragte er scherzhaft.

„Wir überlassen die Ermittlungen lieber der Polizei", antwortete ich trocken. HeSieda ließ sich nicht die gute Laune verderben.

„Wie ich hörte, läßt die Polizei nicht locker. Die Stichlingser Bevölkerung scheint ja heftig aufgemischt zu werden."

„Jaja, die Aufklärung eines Verbrechens bringt viele Nebengeheimnisse zutage", murmelte ich altklug. Ich hatte mal im Studium eine Vorlesung darüber gehört.

„Ja, ein Schützenverein hat so einiges in sich", plauderte Sondermann, der ganz offensichtlich in der Stimmung war, eine Reihe von Allgemeinplätzen von sich zu geben. „Ein Geflecht von Pöstchenschieberei, wirtschaftlichen Interessen und Ausnutzung von Idealisten." Ich hatte das Gefühl, Sondermann beschrieb die innere Struktur einer Mafiagesellschaft. Natürlich hatte sich inzwischen herausgestellt, daß selbst in einer christlichen Bruderschaft, die sich das Motto „Glaube, Sitte, Heimat" auf die Fahne geschrieben hatte und sich für das Ausleben harmloser Geselligkeit einsetzte, nicht alles zum besten stehen mußte. Doch für Sondermann war durch den Mord an Wilfried König St. Sebastianus zum Ausbund von Intrige und Verbrechen geworden.

„Sie übertreiben!" argumentierte ich, um meinem

Kollegen weitere Informationen zu entlocken. „Selbst wenn es hier und da zu Reibereien kommt – die kommen schließlich überall vor, wo Menschen sich zusammentun. Und vor allem vergessen Sie die vielen ehrenamtlich Arbeitenden, die kein anderes Interesse haben, als etwas für die Gemeinschaft zu tun!"

„Die wird es sogar in Stichlingsen geben", fügte Leo hinzu.

„Natürlich gibt es diejenigen, die sich für den Schützenverein krummachen", stimmte Sondermann zu. „Ich habe selbst lange genug mitgearbeitet, um das zu wissen." Natürlich sah Sondermann sich selbst auch als einen hemmungslos Ausgebeuteten des Systems. „Ich kenne schließlich Jupp Baumüller, der schon seit Ewigkeiten die Belange der Schützenbruderschaft leitet. Ich kenne auch Gerhard Streiter, für den der Schützenverein mehr bedeutet als alles andere. Ohne diese Leute ginge im Schützenverein, ja im ganzen Dorf, überhaupt nichts. Das sind welche, die motivieren, die vermitteln, die organisieren können. Der Schützenverein ist gleichzeitig ihr Lebenselixier."

„Nun, Baumüller ist ja nun schon lange aus dem Rennen", kommentierte ich. „Er war noch nicht mal auf dem Schützenfest."

„Das dürfte ihm schwergefallen sein", meinte Sondermann nickend. „Vor allem jetzt, wo im Verein alles drunter und drüber geht, kann er kaum eingreifen. Das ist sicherlich bitter für ihn. Genauso dürfte Gerhard Streiter leiden. Streiter ist, glaube ich, schon seit seiner Jugend im Schützenverein aktiv. Er hat sich langsam hochgearbeitet und es bis zum Oberst gebracht."

Ich verkniff mir einen kleinen Applaus für den Abwesenden.

„Ist es denn wirklich so etwas Besonderes, einen solchen Posten zu bekommen?"

„Das ist es!" sagte mein Kollege bestimmt. „In der Regel ist im Dorf der Schützenverein der größte Verein, was die Mitgliederzahl angeht. Um genau zu sein, sind in einem

Dorf wie Stichlingsen fast alle Bewohner Mitglieder des Schützenvereins. Insofern hat der Verein auch einen großen Einfluß und ein starkes Ansehen im Dorf. Gleichzeitig agieren die Schützenvereine über die Gemeindegrenzen hinweg. Es gibt Kreis- und Bundesschützenfeste, und die besucht man als Offizieller eines Vereins. Diese Repräsentation ist für viele ungemein wichtig. Es verleiht vielen Leuten eine Aufmerksamkeit, die sie anderenorts nicht bekommen."

„Ich verstehe", murmelte ich. „Wenn die Schützenbruderschaft, ihr Erhalt und ihr Ansehen, eine solche Rolle für viele Stichlingser spielt, hat der Ansehensverlust, den einzelne Schützenbrüder durch ihr „Fehlverhalten" bewirken können, also eine ungeheure Bedeutung?"

„Erinnern Sie sich an den Kölner Karnevalsprinzen, der in die Presse kam, weil er angeblich homosexuell war? Damals hatte man den Eindruck, die Kölner fürchteten, der Dom würde zusammenfallen, wenn diese Sache nicht rechtzeitig vom Tisch käme."

Natürlich erinnerte ich mich. Aber konnte man den Kölner Karneval mitsamt seinen einflußreichen Organisationen mit dem Stichlingser Schützenverein vergleichen? Sondermann schien meine Gedanken zu erraten.

„Der Verein ist kleiner, aber für die Betroffenen nicht weniger wichtig", erklärte er.

„Und so befürchtete man, die Stichlingser Dorfkirche bräche zusammen und begrübe den gesamten Schützenverein unter sich?" fragte ich nachdenklich.

„So ähnlich!" antwortete Sondermann feist grinsend. „Herzlichen Glückwunsch, Herr Jakobs. So langsam beginnen Sie, das Sauerland zu verstehen!"

18

Diesmal fragte Beate Kleinert nicht nach Dr. Hasenkötter. Das Gespräch unter Frauen, das sich letztes Mal im Pferdestall ergeben hatte, schien für die Stichlingser Reiterin eine echte Bindung zu Alexa gebracht zu haben.

„Frau Schnittler", sagte sie daher auch zuallererst, als Alexa den Stall betrat. „Sie können sich ja gar nicht vorstellen, was seit ihrem letzten Besuch passiert ist."

Alexa warf einen erschrockenen Blick auf das Pferd. Sie dachte sofort an eine Entzündung. Doch der Fuchs stand seelenruhig in seiner Box, schien nicht zu fiebern und auch der Verband sah völlig unverdächtig aus.

„Ihrem Pferd geht es doch gut?" fragte Alexa trotzdem, während sie ihre Tasche auf den Boden stellte.

„Boris?" Beate Kleinert schien einen Augenblick verdutzt. „Natürlich geht es ihm gut. Davon spreche ich gar nicht. Aber denken Sie nur: Der Unfall von Wilfried König war aller Wahrscheinlichkeit nach ein Mord. Die Polizei hat das meiner Freundin erzählt. Der Moni. Die wird weiterhin von denen heimgesucht, als hätte sie den Mord eigenhändig verübt. Stellen Sie sich das vor! Die Moni – ein Mord! Aber was noch hinzukommt: Die Polizei weiß jetzt auch, daß die Moni und der Bernhard Schnell ein Techtelmechtel hatten. Ist ja auch kein Wunder. Das ganze Dorf wußte Bescheid. Da mußte die Polizei ja irgendwann drauf kommen. Und jetzt ist der Bernhard natürlich auch verdächtig. Sehr verdächtig sogar. Jedenfalls hat die Polizei schon zweimal mit ihm gesprochen. Und der Bernhard hat wie die Moni kein Alibi. Kein direktes jedenfalls. Ist das nicht unangenehm?"

Alexa hatte inzwischen im Knien den Verband abgewickelt und betrachtete das Bein. „Das ist wirklich schrecklich", sagte sie, als spräche sie mit dem Bein. „Vor allem, wenn Bernhard Schnell wirklich nichts damit zu tun hat."

Beate Kleinert guckte irritiert. „Sie sagen das so-. Sie glauben doch nicht im Ernst?"

„Ich glaube gar nichts", antwortete Alexa, während sie den Verband zur Seite legte. „Ich kenne Bernhard Schnell nicht die Bohne. Wie soll ich wissen, ob er einen Mord begehen könnte?"

Beate Kleinert schien nun ihrerseits abzuwägen. Schließlich hatte sie sich eine Meinung gebildet. „Gut, der Bernhard war in früheren Jahren ziemlich jähzornig. Als der noch für den SV Stichlingsen stürmte, da gab es angeblich nach einer umstrittenen Schiedsrichterentscheidung jedesmal Zoff in der Umkleidekabine, weil Bernhard sich mit der gegnerischen Mannschaft fetzte. Aber diese Zeiten sind lange vorbei."

Alexa dachte an Max' blaues Auge. So ganz schienen die Zeiten doch noch nicht vorbei zu sein.

„Inzwischen spielt der Bernhard gar kein Fußball mehr", sinnierte Beate weiter. „Und insgesamt ist er viel ruhiger geworden. Auf eine Prügelei läßt er sich heute erst recht nicht mehr ein. Glaube ich jedenfalls", fügte Beate etwas leiser hinzu. „So oder so finde ich es klasse, daß er sich nach der Trennung um die Moni gekümmert hat. Er hat sie richtig wiederaufgebaut, und er selbst hat dadurch auch gewonnen. Ja, ich glaube fast, durch Monis Einfluß ist der Bernhard ausgeglichener geworden."

Alexa stellte fest, daß sie mittlerweile kaum noch Zwischenbemerkungen machen mußte. Einmal angestoßen, quasselte Beate Kleinert wie ein holländischer Radiosender.

„Wenn der Bernhard nicht gewesen wäre, dann hätte die Moni ganz bestimmt nicht so gut den Absprung von ihrem „Ex" geschafft. Dann würde sie womöglich heute noch dessen Hemden bügeln. Mit Bernhard wird Moni zwar nicht gerade Schützenkönigin, aber dafür hat sie wenigstens einen vernünftigen Mann an ihrer Seite."

„Nun, vielleicht macht ihr Bernhard Schnell ja im nächsten Jahr die Freude", Alexa versuchte ihre wahren Gedanken hinter einer leutseligen Fassade zu verbergen. „Dann wird sie doch noch Schützenkönigin."

„Das wär was", schwärmte Beate. „Und unser ganzer

Kegelclub im Hofstaat. Unter dem Aspekt müßten wir ja fast dankbar sein, daß der König nicht mehr unter uns ist."

Alexas Kopf schoß nach oben. „Was sagen Sie da?" Beate Kleinert wurde sofort puterrot.

„Das- das war natürlich nicht so gemeint", stotterte sie. „Aber natürlich dürfte die Moni nicht Königin werden, wenn sie geschieden wäre."

Alexa guckte ungefähr so quadratisch wie das verstaubte Fenster, durch dessen fast blinde Scheibe ein wenig Sonne fiel.

„Das müssen Sie mir aber jetzt mal erklären."

Beate Kleinert erholte sich gerade von ihrem verbalen Ausrutscher. Sie war froh, daß sie jetzt ein paar Erklärungen geben konnte. „Nun, daß wir hier ein Schießverbot für Geschiedene haben, das wissen Sie doch, oder?"

„Ich glaub', ich weiß nur, daß eine Schützenkappe meistens grün ist", sagte Alexa resigniert. „Aber unter welchen katholischen Grundvoraussetzungen man sie tragen darf, ist mir unklar."

„Ganz einfach, ein geschiedener Mann wird einfach gar nicht unter die Vogelstange gelassen. Genausowenig darf eine geschiedene Frau Schützenkönigin werden."

„Ist das immer schon so?"

„Vor ein paar Jahren gab es in der Umgebung ein paar Präzedenzfälle", erklärte Beate. „Danach haben die meisten Schützenvorstände grundsätzlich über diese Frage eine Entscheidung getroffen. Und in Stichlingsen hat man sich eben im Sinne der strengkatholischen Auslese entschieden."

Plötzlich schoß Alexa eine Idee in den Kopf. „Wie sah es dann eigentlich mit Wilfried König aus? Seine Frau wollte sich von ihm trennen. Er aber wollte trotzdem König werden. War das ein Problem?"

Beate Kleinert stutze einen Moment. „Unter dem Aspekt habe ich das noch gar nicht gesehen", murmelte sie dann. „Im Grunde hätte man ihm noch nichts anhaben können. Die Scheidung war noch nicht durch. Insofern konnte man sich auf nichts berufen. Andererseits hat er ganz offiziell diese Affäre mit der Tussi aus Kuhschiß-Hagen gehabt. Ein richtiger Lieblingskandidat wird er daher sicher nicht gewesen sein."

Alexas Augen funkelten plötzlich in einem leuchtenden Grün. „Sieh mal einer an", brabbelte sie aufgeregt vor sich hin. „Vielleicht ist das schon ein Grund für einen Königssturz."

Beate Kleinert hatte bereits das Thema gewechselt, als Alexa aus ihren Gedanken auftauchte. Auf Schützenfeste kam sie erst wieder zu sprechen, als Alexa bereits im Auto saß. Das Fenster war bei der Hitze weit geöffnet, und Beate winkte freundlich ins Wageninnere hinein.

„Vielleicht sehen wir uns ja am Wochenende!" rief Beate fröhlich.

Alexa guckte erstaunt. Eine weitere Kontrolluntersuchung war fürs Wochenende gar nicht vorgesehen.

Beate lachte ausgelassen. „Aber diesmal nicht im Pferdestall. Diesmal auf dem Brechlingser Schützenfest."

Alexa lächelte gequält. Nach allem würde sie lieber das gesamte Wochenende den Stall ausmisten als den Brechlingser Schützen beim Feiern zugucken.

19

„Warum auf einmal?" Beim Joggen fiel mir das Sprechen absolut schwer, auch wenn sämtliche Jogging-Päpste sich einig waren, daß man dabei ganze Bücher rezitieren müsse, um wirklich entspannt zu sein. Wenn ich beim Laufen versuchte, ein paar Sätze rauszuschnaufen, bekam ich in der Regel Seitenstiche, die ich die ganze Zeit nicht mehr los wurde. Ich fühlte daher nach diesen drei Worten in mich hinein. „Warum auf einmal?" schien eine Sequenz zu sein, die mein Körper ganz offensichtlich ohne Nebenwirkungen beim Laufen produzieren konnte.

„Keine weiteren Indizien!" sagte das Phänomen, das neben mir trabte. Das Phänomen war Max. Ein Raucher, der ganze Nächte und halbe Tage in seinem Taxi herumhing, keinen Schritt zu Fuß ging, aber wenn es sein mußte, seine Joggingschuhe anzog, loslief und dabei auch noch ganze Vorträge halten konnte. Nun ja, ganze Vorträge waren bei Max' Mentalität eher unwahrscheinlich. Aber immerhin machte es ihm nichts aus, ob er seine Sätze im Stehen, Sitzen oder Laufen herausbrachte – und das, obwohl er überhaupt nicht im Training war.

„Wie – keine Indizien?"

„Außer den weißen Fädchen am Reißverschluß und den Autospuren in der Nähe des Tatorts gibt es halt keine Hinweise auf ein Gewaltverbrechen", erklärte Max lässig. „Und für Fädchen und Reifenspuren gibt es natürlich auch hundert harmlose Erklärungen. Da braucht man nicht auf einen Mord zu bestehen."

„Das gibt's doch gar nicht", schnaufte ich. „Die waren sich doch so sicher."

Noch bevor Max antwortete, wußte ich, daß es passiert war. Das Ziehen kam heftig, und ich wußte sofort, daß ich es damit nicht lange würde aushalten können.

„Christoph ist es auch nicht so ganz wohl, wenn der Fall auf diesem Wege abgeschlossen wird. Andererseits weiß er nicht, wie es weitergehen soll. Ihm sind die Ideen ausgegangen."

Mein Lauf würde sowieso jeden Moment beendet sein. Jetzt konnte ich die Unterhaltung auch ungeniert fortsetzen. „Es gibt doch genug Leute mit einem Motiv. Denk nur an Bernhard Schnell, Königs Kontrahenten! Was ist außerdem mit diesem Kassenführer? Die Spuren sind doch noch warm. Warum geht man denen nicht nach?"

„Man hat alle Verdächtigen ausgequetscht wie eine Zitrone, behauptet Christoph. Angeblich ist man auf keine verhärtenden Verdachtsmomente gestoßen. Die aufgenommenen Reifenspuren passen zu keinem Auto eines Verdächtigen. Andere Hinweise, die belastend sein könnten, hat man nicht auftreiben können. Das Ergebnis der Obduktion hat ebenfalls keine neuen Erkenntnisse gebracht. König ist an seiner Kopfverletzung gestorben, die durch einen Aufprall verursacht wurde, und zwar genau dort, wo wir ihn gefunden haben. Folglich ist er auf den Stein geknallt, der unter seinem Kopf lag. Der Crash ist etwa zehn Minuten vor unserem Eintreffen passiert. König hat Pech gehabt. Wäre schon früher ein Auto vorbeigekommen, hätte er vielleicht eine Chance gehabt."

Ich wollte mich einfach nicht zufriedengeben. „Die Ermittlungen dauern doch noch keine Woche an. Mir erscheint das ausgesprochen kurz", warf ich ein.

„Christophs Chef geht am Samstag in Urlaub", erklärte Max. „Er will den Fall vorher abschließen."

„Verdammt!" Ich blieb abrupt stehen und hielt mir die Seite.

Max hielt ein paar Schritte vor mir. „Es ist zwar ärgerlich", meinte er, „aber kein Grund, deshalb einen Herzinfarkt zu kriegen."

„Mach dir meinetwegen keine Sorgen", erwiderte ich zynisch, während ich mir die rechte Seite hielt. „Soviel ich weiß, ist das Herz eher auf der anderen Seite zu finden."

Inzwischen waren wir am Ufer des kleinen Sees angekommen, der von den Stadtbewohnern gerne zum Sonntagsspaziergang genutzt wurde. Wir gingen halb um das Gewässer herum und ließen uns auf eine Bank fallen, die einen wunderbaren Blick auf das Biotop erlaubte. Links neben uns stand eine geschnitzte Skulptur, angstvolle Menschen, Opfer eines Krieges. Es war totenstill. Die Hundebesitzer waren schon wieder zu Hause angekommen, Mütter mit Kinderwagen rückten meist erst am Nachmittag an.

Inzwischen hatten die Stiche sich gelegt, außerdem atmete ich wieder ganz ruhig. „Eigentlich hätte ich nicht schlecht Lust, den gesamten Stichlingser Schützenverein aufzumischen", sagte ich plötzlich aus einer Laune heraus.

Max sah mich verwundert an.

„Es liegt doch nahe, daß jemand, der das Ansehen der Bruderschaft schützen wollte, Wilfried König unter Druck gesetzt hat. Wie Alexa mir erzählt hat, ist es geschiedenen Schützen untersagt, am Vogelschießen teilzunehmen. König war zwar nicht geschieden, war aber trotzdem ein ungeliebter Kandidat, weil er quasi getrennt lebte, nachdem er eine heiße Affäre gehabt hatte, über die jede Stichlingser Hauskatze Bescheid wußte. Außerdem hätte seine Frau Moni womöglich vor aller Ohren als Schützenkönigin abgelehnt – ein Skandal im Sauerland. Ich darf gar nicht daran denken. Die Zeitungen hätten sich darauf gestürzt, und Stichlingsen wäre über mehrere Schützenfestsommer hindurch in aller Munde gewesen. Es liegt doch nahe, daß es Leute gibt, die das verhindern wollten. Leute, denen die Bruderschaft am Herzen liegt."

Max blickte mich nachdenklich an. „Du vermutest diese Leute im Dunstkreis des Vorstandes, nehme ich an."

„Dunstkreis ist das richtige Wort!"

„Würdest du mitmachen, wenn es darum ginge, auf eigene Faust weiterzuwühlen? Christoph Steinschulte wird vielleicht doch noch weitermachen, wenn sein Vorgesetzter ihm freie Hand läßt. Darüber hinaus könnten wir selber weiterforschen!"

„Das halte ich für keine gute Idee", wehrte ich ab. „Heute ist mein erster Ferientag, und ich habe nicht vor, mir meine Ferien durch sogenannte private Ermittlungen zu versauen. Außerdem kommt Robert am Wochenende, und vermutlich düsen wir Mitte nächster Woche gemeinsam nach Griechenland." Ich stand auf, Max folgte mir. Wir liefen am Teich entlang Richtung Grillplatz und taperten dann die paar Meter unter den Bäumen durch zu dem Parkplatz, wo ich mein Auto abgestellt hatte.

Max griff das Gespräch wieder auf. „Robert kommt? Na, der wäre doch für unser Team eine echte Bereicherung."

„Ich glaube, das sieht er anders, wobei ich ihm ausnahmsweise recht geben würde."

Robert, mit dem ich zusammen in Köln studiert hatte und der jetzt noch dort in der Abteilung für Alte Geschichte arbeitete, hatte uns bei der Aufklärung unseres letzten Falls ein wenig geholfen. Allerdings hatte er seinen damaligen Einsatz als „verdeckter Ermittler" bis heute noch nicht richtig verarbeitet.

Max überlegte einen Augenblick. „Auf jeden Fall werde ich in Kürze noch einmal zu Jupp Baumüller fahren. Er wird zu deinen Überlegungen sicherlich mehr sagen können. Hättest du nicht Lust mitzufahren?"

„Meinst du ich bin blöd? Ich lasse mich doch nicht schrittweise in die Sache reinziehen. Nein danke!"

„Ich dachte nur", murmelte Max. „Sollte ich nicht vorm Wochenende noch einen Blick auf deine Zündkerzen werfen? Das hätte ich dann bei der Gelegenheit machen können!" Ich bemerkte ein ganz leichtes Zucken an Max rechter Augenbraue. Ansonsten war ihm nichts anzusehen.

„Seh ich aus, als wäre ich erpreßbar?" sagte ich trotzig. „Ich krieg mein Auto schon alleine wieder flott. Außerdem bekomme ich tatsächlich Geld dafür, daß ich als Lehrer arbeite. Vielleicht reicht mein letztes Monatsgehalt sogar für eine Autowerkstatt."

Ich öffnete die Autotür, die immer verdächtig laut quietschte. Der verschwitzte Max ließ sich neben mir auf den Beifahrersitz fallen.

Ich drehte den Zündschlüssel genau achtmal. Max sagte keinen einzigen Ton. Die ersten sieben Male hatte man noch ein leises Gluckern gehört. Jetzt, beim achten Mal, blieb der Motor völlig totenstill. Ich warf einen Seitenblick auf Max, und wieder zuckte dessen Augenbraue, ganz minimal nur, kaum zu erkennen. Aber diesmal wußte ich, was es bedeutete. Max lachte sich innerlich halb tot.

20

Freitag abend. Ich saß mit Hochspannung vor dem Fernseher. Heute war der Fall eines heimtückischen Serienmörders in der neuesten Ausgabe von „Aktenzeichen XY" gesendet worden. Doch es war noch spannender gekommen: Ein Totschlagsdelikt in der westfälischen Provinz - brutalerweise während eines Schützenfestes verübt! Ede Zimmermann hatte inständig um die Mithilfe der Zuschauer gebeten, um dieses grausame Verbrechen aufzuklären. Doch hatte die Sendung Erfolg gehabt? Konnten aufmerksame Zuschauer einen Beitrag zur Lösung des Falls leisten? Die Spannung wuchs ins Unerträgliche. Jetzt endlich wandte Zimmermann sich direkt an seinen Mitarbeiter im Studio Sauerland:

„Guten Abend ins Sauerland. Hallo Franz-Josef Mistenkötter. Können Sie uns schon irgendwelche Erfolgsmeldungen zum Fall König mitteilen?"

Es dauerte ungefähr eine Minute bis Studio Sauerland diese diffizile Frage per Kopfhörer zur Kenntnis nehmen und dann wichtig antworten konnte: „Ja, guten Abend, Herr Zimmermann. Ich kann nur sagen, hier laufen die Leitungen heiß. Gerade eben kam ein Anruf aus Kirchhundem von einer jungen Frau, die erzählte, ihr Mann sei vor einem halben Jahr auch sehr unglücklich gestürzt, nachdem das Enkelkind ihn angestoßen habe. Allerdings habe er außer einer kleinen Platzwunde keine weiteren Verletzungen davongetragen. Im übrigen habe sowohl sie, die Anruferin, als auch ihr Mann nichts mit dem Tathergang im Fall König zu tun. Der gemeinsame Sohn Frank konnte dann am Telefon auch gleich ein Alibi geben."

„Na, das hört sich ja schon ganz interessant an!" brachte Ede Zimmermann stirnrunzelnd an.

„Ja, aber das ist noch nicht alles!" ließ Franz-Josef Mistenkötter sich nicht frühzeitig aus der Leitung werfen. „Wir bekamen auch eine Anfrage von Gerti König aus

101

Hemer, die besorgt war, weil sie auch König heißt. Sie fragte an, ob es sich vielleicht um einen Täter handele, der es speziell auf Opfer mit dem Namen König abgesehen habe. Liebe Frau König, wir können da natürlich noch nichts Genaues sagen. Aber aller Wahrscheinlichkeit nach geht das Mordmotiv nicht auf einen Namenskomplex zurück. Ich kann daher alle Zuschauer mit dem Namen König beruhigen."

„Na, das ist doch mal eine gute Nachricht", merkte Ede Zimmermann an und hob seine Mundwinkel um gut zwei Millimeter nach oben, womit er Derrik, was mimische Fähigkeiten angeht, um Längen hinter sich ließ. „Vielen Dank ins Sauerland!" rief Ede fröhlich.

Von Franz-Josef Mistenkötter mit dem Kopfhörer hörte man noch ein „Mach ich doch gern, woll?" woraufhin die Leitung sofort gekappt wurde.

Ich hörte ein lautes Klingeln. Ob jetzt ein Mitarbeiter aus dem Studio Zürich antelefoniert wurde? Ich fuhr hoch und blickte hektisch um mich! Kein Ede Zimmermann. Kein Fernseher. Die Wohnungsklingel hatte mich aus dem Mittagsschlaf geweckt.

Vor der Tür stand Max. Und zwar genau der Max, mit dem ich erst vor zwei Stunden gelaufen war. Aus der Traum vom ersten erholsamen Wochenende, denn Max sah überaus tatendurstig aus.

„Laß knacken!" meinte er rüde in mein verschlafenes Gesicht. „Unten im Wagen wartet Christoph Steinschulte. Er braucht deine Hilfe."

Ich guckte verständnislos.

„Na, komm schon!" drängte Max. „Ich erklär' dir alles im Auto."

Zwei Minuten später saß ich auf der Rücksitzbank von Steinschultes Dienstwagen, allerdings, wie bei der Kripo üblich, ein Zivilfahrzeug. Das wär's auch noch gewesen, daß ich aus meiner Wohnung heraus in einen Polizeiwagen hätte steigen müssen. Innerhalb kürzester Zeit hätte die gesamte Nachbarschaft darüber spekuliert, welchen Verbrechens ich mich schuldig gemacht hatte.

„Ich hab mir gestern nochmal alle Protokolle zum Fall König angeschaut", erklärte Steinschulte den Grund für meine Entführung. „Dabei ist mir aufgefallen, daß Alfons Reckert erst bei seiner zweiten Vernehmung ein Alibi vorgebracht hat. Angeblich gab es technische Probleme in der Schützenhalle, die er zur fraglichen Zeit mit einem Handwerker in Ordnung gebracht hat. Ich habe das Alibi von einem Kollegen überprüfen lassen. Der Handwerker hat Reckert bestätigt. Dennoch möchte ich noch einmal mit ihm sprechen, denn es ist schon komisch, daß das Alibi erst beim zweiten Ansetzen kam. Vor allem aber", und hierbei reckte Steinschulte den Kopf nach hinten, „liegt mir daran zu erfahren, ob Reckert der Mann ist, den du auf der Toilette belauscht hast. Ich glaube, wenn wir diesen Fall noch knacken wollen, müssen wir auf dieser Schiene fahren."

„Verstehe!" nickte ich. „Ich hoffe nur, daß ich mich eindeutig erinnere."

In Stichlingsen lenkte Steinschulte sein Auto in ein Neubaugebiet. Am Ende einer Sackgasse stand ein unscheinbares Einfamilienhaus.

„Da sind wir", meinte Christoph und parkte den Wagen am Straßenrand.

„Ist er überhaupt da?" erkundigte sich Max. „Es soll Leute geben, die jetzt noch arbeiten."

„Ich hab mich erkundigt", beruhigte Christoph ihn. „Seine Frau meinte, er müsse kurz nach zwei Uhr zu Hause sein. Reckert arbeitet im Büro bei den Stadtwerken. Die machen freitags um diese Zeit dicht."

Die Tür öffnete sich direkt nach dem ersten Schellen. Ganz offensichtlich erwartete man uns bereits. Frau Reckert war eine typische Hausfrau um die fünfzig. Zweckmäßig gekleidet, mit einer Frisur, die sie wahrscheinlich mit sämtlichen anderen Kundinnen ihres Friseursalons teilte. Sie wirkte aufgeregt. Kein Wunder. Vincent wußte, ihm würde es nicht anders gehen, wenn er auf diese Weise mit der Polizei zu tun bekäme.

Alfons Reckert wartete bereits im Wohnzimmer. Er

wirkte dahingesetzt wie die Sofakissen, die in Reih und Glied die Couch flankierten. Insgesamt war in dem sehr biederen Wohnzimmer alles perfekt aufgeräumt, gepflegt, sauber. Frau Reckert war zweifelsfrei eine erstklassige Hausfrau. Ich musterte Reckert. Wenn ich mich nicht verschätzte, war er allerdings auch der Haustyrann, der das forderte. Ich war überzeugt, daß der Zweite Vorsitzende von St. Sebastianus auf genau ein solches Wohnambiente allergrößten Wert legte.

„Sicher trinken Sie eine Tasse Kaffee", brachte Frau Reckert wie einstudiert hervor.

„Gern!" sagte ich und lächelte ihr dankbar zu. Schüchtern lächelte sie zurück und verschwand dann in die Küche.

„Herr Reckert, Sie haben bei einem meiner Kollegen angegeben, daß Sie zu der Zeit, da Wilfried König ums Leben kam, in der Schützenhalle mit einem Techniker beschäftigt waren. Können Sie mir sagen, warum Sie diese Aussage erst bei Ihrer zweiten Vernehmung gemacht haben?"

„Können Sie mir zunächst erklären, warum Sie nicht allein gekommen sind?" fragte Reckert erregt. „Soviel ich weiß, gehören diese beiden Herren nicht zur Polizei. Ich sehe nicht ein, warum sie bei diesem persönlichen Gespräch dabeisein sollten."

Ich konnte Reckert nur zustimmen. Die Sache wirkte irgendwie halbprofessionell.

„Ganz einfach!" sagte Steinschulte bestimmt. „Einer der beiden Anwesenden hat unfreiwillig während des Schützenfestes eine Unterhaltung mitangehört, die für die Ermittlungen von großer Bedeutung ist. Leider ist eine der Stimmen bisher keinem Gast der Veranstaltung zugeordnet worden. Daher der Versuch, diese Stimme zu identifizieren."

Natürlich war diese Erklärung in keiner Weise überzeugend, Reckert jedoch war jetzt sehr verunsichert. Er blickte Max und mich mit flackerndem Blick an und schwieg.

„Ich wiederhole noch einmal die Frage, Herr Reckert. Warum haben Sie Ihre Aussage erst jetzt gemacht?"

Reckert wand sich noch ein paar Sekunden, bevor er antwortete. „Als ich zum ersten Mal befragt wurde, da war ich ja auch nicht alleine. Das war nach der Versammlung am Schützenfestmontag. Da stand Bernhard Schnell ganz in der Nähe."

„Ich folgere daraus, daß Sie ihre Aussage, Sie hätten mit einem Handwerker ein technisches Problem gelöst, als höchst brisant einstufen." Nur ein Kenner hörte in Steinschultes Tonfall die leichte Ironie.

„Eigentlich ist es gar nichts Schlimmes, aber dann doch etwas unangenehm", schlidderte Reckert umher. Mir fiel auf, daß Reckert in seiner Aufgeregtheit zu einer leicht kieksigen Stimme neigte. Sie paßte eigentlich gar nicht zu seinem eher korpulenten Äußeren.

„Nur keine Hemmungen", ermunterte Steinschulte ihn. „Ich kann Ihnen versichern, daß wir alle drei keine Informationen weitergeben, wenn es nicht für die Ermittlungen absolut notwendig ist."

„Also gut", begann Reckert. „Die Sache hat mit der Firma zu tun, die die Arbeiten im Sanitärbereich unserer Schützenhalle vorgenommen hat."

„Sie meinen die Firma Ihres Bruders?"

Reckert schaute überrascht, weil Steinschulte dieser Sachverhalt bereits bekannt war.

„Ich sehe, jemand hat Sie darüber schon informiert."

„Herr Reckert, bitte erklären Sie jetzt kurz und knapp, wo das Problem liegt."

Reckert faltete die Hände und sammelte sich, als brüte er, welche Formulierung nun am ungefährlichsten war.

„Wie Sie schon richtig sagten, hat die Sanitärfirma meines Bruders den Auftrag ausgeführt, was-", an dieser Stelle räusperte Reckert sich, „was in der Bruderschaft einige Unstimmigkeiten mit sich gebracht hat. Ganz ungerechtfertigterweise allerdings."

„Einige ihrer Schützenbrüder verdächtigen Sie also, als Geschäftsführer den Auftrag Ihrem Bruder zugeschanzt zu haben, verstehe ich richtig?" Steinschultes Stimme klang bereits ziemlich ungeduldig.

„Ja, und genau da liegt das Problem. Ich mußte mich wirklich unendlich verteidigen, daß mit dieser Firma die wirklich günstigste und vor allem die am besten arbeitende den Auftrag bekommen hatte. Nun passierte aber gerade an unserem Hochfest ein peinlicher technischer Ausfall. Das Warmwasser in der Küche funktionierte plötzlich nicht mehr. Außerdem kam es im Bereich der Toiletteninstallationen zu einem Druckabfall, was natürlich bei ständiger Inanspruchnahme sehr unangenehm ist. Kurz und gut: Es mußte dringend ein Klempner an die Arbeit, um die Sache auf Vordermann zu bringen."

„Aha!" Christoph klang weiterhin über alle Maßen interessiert.

„Gott sei Dank lief mir in der allergrößten Not jemand aus dem Ort über den Weg. Ein Klempnermeister, den ich um Hilfe bat. Andreas Pittmann ist sein Name."

„Ja, und?"

„Nun, er war zunächst sehr ungehalten, weil er selbst den Auftrag für die Arbeiten nicht bekommen hatte, nun aber zu Reparaturarbeiten hinzugezogen werden sollte."

„Läßt sich nachvollziehen", erlaubte Max sich die Bemerkung.

Reckert registrierte ihn gar nicht. „Gott sei Dank erklärte er sich dann aber doch bereit, die Sache in die Hand zu nehmen. Innerhalb einer Stunde hatte er die Probleme behoben. Während dieser Stunde war ich die ganze Zeit bei ihm. Es war genau der Zeitraum, nach dem Ihr Kollege mich befragt hat."

„Zwischen fünf und sechs Uhr?"

„Ich habe genau auf die Uhr geguckt, um meinem Bruder den Fall nachher aufs Butterbrot schmieren zu können", maulte Reckert kleinlaut.

Max grinste ein wenig in sich hinein. Wahrscheinlich überlegte er, wieviel Geld Reckert dem Stichlingser Klempner hatte bieten müssen, um ihn zur Mitarbeit zu bewegen.

„Auf jeden Fall war mir die Sache vor meinen Schützenbrüdern äußerst unangenehm. Ich hatte daher mit Andreas Pittmann ausgemacht, daß die Sache unter uns bleiben sollte", erklärte Reckert.

„Das wird extra gekostet haben", murmelte Max.

Im selben Moment kam Frau Reckert herein und servierte Kaffee.

„Ich weiß gar nicht, ob sich das jetzt noch lohnt", beeilte sich ihr Mann zu sagen. „Im Grunde haben wir schon alles geklärt, oder sehe ich das falsch?"

„Keine Sorge, ein bißchen Zeit haben wir noch", meinte Kriminalkommissar Steinschulte und goß sich Milch in seine Tasse. Er warf einen Seitenblick auf mich. Ich schüttelte unmerklich den Kopf. Alfons Reckert war nicht Wilfried Königs Gesprächspartner auf der Toilette gewesen. Jetzt wußte ich es sicher. Zwar hatte ich ihn bei unserer ersten Vernehmung direkt nach dem Mord sprechen hören, doch damals hatte ich in aller Aufregung nicht genauer darauf geachtet. Heute aber konnte ich sicher sagen: Der war es nicht!

21

Der Ferienanfang wurde mit Max zum Alptraum. Auch am Samstag morgen riß mich sein Schellen aus dem Schlaf. Mein Ermittlungschef hatte einen Gesprächstermin mit Jupp Baumüller einberufen. Selbst als ich in Max' Auto saß, war ich noch nicht richtig munter. Mir fehlte eine Tasse Kaffee, aber Max hatte mich mit dem Versprechen getröstet, daß wir bestimmt bei Jupp Baumüller mit Kaffee versorgt würden. Zuviel Koffein sei ja erwiesenermaßen auch gar nicht gut. Sonst klappe das mit dem Joggen in Kürze bald gar nicht mehr. Nun saß ich eben im Auto und war froh, als Max vor Baumüllers Haus zum Stehen kam. Es öffnete Gerda

Baumüller, eine sympathische, fröhliche Frau, die uns ins Wohnzimmer führte. Dort lag Jupp Baumüller auf dem Sofa und sprach aufgeregt in sein tragbares Telefon hinein. Als er uns sah, beendete er sein Gespräch mit den Worten: „So machen wir's dann. Alles klar!"

„Es geht um das Brechlingser Schützenfest" wandte er sich lächelnd uns zu, soweit sein Rücken das zuließ. Er schien mein Auftauchen nicht überraschend zu finden. Offensichtlich hatte Max ihn schon am Telefon vorbereitet. „Wir mußten noch absprechen, welche Abordnung wir aus St. Sebastianus morgen zum Festzug schicken."

Ich lächelte so, als würde ich mich ständig mit ähnlichen Fragen beschäftigen.

„Machen Sie Ihr Amt eigentlich gerne?" fragte ich unvermittelt.

Jupp Baumüller schaute mich irritiert an. „Wie kommen Sie denn jetzt darauf?"

„Ich finde es beachtlich, daß so viele Menschen sich im Schützenverein – pardon, in der Schützenbruderschaft ehrenamtlich engagieren. Ich frage mich, woran das liegt."

„Warum engagieren sich Leute im Sportverein?" antwortete Baumüller mit einer Gegenfrage. Er wog wohl ab, ob ich so etwas Ähnliches wie ein Verhör mit ihm durchziehen wollte. Tatsächlich interessierte ich mich für das Selbstverständnis der Schützen. Vielleicht kam man so der Frage auf den Grund, ob jemand König ermordet hatte, um das Ansehen des Vereins zu wahren. Ich versuchte, meiner Stimme einen ganz lockeren Tonfall zu geben.

„Vielleicht sollte ich anders fragen", holte ich aus. „Was ist das Besondere am Schützenverein? Was zieht auch junge Leute an? Was ist der Inhalt, der bei Sport- oder Musikvereinen ja viel eindeutiger ist?"

Jupp Baumüller schaute mich einen Augenblick durchdringend an. Entweder suchte er nach den richtigen Worten oder er fragte sich, wie man die Antwort darauf *nicht* wissen konnte.

„Schützenbruderschaften unterliegen dem Brauchtum",

erklärte er dann mit seiner sonoren Stimme. Man konnte fast sagen, er geriet ins Schwärmen. „All diese Rituale, die beim Schützenfest durchgeführt werden, sei es das Vogelschießen oder das Marschieren des Hofstaates, unterliegen jahrhundertealten Traditionen. Das allein macht sie zu einem wertvollen Gut."

„Aber das allein beantwortet meine Frage nicht", bemerkte ich. „Ich glaube nicht, daß jungen Leuten diese Traditionen so überaus bewußt sind. Wir leben schließlich in einer Spaß-Gesellschaft. Warum beteiligen sie sich trotzdem?"

„Hat diese militärische Ausrichtung da vielleicht Auswirkungen?" steuerte Max mit einem fragenden Blick bei. „Uniformen, Orden, Kompanien und das ganze Brimborium?"

„Ich will gar nicht abstreiten, daß das eine Rolle spielt. Ich glaube, für uns alle, die wir als Schützen von St. Sebastianus mitmarschieren, bedeutet es: Wir stehen zu unserer Gemeinschaft. Natürlich hat diese Ordnung, die im Schützenverein zur Schau getragen wird, durchaus etwas Anziehendes. Ich erlebe diese militärischen Züge aber als etwas durchweg Harmloses. Es geht darum, unserer Gemeinschaft eine Struktur zu geben, eine äußere Form, die unseren Zusammenhalt illustriert, ähnlich wie es auch in Karnevalsvereinen stattfindet."

Ich bemerkte, daß Jupp Baumüller die Gabe hatte, für alles schöne Worte zu finden. Ich verstand jetzt mehr und mehr, worin seine Führungsqualitäten im Verein bestanden.

„Die Gemeinschaft, die Zusammengehörigkeit im Dorf und als Höhepunkt das gesellige Schützenfest sind meiner Meinung nach die Inhalte unserer Schützenbruderschaft, die wir durch Brüderlichkeit und Disziplin zu erhalten hoffen."

Jupps Rede hörte sich tatsächlich gut an. Aber all diese Beschreibungen waren angesichts der Geschehnisse in St. Sebastianus mehr als fragwürdig. Wo waren Gemeinschaft und Brüderlichkeit, wenn der Kassenwart die Gelder nicht korrekt verwaltete, der Zweite Vorsitzende Aufträge unrechtmäßig vergab und ganz nebenbei auch noch ein Schützenbruder um die Ecke gebracht wurde?

„Wie beurteilen Sie eigentlich die Entwicklung verschiedener Vereine, das Schützenfest mehr zu einem Volksfest werden zu lassen?" hakte ich nach.

Baumüller winkte ab. „Das ist der Untergang. In den Städten geht man hier und da dazu über, am Samstagabend eine Disco einzurichten oder das Ganze wie eine Kirmes aufzuziehen. Ich kann nur sagen: Das ist das Ende des Schützenwesens, der Ausverkauf unserer Tradition. Wenn man diesen Trends folgt, dann landet man bald auf einer gesichtslosen Jahrmarktveranstaltung. Dann muß man sich wirklich fragen, warum Leute sich da noch engagieren!"

„In Ihrem Dorf wäre das also nicht möglich?" erkundigte ich mich.

„Wir sind ein typischer Dorfverein", erklärte Jupp. „Es ist doch kein Zufall, daß so viele Gäste auf unser Schützenfest kommen. Unsere überschaubare Bruderschaft schätzt man wegen ihrer Gemütlichkeit. Wir haben dieses Rammtammtamm gar nicht nötig. Aber um Ihre erste Frage zu beantworten: Ich mache mein Amt sehr gerne, solange ich das mit meinem verdammten Rücken überhaupt noch kann."

Baumüller suchte sich auf dem Sofa eine andere Lage. Ganz offensichtlich hatte er Schmerzen.

„Jupp, warum wir überhaupt hier sind", fing Max an. Er ahnte, daß Jupp nicht mehr lange konnte. „Der Vincent hat auf dem Stichlingser Schützenfest ein seltsames Erlebnis gehabt, von dem ich dir schon lange berichten wollte."

In diesem Moment kam Gerda Baumüller herein und servierte Kaffee. Endlich. Max unterbrach so lange seine Ausführungen. Gerda hatte uns gerade allen eingeschenkt, als das Telefon schellte. Baumüller meldete sich und hörte dann eine ganze Weile nur zu. „Hm, ja, ich weiß auch

nicht-", war das erste, was er sagte. „Beruhigen Sie sich
erstmal!" kam es etwas später. „Ich kann ja hier nicht
weg wegen dem verdammten Rücken. Aber ich habe
gerade zwei junge Männer hier, denen ich absolut
vertraue. Sie sind mit dem Thema bestens vertraut. Jaja,
genau. Sie sind in zehn Minuten da, und dann sehen wir
weiter."

Nachdem er auf einen Knopf am Hörer gedrückt hatte,
sagte er erstmal gar nichts. Gerda sah ihn mit weit
aufgerissenen Augen an. Keiner wagte etwas zu fragen.

„Das war Karin Hebel", sagte Baumüller schließlich in
einer sehr abwesenden Art. „Die Frau von Jürgen Hebel,
unserem Kassenführer. Ihr Mann ist seit gestern
verschwunden."

22

Nicht, daß Kaffee jetzt das Wichtigste gewesen wäre.
Die Dame des Hauses sah schließlich ziemlich erledigt
aus. Karin Hebel war eine Frau um die Dreißig, also ein
gutes Stück jünger als ihr Mann. Sie hatte lange braune
Locken, die Alexa sicherlich eindeutig als Dauerwelle
identifiziert hätte. Sie trug eine weiße Baumwollhose, ein
rotes, hautenges Oberteil und zierliche Sandalen. Ihre
Figur erinnerte an diese superdünnen, fast mageren
Models, die in letzter Zeit in die Schlagzeilen gekommen
waren. Ihr Gesicht paßte in gewisser Weise dazu: blaß,
leicht verweint – auf jeden Fall völlig fertig. Karin Hebel
tupfte sich mit einem Taschentuch die Augen aus, ganz
vorsichtig, um nur ja nicht irgendwelche Schminke zu
verschmieren.

„Er kommt sonst immer gegen fünf von der Arbeit",
begann Karin Hebel leise. „Wenn es später wird, auch
erst gegen sechs." Auf der wuchtigen schwarzen
Ledercouch sah Karin Hebel irgendwie verloren aus.

„Wo arbeitet Ihr Mann denn überhaupt?" fragte Max interessiert. Von wegen echter Stichlingser. Offensichtlich wußte er noch nicht einmal von jedem Einwohner die Arbeitsstelle.

„Bei Osterfeld!" Karin Hebel sagte das fast so, als wäre das eine denkbar überflüssige Frage. Vielleicht war es das auch in Anbetracht der Tatsache, daß Osterfeld deeer Fabrikant am Ort war. „Jürgen ist dort Chefbuchhalter", fuhr Karin Hebel fort.

„Na, dann war er ja quasi zum Kassenführer vorherbestimmt", entfleuchte es mir in einem ironischen Tonfall. Karin Hebel sah mich ängstlich von der Seite an.

„Jürgen kam gestern nicht von der Arbeit. Als ich um acht Uhr abends vom Joggen zurückkam, war er noch nicht da. Es deutete auch nichts darauf hin, daß er zwischenzeitlich zu Hause gewesen wäre. Natürlich habe ich alle möglichen Leute angerufen. Freunde, Kollegen, seine Eltern. Aber niemand konnte mir sagen, wo Jürgen steckt. Leider habe ich mit meinen Anrufen eine Menge Wind gemacht. Seine Eltern waren in heller Aufregung. Deshalb habe ich ab elf Uhr nochmal angerufen und behauptet, Jürgen sei wieder aufgetaucht. Er habe einen alten Bekannten getroffen und sei spontan mit ihm einen trinken gegangen."

„Wie kamen Sie denn dazu?" Max und ich waren mehr als verwundert. „Wie wollten Sie das denn wieder ausbügeln, wenn, ja wenn-" Ich wußte nicht, wie ich es formulieren sollte. Es lief ja letztendlich darauf hinaus, daß Jürgen Hebel sich entweder vom Acker gemacht hatte oder daß ihm etwas zugestoßen war.

„Warum haben Sie denn die Polizei noch nicht benachrichtigt?"

Karin Hebel rieb nervös ihre Hände aneinander. „Ich bin immer noch der Meinung, daß es eine ganz natürliche Erklärung für Jürgens Verschwinden gibt, so daß das Einschalten der Polizei wirklich nicht nötig ist. Immerhin hat es ja seit Königs Tod ziemlich viel Aufregung gegeben. Womöglich würden aus der Sache dann die falschen

Schlüsse gezogen."

Es wirkte beinahe grotesk, wie Karin Hebel sich durch verbale Umschreibungen wand.

„Sie meinen, man könnte Jürgen Hebel des Mordes an König verdächtigen, nachdem er von der Bildfläche verschwunden ist?" Max wirkte etwas genervt, weil man Frau Hebel jedes Wort einzeln aus der Nase ziehen mußte.

„Genau. Und das wäre natürlich fatal", beeilte sich Frau Hebel zu betonen. „Denn eins kann ich Ihnen versichern: Mit diesem Unfall hat Jürgen aber auch gar nichts zu tun!"

„Wieso sind Sie da so sicher?" Mein Versuch, die Ehefrau zu provozieren, gelang.

„Ich bin immerhin Jürgens Frau. Meinen Sie, ich würde es nicht bemerken, wenn mein Mann zum Mörder mutiert wäre? Jürgen hat mich bei jeder Angelegenheit ins Vertrauen gezogen."

„Na, das trifft sich ja gut!" Max imitierte einen fröhlichen Tonfall. „Dann können Sie uns ja sicher Auskunft geben, wie weit die Kassenführung von St. Sebastianus gediehen ist, nicht wahr? Oder ist Ihr Mann auch in den letzten Tagen nicht zum Rechnungsabschluß gekommen?"

Karin Hebels Verhalten änderte sich schlagartig. „Das ist es ja, warum ich Jupp Baumüller angerufen habe", sagte sie in einem resignierten Tonfall. „Sie beugte sich nach vorn und verbarg ihren Kopf zwischen ihren Händen. „Mit den Büchern des Vereins ist nicht alles, wie es sein sollte. Das haben Sie sicher längst bemerkt." Karin Hebel blickte fragend auf. Dieses Geständnis fiel ihr wohl leichter, wenn sie wußte, daß die Bruderschaft ihrem Mann längst auf die Schliche gekommen war.

Max tat ihr den Gefallen. „Natürlich ist uns klar, daß hinter den Ausflüchten Ihres Mannes irgendeine unsaubere Sache steckt."

Karin Hebel nickte dankbar. Sie hielt ihre knöchernen Fäuste nun unters Kinn, als müßte sie damit ihren Kopf hoch halten. „Unsaubere Sache ist eigentlich das falsche Wort", fuhr sie nun fort. „Das einzige ist, daß Jürgen sich aus der Vereinskasse etwas Geld geliehen hat. Seit der letzten Spende von Osterfeld sowie dem Erlös vom Herbstfest stand der Verein ja ganz gut da. Das hat Jürgen genutzt, um ein paar private Unkosten zu decken."

Es war beeindruckend, wie Karin Hebel, nicht gerade eine gewiefte Betrügerin, es verstand, diesen kriminellen Akt zu bagatellisieren. Man hatte den Eindruck, Jürgen Hebel habe sich mit einem Drähtchen fünf Mark aus seinem Sparschwein geangelt.

„Um welche Summe handelt es sich?"

Karin Hebel wand sich noch einen Moment. „Es werden so fünfundzwanzigtausend Mark gewesen sein, vielleicht auch etwas mehr. Ich glaube sogar, fast dreißigtausend."

Max und ich schluckten. Es ging hier nicht um Summen, wie man sie mittlerweile aus politischen Kassenskandalen kennt, aber immerhin. Für den Betrug an einer sauerländischen Schützenbruderschaft ganz ordentlich.

„Darf man fragen, wofür Ihr Mann das Geld gebraucht hat?"

„Nun, wir haben uns ein bißchen beim Hausbau übernommen", erklärte Frau Hebel schleppend. „Sie glauben ja gar nicht, was das alles kostet – vor allem die Innenausstattung. Sie bekommen ja heute kein vernünftiges Waschbecken mehr unter fünfhundert Mark."

Ich unterdrückte meinen Einwand, daß ich noch vor zwei Wochen im Baumarkt ein Exemplar gesehen hatte, das für nur einen Bruchteil dieser Summe zu haben gewesen war - ein Ausbund an Schlichtheit, wie ihn viele Sanitärdesigner zur Zeit favorisieren.

„Sie müssen uns glauben, daß wir das Geld nur ausleihen wollten. Spätestens nach einem Monat sollte die diskrete Rückzahlung erfolgen. Kein Mensch hätte einen Schaden davon gehabt, denn Zinsen sind auf einem Girokonten bei dem Betrag ja kaum zu verzeichnen. Wahrscheinlich hätten wir die sogar der Rückzahlung hinzugefügt", erklärte Karin Hebel großzügig. „Leider kam dann alles ganz anders!"

Max ließ in der Zwischenzeit seinen Blick über die teure Einrichtung des Hebel'schen Wohnzimmers gleiten. Man hatte nicht den Eindruck, daß das Ehepaar an einer Stelle gespart hatte.

„Das Geld, das meine Eltern uns zu Jürgens Geburtstag schenken wollten – eine Summe von fast vierzigtausend, die sie schon zigmal angekündigt hatten, brauchten sie plötzlich selber. Bloß, um sich ein neues Auto zu kaufen. Natürlich haben wir alles getan, um ihnen das neue Auto auszureden. Die beiden sind an die siebzig. Wofür brauchen die noch ein neues Auto, noch dazu ein so teures?"

Eine Frage, die man sicher gerne hört, wenn man vor wenigen Jahren in den verdienten Ruhestand gegangen ist.

„Jürgen hat sich erboten, sich um alle Reparaturen zu kümmern, doch da war nichts zu machen. Sie wollten einfach das verdammte Auto haben. Uns haben sie dann auf das folgende Jahr vertröstet." Karin Hebel präsentierte die gesamte Ungerechtigkeit dieses Vorfalls in ihrem Gesichtsausdruck.

„Seitdem stehen wir unter dem ständigen Druck, das Geld herbeizuschaffen. Dabei sind unsere Kreditmöglichkeiten längst erschöpft. Und einen Bekannten wollten wir nicht fragen, um bloß keine finanziellen Engpässe zur Schau zu stellen."

Max' Gesichtsausdruck war völlig ausdruckslos, doch ich war mir sicher, was er über das Ehepaar Hebel dachte.

„Jürgen versuchte immer, mich zu beruhigen. Kein Mensch würde von der Sache etwas merken, hat er mir immer erzählt. Gerade nach dem Schützenfest sei die Kasse immer so prall gefüllt, daß sich kein Mensch für den genauen Kontostand interessiere. Allein der Gewinn sei dann relevant."

„Aha!" Max und ich sahen ungefähr gleich ungläubig aus. Die Angst vor der Wahrheit setzte ganz offensichtlich ein ganz immenses Maß an Naivität frei. Oder sprach man hier besser von Dreistigkeit?

„Wie sieht es denn auf dem Konto der Schützen-bruderschaft für gewöhnlich aus?" erkundigte ich mich. „Schwelgt man derartig im Plus, daß dreißigtausend Mark gar nicht ins Gewicht fallen?"

„Durch den Umbau sind im letzten Jahr etliche Ein- und Ausgänge zu verzeichnen", erklärte Karin Hebel. „Den Großteil des dafür notwendigen Geldes hat Sebastianus von Sponsoren eingeholt. Außerdem sind dieses Jahr ganz gute Einnahmen durch Hallenvermietungen zustande gekommen. Da noch nicht alle Handwerkerrechnungen beglichen worden sind und noch Geld für die neue Thekenanlage im Herbst zurückgelegt worden war, hatten wir es im Frühjahr mit einem Guthaben von knapp fünfunddreißigtausend Mark zu tun."

„Wovon Sie dreißigtausend abgeschöpft haben", er-gänzte Max ungefragt.

„Jetzt zum Schützenfest wären ja nochmal Einnahmen von fast zehntausend Mark hinzugekommen, wenn wir wieder einen Umsatz von hunderttausend geschafft hätten", erläuterte Frau Hebel, als mache das die Sache weniger schlimm. „Damit hätten die nächsten Handwerkerrechnungen ganz problemlos bezahlt werden können."

„Wenn Ihnen da nicht die unglücklichen Umsatzverluste dazwischengekommen wären", führte ich aus.

„Bis zum Jahreswechsel, wo die Kassenprüfer ans Werk gegangen wären, hätten wir den Kredit auf jeden Fall zurückgezahlt", jammerte die Frau des Kassenwarts. „Die letzten Tage waren für uns der wahre Horror. Nicht etwa, daß Königs Tod die Aufmerksamkeit von uns abgelenkt hätte. Nein, die Aufregung war so groß, daß alles und jedes in Frage gestellt wurde. Auf einmal wollte Jupp Baumüller die Bücher einsehen. Den Rest der Geschichte kennen Sie ja."

Irgendwie hatten wir beide, Max und ich, das Gefühl, daß ein Teil des Unglücks, das über die Hebels hereingebrochen war, von der Gastgeberin auf unsere

Schultern gepackt werden sollte. Max ging darauf aber gar nicht ein.

„Wissen Sie eigentlich, woher König über Ihre Transaktion Bescheid wußte?"

„Ein unglücklicher Ausrutscher!" jammerte Frau Hebel jetzt. „Jürgen fuhr gelegentlich mit Wilfried König zur Arbeit. König arbeitete bei Osterfeld in der Produktion. Auf einer Autofahrt muß König mal gefragt haben, ob er Einblick in die Bücher nehmen könne - angeblich, weil er über die Auftragsvergabe Näheres wissen wollte. Allerdings hat Jürgen dann ein wenig rumgestottert. König hat das Ausweichmanöver bemerkt und Leuten aus dem Vorstand geraten, doch mal die Kasse überprüfen zu lassen. Verständlicherweise war danach das Verhältnis zwischen Jürgen und dem König nicht mehr das beste."

„Wann genau ist die ganze Sache denn passiert?" fragte ich stirnrunzelnd.

Karin Hebel blickte auf ein Bild mit zwei Katzen, das an der Wand hing. „Das wird vor knapp drei Wochen gewesen sein", antwortete sie dann. „Ja, so ungefähr müßte das hinkommen."

„Ihnen ist schon klar, daß Ihr Mann damit ein Motiv hatte, Wilfried König umzubringen?" Max blickte sein Gegenüber durchdringend an.

„Das ist es ja gerade", seufzte Karin. „Jürgen und mir war auch klar, daß die Polizei diesen Verdacht hegen würde. Aber glauben Sie mir: Weder Jürgen noch ich haben irgend etwas mit der Sache zu tun. Wir haben König zum letzten Mal am Sonntag in der Schützenhalle gesehen, als er auf Bernhard Schnell traf und ihn anpöbelte. Mein Mann ist noch dazwischengegangen und hat König beruhigt, obwohl er ja nun wirklich keinen Vertrag mehr mit ihm hatte."

Karin Hebel sah in unseren Gesichtern wahrscheinlich nicht die Zustimmung, die sie sich erhofft hatte. „Was hätte der Jürgen denn davon gehabt, wenn er den König umgebracht hätte?" versuchte sie es nun auf eine andere Tour. „König hatte Baumüller ja längst informiert. Die

Geschichte war daher eh im Umlauf."

Dieses Argument war mir natürlich auch schon bewußt geworden. Trotzdem hatte ich ein unwohles Gefühl.

„Was den Verbleib Ihres Mannes angeht, sind wir deshalb immer noch nicht weiter", führte Max an. „Oder glauben Sie, daß er sich aus Angst vor Konsequenzen abgesetzt hat?"

„Ich habe keine Ahnung, welche Folgen es hätte, wenn die ganze Sache an die breite Öffentlichkeit käme", antwortete Karin Hebel mit tränenerstickter Stimme. „Kommt man wegen eines solchen Betrags schon ins Gefängnis?" Max und ich waren schließlich keine Rechtsanwälte, aber eigentlich war ich mir sicher, daß man in solchen Fällen eine außergerichtliche Lösung suchte. Allerdings, und das war auch Frau Hebel anzumerken, wog viel schwerer, was innerhalb der Dorfgemeinschaft passieren würde. Hebels, die sich auf Kosten der Schützenfest feiernden Allgemeinheit bereichert hatten, um ihr sündhaft teures Eigenheim fertigzustellen, würden höchstwahrscheinlich für immer und ewig verschrien sein. Nicht daran zu denken, daß sie weiterhin in gemütlicher Runde ihr Bier trinken oder einen harmlosen Besuch beim Bäcker machen konnten, ohne von bösen Blicken verfolgt zu werden. Über die Verachtung der Bevölkerung würde auch der hartgesottenste Abzocker sich nicht hinwegsetzen können.

„Es ist mir völlig schleierhaft, was mit Jürgen sein könnte", schluchzte Karin Hebel jetzt lauter. „Natürlich vermute ich, daß er aus Angst eine Weile untergetaucht ist. Aber er muß doch wissen, daß das keine Lösung ist. Außerdem hätte er doch wenigstens mich benachrichtigt, oder?"

Max versuchte, möglichst sachlich zu bleiben. „Sind die Unterlagen über die Kassenführung von St. Sebastianus noch da?" fragte er mit ernstem Gesichtsausdruck.

„Das habe ich gestern sofort nachgeguckt", sagte unsere Gastgeberin, während sie sich die Tränen aus dem Gesicht wischte, diesmal weniger sorgfältig und ohne auf ihre

Schminke zu achten. „Die drei Ordner stehen nach wie vor im Regal. Es scheint auch nichts daraus entnommen zu sein."

„Ist es dann nicht höchst unwahrscheinlich, daß Ihr Mann wegen dieser Sache verschwunden ist?"

Frau Hebel schluchzte wieder los. Wahrscheinlich war die Möglichkeit, daß Jürgen Hebel nicht nur das überschuldete Haus, sondern auch seine Ehefrau verlassen wollte, das schlimmere Übel.

„Am besten geben Sie uns erst einmal die Unterlagen mit. Die werden wir Jupp Baumüller natürlich aushändigen müssen. Ansonsten würde ich Ihnen raten, Ihren Mann bei der Polizei vermißt zu melden. Es sei denn, Sie wären bereit, zunächst eine private Suchaktion zu organisieren. Aber um ehrlich zu sein, halte ich die Erfolgsaussichten für minimal. Ihr Mann ist ja mit dem Auto verschwunden. Die Suchaktion muß daher sehr umfassend sein – eine Sache, die keine Nachbarschaft der Welt leisten kann."

Karin Hebel nickte weinend in sich hinein. Max nahm alles weitere in die Hand. Er rief direkt auf der Handynummer von Christoph Steinschulte an und verständigte ihn. Steinschulte hatte zwar gerade Dienstschluß, aber Max konnte ihn davon überzeugen, daß er sich selbst um die Sache kümmern sollte. Dann drängte er Karin Hebel, eine Freundin kommen zu lassen, die sich ein wenig um sie kümmern konnte. Nach kurzer Zeit bekam er die Telefonnummer ihrer Schwester, die auch bereit war, sofort nach Stichlingsen zu kommen. Als sie eintraf, und zwar noch vor der Polizei, fühlten wir uns schließlich überflüssig und verließen das Haus. Als sich die Haustür hinter uns schloß, fiel unser Blick fast gleichzeitig auf ein Wasserspiel, das neben dem Haus einen Grünstreifen auflockern sollte. Es war ein steinerner Fisch, der aus dem Mund heraus einen Wasserstrahl in einen Miniaturteich spuckte. Das Tier hatte ein selten dämliches Grinsen auf dem Gesicht, von dem man nicht wußte, ob es gewollt war oder nicht.

„Was schätzt du?" fragte Max, ohne seinen Blick

abzuwenden.

„Mindestens dreitausend", murmelte ich.

Jetzt brauchte ich aber wirklich eine Tasse Kaffee.

23

Aus dem Samstag wurde dann doch noch ein einziges großes Schlafen. Der Ferienbeginn hatte ein schier nicht zu befriedigendes Schlafbedürfnis freigesetzt. Nach dem Erlebnis mit Karin Hebel war nachmittags endlich die große Ruhe eingekehrt. Selbst Max verschonte mich mit Anrufen über verlorengegangene Ehemänner. Wahrscheinlich hatte er genug mit dem Taxifahren zu tun. Bekanntlich war ja am Wochenende wieder Schützenfest angesagt. Und da boomte das Taxigeschäft natürlich. Am Samstag abend zappte ich unschlüssig im Fernsehprogramm herum, bevor ich endlich einschlief. Den Sonntag verbrachte ich dann fast ausschließlich mit einer Reihe von Zeitungen im Bett. Immer wieder schlief ich für ein, zwei Stunden ein, aß eine Kleinigkeit, las weiter oder schlief wieder. Erst jetzt merkte ich, daß Körper und Seele völlig ausgelaugt waren. Es war daher ein Glück, daß Robert, der ursprünglich schon am Freitag hatte kommen wollen, seinen Besuch nach hinten verschoben hatte. So konnte ich noch ein wenig ausspannen. Am Nachmittag stand plötzlich Alexa vor der Tür. Sie war am Freitag zu einer Freundin nach Marburg aufgebrochen. Die Sehnsucht hatte sie aber schon ein paar Stunden eher als geplant nach Hause getrieben. Ich war völlig aus dem Häuschen, so freute ich mich. Es dauerte ganze fünf Minuten - danach waren alle vergeigten Wochenenden vergessen, alle tierärztlichen Notfälle aus meinem Gedächtnis gelöscht. Der Nachmittag ließ sich mit nur einem einzigen Wort beschreiben: Alexa!

Als es am Sonntag abend schließlich an der Tür klingelte, wäre ich beim Öffnen beinahe hintenrüber gefallen. Der Mann vor meiner Wohnungstür trug ein riesiges grünes Ungeheuer auf dem Kopf, das sich bei genauerem Hinsehen als Hut identifizieren ließ. Aber was für ein Hut! Wahrscheinlich war er vor über zwanzig Jahren gekauft worden, um einen hibbeligen kleinen Jungen zu Karneval als Robin Hood zu verkleiden. Der hibbelige kleine Junge war inzwischen groß geworden. Er hieß Robert und wollte tatsächlich in meine Wohnung.

„Spinnst du?" sagte ich zur Begrüßung und wich keinen Schritt zur Seite.

„Fällt dir keine freundlichere Begrüßungsansprache ein?" fragte Robert beleidigt. „Oder haben die ungehobelten Sauerländer es tatsächlich schon geschafft, dir deine gesamte rheinische Freundlichkeit auszumerzen?"

„Halte besser den Mund!" warnte ich meinen alten Kumpel aus Studententagen. „Im Wohnzimmer sitzt Alexa mit einem sauerländischen Wanderstab und erschlägt alle, die das Wort gegen ihre Region erheben."

Robert grinste und schob sich an mir vorbei.

„Jetzt sag endlich, was diese alberne Verkleidung soll!" drängte ich.

„Na, was wohl?!" Robert verdrehte die Augen, während er seine Reisetasche in meinem Flur fallen ließ, der damit zu dreiviertel voll war. „Ich denke, wir gehen aufs Schützenfest. Da muß ich doch die passende Kopfbedeckung tragen."

Alexa stand bereits im Türrahmen und lachte sich kaputt. „Robert! Ich weiß nicht, was du über die Menschen hier denkst. Aber eines kann ich dir sicher sagen. Sie laufen nicht mit überdimensionalen Filzhüten inklusive roten Federn herum!"

„Nein?" Robert gab sich wirklich erstaunt. „Im WDR-Fernsehen lief kürzlich ein Beitrag über Schützenfeste in Westfalen. Du kannst mir glauben, daß mir ein kleiner Aufschrei entglitt, als ich Männer in Uniform und mit fast meinem Hütchen entdeckte. Endlich, dachte ich. Endlich bekommt mein grüner Hut, mit dem ich im vierten Schuljahr den Förster Waldesruh gespielt habe, einen neuen Sinn. Da hab ich ihn gleich eingepackt, als ich zu euch Schützenfestlern aufbrach."

Alexa liefen inzwischen die Tränen über die Wangen. Sie nahm Robert in den Arm und bekam auch gleich einen dicken Kuß auf die Wange. Seitdem Robert mir mein erstes Rendezvous mit Alexa durch sein überraschendes wie charmantes Aufkreuzen vermiest hatte, stand ich Umarmungen zwischen den beiden nicht ganz gleichgültig gegenüber. Immer noch wurde ich etwas nervös, wenn der gutaussehende Doktor der Geschichte von Köln heranrauschte und durch seinen Charme meine Freundin zum Lachen brachte. Alexa bemerkte mein Zögern und lächelte mich an. In diesem Augenblick war die Sache gegessen.

„Und? Sollen wir vorher noch etwas essen oder ziehen wir sofort los?" Robert ließ sich nicht von unseren entgeisterten Blicken aus der Ruhe bringen. „Na, irgendwo wird doch an diesem Wochenende so ein verdammtes Schützenfest stattfinden, oder nicht?"

Robert meinte es ernst. Wild entschlossen war er von seiner Dachgeschoßwohnung in der Kölner Südstadt weggefahren, um mit uns ein zünftiges sauerländisches Schützenfest zu erleben. Nicht ahnend, daß allein das Wort Schützenfest bei uns ein vorfestliches Brechgefühl auslöste. Alexa und ich taten unser Bestes. Wir erzählten von den Vorfällen des vergangenen Wochenendes, beschworen Roberts rheinischen Karnevalsstolz und malten unserem Freund in glühenden Farben aus, daß man als Außenstehender bei solchen Festen kaum eine Chance habe, in Stimmung zu kommen. Man stehe stundenlang herum, während die Einheimischen sich köstlich amüsierten, womöglich sogar auf Kosten rheinischer Wochenendtouristen. Alexa führte aus, daß am Sonntagabend die Atmosphäre in der Halle eh nicht so klasse wäre, weil alle sich mental auf das

Vogelschießen am kommenden Morgen vorbereiteten. Ich wollte gerade hinzufügen, daß man als Ortsfremder zunächst zehn Hallenrunden geben müsse, um überhaupt die Toilette benutzen zu dürfen, als Robert einlenkte. „Von mir aus", willigte er ein. „Von mir aus verbringen wir den Abend in trauter Dreisamkeit. Aber morgen! Morgen muß ich unbedingt dahin. Und wenn ich allein gehen muß."

„In Gottes Namen", wisperte ich. „Du bekommst morgen dein Schützenfest. Zuerst darfst du Karussell fahren, und, wenn du brav bist, gibt's anschließend noch Zuckerwatte oder eine Cola."

Robert lächelte zufrieden und verschwand ins Wohnzimmer. Der grüne Filzhut sah auf meiner Garderobe, einer kultigen Darstellung des Kölner Doms, irgendwie deplaziert aus.

24

Ting! Der Schuß saß. Ein glatter Treffer. Ein ganzes Stück des rechten Flügels war in das hohe Gras unter der Vogelstange gefallen. Jetzt machte sich der nächste Schütze ans Werk. Die Schußabfolge ging ziemlich schnell. Ting! Daneben. Der Vogel zwinkerte nicht mal mit dem Auge. Insgesamt sah er noch recht stattlich aus, obwohl er nun schon seit über einer Stunde permanent beballert wurde. Die jungen Leute innerhalb des Vereins hatten bei der Fertigstellung dieses Ungetüms aus Holz und Leim offensichtlich ganze Arbeit geleistet. Inzwischen hatten sich aus einem Pulk von Schützen die meisten zurückgezogen. Nur noch sechs Männer wechselten sich unter der Vogelstange ab und versuchten, dem Geier dort oben den Garaus zu machen. Angefeuert durch jeweils ein Clübchen von Leuten, das wohl beim Königsschuß den Hofstaat stellen würde, verfolgten sie gespannt, ob der Vogel herunterfiel. Ting! Ein Treffer. Zum ersten Mal war jetzt das Vogelvieh als Ganzes ins Wanken geraten. Ein Raunen ging durch die Menschenmenge, die sich größtenteils an einem Glas Bier festhielt. Ich selbst hatte mir an diesem sonnigen Schützenfestmontag jeglichen Alkohol verboten. Bei diesen Temperaturen würde ich sonst wahrscheinlich schon um die Mittagszeit in den Seilen hängen. Robert neben mir hielt sich ebenfalls zurück. Gott sei Dank hatte er seinen giftgrünen Försterhut zu Hause gelassen. Ich hatte ihn überzeugen können, daß er sich damit keineswegs bei seinen sauerländischen Schützenbrüdern beliebt machen würde. Vielmehr hätte er sich höchstwahrscheinlich eine Menge Ärger aufgehalst, weil man sich in seiner Schützenehre gekränkt fühlte. Ting! Hurra! Da flog er, der Rest des Vogel, und landete auf der Wiese. Die Leute schrien und jubelten, der neue König riß die Arme hoch. Trotz aller Distanziertheit stellte ich fest, daß auch ich aufgeregt war. Von Robert ganz zu schweigen. Robert jauchzte, als dürfe er selbst sich jetzt eine Königin wählen. Die Leute schäumten über vor Begeisterung. Ich wußte, was jetzt kam. Ich hatte es in den letzten Wochen schon vielfach auf Fotos in der Tageszeitung betrachten können. Der König würde auf den Schultern seiner Mitbrüder in die Halle getragen werden. Kein leichtes Spiel das. Der neue König war ein bulliger Typ. Man mußte schon die richtigen Leute finden, um diesen 130 Kilo-Mann transportieren zu können. Es wäre zu peinlich, wenn beim Einmarsch in die Halle unter dem Jubel der Zuschauer die Träger zusammenbrächen. Da, jetzt ging es voran. Zwei kräftige Kerle stemmten den neuen König in die Höhe, und das Applaudieren und Rufen der Besucher fand einen neuen Höhepunkt. Im nachhinein muß ich sagen, es grenzte an ein Wunder, daß sich bei dieser ausgelassenen Stimmung jemand bemerkbar machen konnte. Vielleicht war es die Panik im Gesicht des Jugendlichen, die die feiernde Masse innehalten ließ. Sein weißes Gesicht, die vor Schrecken aufgerissenen Augen, die fahrigen Bewegungen, als er unter der Vogelstange hindurch heranstürzte. Der Junge, der vielleicht sechzehn, höchstens siebzehn war, schien völlig außer Atem. Sein Rufen war kaum zu verstehen, weil er keinen Atem mehr hatte. Er mußte ein ganzes Stück gelaufen sein. Doch seine panischen Gesten ließen auch den letzten Hurra-Rufer verstummen.

„Da- da liegt einer!" rief der Junge verzweifelt und zeigte in einen nahegelegenen Wald. „Da liegt einer! Der ist tot!"

25

Der Kater nach diesem Ereignis war vergleichbar dem nach der ersten Leiche. Mittlerweile glaubte ich an eine gewisse Zwangsläufigkeit. Das Schützenfest und ich, wir paßten einfach nicht zusammen. Daraus konnte nichts Gutes hervorgehen. Im Gegenteil: Es kam gleich zu einer Katastrophe, wenn ich mich zu einem fröhlichen Zusammensein mit jagdgrün gekleideten Mitmenschen versammelte. Daß man Jürgen Hebels Leiche gerade gefunden hatte, da ich mich zum zweiten Mal entschlossen hatte, mich dem sauerländischen Brauchtum hinzugeben, konnte ich nicht länger übersehen. Roberts gute Laune war natürlich auch wie weggeblasen. Am liebsten wäre er gleich wieder nach Köln gefahren, doch in dem Glauben, mich unterstützen zu müssen, verweilte er noch in meiner Wohnung. Wie zwei Trauerklöße saßen wir jetzt da und blätterten in verschiedenen Tageszeitungen. Man konnte wirklich nur von Blättern sprechen, denn ich hatte das Gefühl, daß wir beide auch nicht ein Wort von dem aufnahmen, was da gedruckt stand. Wahrscheinlich hätten wir das noch stundenlang tun können, wenn mir nicht plötzlich etwas aufgefallen wäre. Ich nehme an, es war beim siebten Durchblättern, als doch noch so etwas wie eine neuronale Vermittlung zwischen Auge und Gehirn stattfand.

„Osterfeld?" fragte ich Robert. „Osterfeld?"

Robert sah mich an, als hätte das letzte Fünkchen Verstand mich nun endgültig verlassen.

„Tut mir leid", antwortete er trocken. „Mein Name ist Weinand."

„Osterfeld!" wiederholte ich noch einmal, ohne auch nur im entferntesten Roberts Antwort zu verarbeiten. Meine Zellen waren mit der Erinnerungsarbeit restlos ausgelastet.

„Osterfeld – das ist die Firma, die den Stichlingser Schützenverein unterstützt." Ich war einerseits erleichtert, andererseits stolz.

„Und was ist mit der?" Robert hatte sich nun doch entschlossen, mich wieder ernst zu nehmen.

„Dort findet am Dienstag, also morgen, eine Besichtigung statt", referierte ich mit Blick auf die Zeitung. „Die Mittelstandsvereinigung erinnert alle Mitglieder und Interessierte an den Termin. Firmenchef Johannes Osterfeld wird höchstpersönlich die Betriebsführung übernehmen."

„Also, das ist ja mal ein echter Knüller!" Robert gab sich begeistert. „Da findet tatsächlich in einer sauerländischen Kleinstadt eine Besichtigung eines mittelständischen Betriebes statt? Himmelherrgott – daß ich das noch erleben darf!"

„Ich mein ja bloß", knurrte ich. „Ich wußte zunächst nicht, wo ich den Namen hinstecken sollte."

„Nur keine Hemmungen!" schwadronierte Robert ironisch. „Wenn du was auf dem Herzen hast, laß es einfach raus! Egal, ob es um die Neueröffnung eines Blumenladens geht, ein Sonderangebot im Baumarkt um die Ecke oder darum, daß dir gerade der Name eines alten Bekannten wieder eingefallen ist. Du weißt, du kannst dich mit allem an mich wenden. Wofür hat man denn gute Freunde?"

Ich würdigte Robert keines Blickes mehr und tat so, als würde ich mich wieder in meine Zeitung vertiefen.

Als das Telefon klingelte, ahnte ich sofort, wer dran

war. Im Grunde hatte ich schon auf diesen Anruf gewartet. Und richtig. Es war Max.

„Das gibt's doch gar nicht!" sagte er einfach.

„Doch, das gibt's!" antwortete ich matt.

„Und du hast ihn selbst gesehen?"

„Erinnere mich nicht daran!" murmelte ich unwillig. „Mir ist jetzt noch schlecht! Der Anblick eines Toten mit einer Schußwunde im Kopf nach drei Tagen in brütender Hitze ist nicht gerade das, was ich mir morgens vorm Frühstück wünsche."

„Würdest du mit mir zu seiner Frau fahren?"

„Bist du wahnsinnig? Was soll ich da?" Glaubte Max, ich wär ein Masochist? Ich konnte mir etwas Leichteres vorstellen als einer gerade Witwe gewordenen Frau Gesellschaft zu leisten, ohne ihr wirklich helfen zu können.

„Jupp hat mich angerufen", entschuldigte sich Max. „Er hat mich um Hilfe gebeten. Ein weiterer toter Schützenbruder. Das hält der stärkste Verein nicht aus."

„Ein Mann ist gestorben", raunzte ich. „Wen kümmert da dieser dämliche Verein?"

Max seufzte. „Du hast ja recht. Ich meld' mich bei dir, wenn ich mit Christoph Steinschulte gesprochen hab."

„Mach das!" Ich legte auf.

Robert sah mich einen Moment fragend an.

„Nichts Besonderes", antwortete ich. „Nur ein weiterer Toter. Ich glaube, er heißt St. Sebastianus!"

26

So gegen fünf suchte ich Ablenkung an der frischen Luft. Robert war abgefahren, nicht nach Köln, sondern nach Bochum, wo er sich mit einer Historikerin treffen wollte, mit der er arbeitsbedingt schon mehrfach in Mail-Kontakt gestanden hatte. Die Verabredung war ganz kurzfristig über die Bühne gegangen, nachdem wir festgestellt hatten, daß wir an diesem Tag nicht mehr viel miteinander anfangen konnten. Jeder hing seinen eigenen Gedanken nach und verarbeitete für sich das Geschehene. Daher empfanden wir es beide als gute Lösung, als Robert sich ins Auto setzte, um in Bochum diese Bekannte zu besuchen. Er wollte erst spät am Abend ins Sauerland zurückkommen.

Ich selbst steuerte ohne eigentliches Anliegen in Richtung Innenstadt und landete irgendwann in der Buchhandlung Radebach. Zunächst lief ich aus reiner Gewohnheit auf die Krimiecke zu. Doch schon beim Anblick des ersten Titels: *Der Mörder kam um Mitternacht* fuhr mir ein Schauder über den Rücken. Danke. Von Mordgeschichten hatte ich fürs erste genug. Lieber würde ich mich in meinen lang ersehnten Sommerferien mit einem auf koreanisch verfaßten Lexikon über Blumenzucht herumschlagen, als auch nur einen weiteren Mord zu ertragen. Ich wandte mich der Ecke mit Kochbüchern zu. *Spargelgerichte auf die raffinierte Art* oder *Trennkost für Anfänger* erschienen mir für meine strapazierten Nerven auf jeden Fall eine beruhigendere Wirkung zu haben. Ich war gerade dabei, mich für eine Spargelsuppe mit Blumenkohl zu begeistern, als ich eine Stimme hinter mir vernahm.

„Wußten Sie eigentlich, daß die meisten Männer die Frau ihres Lebens mit einem köstlichen Gericht für sich gewinnen?" Natürlich, Gustav Radebach stand hinter mir und grinste mir über seine schwarze Brille hinweg schelmisch zu. Ich hatte mich daran gewöhnt, daß ich kaum an ein Buch gelangen konnte, ohne einen kleinen Schlagabtausch mit dem Buchhändler zu halten. Nur leider war ich diesmal so gar nicht in der Stimmung, seinen Bemerkungen Paroli zu bieten.

„Nein, das wußte ich nicht", sagte ich deshalb trocken. „Bislang war ich der Meinung, daß Männer vorwiegend mit einem chicken Auto auf die Balz gehen. Ich kaufe deshalb keine Bücher mehr, nutze statt dessen die Stadtbücherei und spare für einen schnittigen Zweisitzer."

„Aber Herr Jakobs, bei Ihrem rheinischen Charme dürften diese Vorkehrungen doch gar nicht mehr nötig sein. Wahrscheinlich haben Sie schon sämtliche Sauerländerinnen zu Ihren Füßen liegen."

„Unwahrscheinlich", erwiderte ich selbstgefällig. „Klar fliegen die Frauen auf meine Art wie die Fruchtfliegen auf eine angematschte Banane. Aber wenn es dann um die Bindung fürs Leben geht, dann ziehen sie natürlich einen dynamischen Jungunternehmer wie Sie vor. So ist das im Leben. Da bietet man Charme, Intellekt und den Vorsatz, in Zukunft regelmäßig zum Friseur zu gehen. Und was ist? Man wird zweiunddreißig und ist immer noch allein."

„Du und allein? Daß ich nicht lache!" Radebach und ich fuhren erstaunt herum. Wer mischte sich denn jetzt in unser hochtrabendes Gespräch ein? Schwester Gertrudis auf der Suche nach einem passenden Hochzeitsgeschenk? Falsch. Der Fall lag um einiges schlimmer. Friederike Glöckner streckte sich mir entgegen und hauchte mir wie selbstverständlich einen Kuß auf die Wange. Friederike Glöckner war eine der ersten Bekanntschaften in dieser Stadt gewesen. Sie hatte mich an meinem ersten Abend in einer Kneipe angesprochen und danach in aller Ausführlichkeit ihre Erfolge als Schauspielerin hervorgekehrt. Zu ihren persönlichen Vorzügen zählte Friederike sicherlich auch ihre dralle Figur, die durch einen üppigen Schmollmund klassisch ergänzt wurde, was ihr eine gewisse Ähnlichkeit mit der Schauspielerin Pamela Anderson verlieh. Alexa, die Friederike so schätzte wie eine putzwütige Mutter die Katzenhaufen im heimischen Sandkasten, hätte sie sicher eher in Verbindung mit Miss Piggy gebracht.

„Wir sprechen gerade über die von Männern bevorzugte Kochweise", erklärte ich nach drei Schrecksekunden.

„Ein interessantes Feld übrigens", ergänzte Radebach, mit dem ich plötzlich ein Herz und eine Seele war.

„Es gibt da ganz außerordentliche Unterschiede, wenn Männer und Frauen kochen", erklärte ich mit ernster Miene. „Sowohl was die Gerichtauswahl angeht als auch was die Vorgehensweise betrifft." Ich mußte an Alexa denken, die den Hauptunterschied wahrscheinlich darin sehen würde, daß Männer beim Kochen die zehnfache Menge an Töpfen verschmutzen.

„Ich mache gerade Herrn Jakobs darauf aufmerksam, welch unverhoffte Wirkung ein gutes, selbstzubereitetes Essen haben kann", plapperte der Buchhändler, der nun wieder auf sein Lieblingsthema zurückkommen wollte.

„Tatsächlich ein unerschöpfliches Thema", unterbrach ich ihn. Wenn ich auf etwas keine Lust hatte, dann war es, nun unter sechs Augen Anspielungen über mein Liebesleben auszutauschen. „Genauso unerschöpflich wie Mutmaßungen über die beiden schrecklichen Morde, die jüngst in Stichlingsen geschehen sind."

„Darauf wollte ich Sie in der Tat noch ansprechen", nahm Radebach den Themenwechsel auf. „Ich hörte sogar, daß Sie selbst es waren, der den armen Wilfried König gefunden hat."

„Und nicht nur das: Ich war sogar in der Nähe, als die zweite Leiche entdeckt wurde, beim Brechlingser Vogelschießen."

„Vinci, das gibt's doch nicht", Friederike Glöckner faßte besorgt meinen Arm. „Wie schrecklich für dich!" Ich legte einen Gesichtsausdruck auf, der unterstrich, wie sehr ich des Mitgefühls bedurfte.

„Das muß ja furchtbar für dich gewesen sein!" Friederikes Augen krochen in mich hinein. „Kannst du überhaupt noch ruhig schlafen?"

„Es geht!" flüsterte ich und schlug die Augen nieder. „Die Bilder gehen einem natürlich schon mächtig im Kopf herum."

„Mensch, warum hast du denn nicht angerufen? Ich wär dann mal vorbeigekommen, und du hättest dich richtig ausquatschen können." Das hätte mir noch gefehlt. Unerträgliche Stunden mit Friederike Glöckner und nachher auch noch unerträgliche Stunden mit einer eifersüchtigen Alexa.

„Nun, mit bestimmten Dingen muß man eben ganz

alleine fertig werden", seufzte ich schwermütig. Radebach lächelte so verständnisvoll wie eine Grundschullehrerin, die gerade von der vierundzwanzigsten Mutter in der Klasse erfahren hat, daß auch ihr Kind hochbegabt sei.

„Natürlich mache ich mir jetzt viele Gedanken über die Verbrechen. Aber leider fehlt mir wohl das nötige Insiderwissen, um etwas klarer zu sehen. Schließlich bin ich ein Zugezogener und kenne die Strukturen noch nicht so lange." Meine Taktik ging auf. Die beiden, die nun in der Tat Insider waren, stiegen ein.

„Nun, um die Strukturen des Stichlingser Schützenvereins genauer verstehen zu können, muß man wahrscheinlich Mitglied sein", erläuterte Radebach. „Ich selbst kenne lediglich Jupp Baumüller, den Ersten Vorsitzenden der Mannschaft. Ein netter Kerl, der gelegentlich Buchgeschenke für verdiente Mitglieder bei mir bestellt."

„Was mich betrifft, so gehören Schützenbruderschaften auch nicht gerade zu meiner bevorzugten Vereinsform", meinte Friederike arrogant. „Aber ich kenne jemanden, der einen guten Draht zum Stichlingser Verein hat. Wenn es dich wirklich interessiert, kann ich ihn mal drauf ansprechen."

Ich nickte zustimmend. Warum nicht? Max würde dankbar sein.

„Ich ruf' dann mal an, wenn ich etwas Interessantes gehört habe", fuhr Friederike fort, während sie auf das Kochbuch in meiner Hand deutete. „Dann kannst du mich mal zu einer leckeren Spargelsuppe einladen, und ich werde dir alles berichten."

„Welch gelungene Idee!" Radebach bekam beinahe glühende Augen. „Wo wir doch eben noch darüber sprachen, welch außerordentliche Wirkungen selbstgekochtes Essen auf Frauen haben kann."

27

Die Katze war aus dem Sack. Erledigt. Der Fall geklärt, oder besser: gleich beide Fälle geklärt – auf einen Schlag. Jetzt konnte endlich Ruhe einkehren. Dieser Dienstagnachmittag hatte allem Anschein nach die Aufklärung zweier Fälle und gleichzeitig den Frieden gebracht! Das Auto schleuderte in der Kurve fast von der Fahrbahn herunter. Max konnte seine Anspannung selbst kaum verstehen. Aber sie war da. Sie war unvermindert da, obwohl doch endlich alles vorbei war.

Es stand kein Auto im Hof. Gerda war daher wahrscheinlich unterwegs. Hoffentlich war Jupp heute so weit fit, daß er die Haustür selbst öffnen konnte. Max' Sorge war völlig überflüssig. Die Haustür war nur angelehnt, ganz offensichtlich, um potentiellen Besuchern den Eintritt zu ermöglichen. Gleichzeitig eine Geste, die so ganz Gerdas und Jupps Mentalität entsprach: offen, gastfreundlich und unkompliziert. Max klingelte trotz der angelehnten Tür, trat aber, ohne eine Antwort abzuwarten, ein. Jupp war bei seiner Lieblingsbeschäftigung - er telefonierte. Gleichzeitig winkte er seinen Gast herein. Max überlegte sich, wie lange er selbst dieses Leben wohl aushalten würde. Quasi niedergestreckt, angewiesen auf die Hilfe anderer und ohne die Sicherheit, irgendwann wieder schmerzfrei leben zu können. Er hätte gerne mit Jupp über diese Situation gesprochen, doch hatte er bislang das Gefühl gehabt, Jupp weiche solchen Gesprächen notorisch aus – ein Zug, den Max verstehen konnte wie kein anderer. Jupp mußte die Hilflosigkeit geradezu rasend machen. Max kannte ihn als einen unwahrscheinlich agilen Menschen, einen Anpacker, der nicht einen Tag wirklich zur Ruhe kommen konnte. Als Max sehr eng mit Christoph Baumüller befreundet gewesen war, hatte er sich immer gewundert, mit wie vielen Menschen Jupp Kontakt hatte. Natürlich war er meistens für seine Dorfvereine aktiv, allen voran die Schützenbruderschaft. Aber damals hatte Jupp sich auch für ein paar ziemlich abgefahrene junge Leute stark gemacht, die einen Probenraum für ihre Heavy-Metal-Band suchten. Jupp hatte Tränen in den Augen gehabt, als die Jungs zu seinem Fünfzigsten ein Ständchen gebracht hatten.

Max bemerkte zunächst gar nicht, daß das Telefonat beendet war. Er hatte sich auf einen Sessel fallen lassen und starrte ins Leere. Jupp ließ ihm Zeit. Er sagte nicht mal 'Guten Tag', sondern lehnte sich einfach zurück und schwieg.

„Es ist vorbei", murmelte Max dann undeutlich. „Jürgen Hebel hat Selbstmord verübt. Und das nicht ohne Grund. Er hat vor seinem Tod ein schriftliches Geständnis verfaßt, aus dem hervorgeht, daß er König auf dem Gewissen hat."

„Wie? Was?" Jupp hätte nicht ungläubiger gucken können.

„Vermutlich hat König gedroht, Hebels Geldentnahme an die große Glocke zu hängen. Deshalb muß es auf dem Schützenfest zum Streit gekommen sein. Anschließend ist Hebel dem König gefolgt, was mit einem schicksalhaften Totschlag endete. Mit dieser Geschichte hat euer Schatzmeister nicht leben können und sich deshalb eine Kugel in den Kopf gejagt. Vielleicht hat er aber auch einfach nur Angst gehabt, daß alles herauskommt."

Jupp Baumüller lag da und verarbeitete augenscheinlich das Gehörte.

„Aber – aber von Selbstmord war doch zunächst gar nicht die Rede", sagte er dann.

„Da hast du recht. Die Leute, die nach dem Vogelschießen die Leiche gefunden haben, konnten nur das Einschußloch im Schädel erkennen, aber keine Pistole in der Hand. Das hat einen einfachen Grund. Die Pistole ist Hebel beim Sturz aus der Hand gefallen. Sie lag fast einen Meter entfernt von der Leiche im hohen Gras. Ein altes Modell einer Mauser. Keine Ahnung, wo er die her hatte. Aber auf der Pistole sind Hebels Fingerabdrücke gefunden worden. Er hat sich selbst getötet."

„Und er hat ein Geständnis geschrieben?" Jupp war noch viel verwirrter, als Max es gewesen war.

„Man hat in seiner Jackentasche ein Schreiben gefunden, mit dem Computer geschrieben und von ihm unterzeichnet. Warte, ich hab' mir den Text genau aufgeschrieben." Max kramte ein Zettelchen aus seiner Hosentasche und entfaltete es.

„'Hiermit gestehe ich, den Mord an Wilfried König begangen zu haben. Es geschah in der Aufregung eines Streits, dennoch weiß ich, daß ich allein die Verantwortung für das Geschehene trage. Ich bitte die Hinterbliebenen inständig um Verzeihung. Für mich selbst sehe ich keine Lebensperspektive mehr', darunter 'Jürgen Hebel'."

„Auf dem Computer geschrieben?" fragte Jupp Baumüller verwundert. „Ist das nicht merkwürdig?"

„Das habe ich auch gefragt", meinte Max nachdenklich. „Aber nach Christophs Meinung ist das gar nicht merkwürdig. Die Art eines Abschiedsbriefes hat angeblich viel mit dem Charakter oder Beruf des Schreibers zu tun. Für einen Buchhalter wie Hebel, der den ganzen Tag mit dem Computer umgeht, wäre es ungewöhnlich, einen längeren Text handschriftlich zu verfassen. Was die Polizei angeht, so wäre man natürlich froh, beide Vorkommnisse bald auf einen Schlag klären zu können. Es sind zwar noch nicht alle Laborberichte beisammen, aber dennoch ist die Polizei so unter Druck, daß sie bald der Presse die vorläufigen Untersuchungsergebnisse vorlegen muß. Dabei hatte Hauptkommissar Hartmann noch vor zwei Tagen die Ermittlungen im Fall König einstellen wollen."

Jupp grübelte einen Augenblick. „Jürgen Hebel soll König umgestoßen und nicht die Polizei alarmiert haben – o.k. Ich halte das gar nicht für ausgeschlossen. Hebel war charakterlich nicht der Mann, dem ich das grundsätzlich nicht zutrauen würde. Aber daß Hebel sich selbst ermordet haben soll – das halte ich für mehr als unwahrscheinlich. Es gibt Menschen, die für so etwas in Frage kommen. Mein ganz persönlicher Eindruck ist:

Jürgen Hebel gehört nicht dazu."

Max führte die Fingerspitzen seiner Hände zusammen. „Sicherlich kann man so etwas durch kriminaltechnische Untersuchungen nachweisen. Ich meine, ob jemand Selbstmord begangen hat oder nicht. Schmauchspuren oder was auch immer da ausgewertet wird. Die endgültigen Untersuchungen laufen ja noch."

„Die Sache stinkt!" Als Max Jupp Baumüller mit dieser Bestimmtheit sprechen hörte, überkam ihn eine gewisse Erleichterung. Er selbst hatte schließlich auch ein seltsames Gefühl, daß mit der flotten Aufklärung etwas nicht in Ordnung war. Plötzlich war alles so schnell und klar gewesen, konstruiert könnte man vielleicht sagen. Max war froh, daß Jupp seine Gedanken aussprach.

„Dieses Geständnis, der Selbstmord – das alles erscheint mir höchst dubios."

„Ehrlich gesagt, bin ich froh, daß du es auch so siehst", gestand Max ein. „Dabei hatte ich vermutet, du seist froh, daß jetzt endlich Ruhe einkehrt – geklärte Verhältnisse eben."

„Geklärte Verhältnisse sind dann gut, wenn sie wirklich geklärt sind", philosophierte Jupp. „Aber solange in meinem Kopf weiter Gespenster herumspuken, sehe ich wirklich keinen Fortschritt. Im Gegenteil: Die Vorstellung, daß mit Jürgen Hebel nicht der wahre Täter gestorben ist, ist ja wohl mehr als bedrohlich."

„Der Mörder lebt also noch unter uns?" Max stellte fest, daß seine Frage irgendwie pathetisch klang. Dabei meinte er es bitterernst. „Vincent und ich sind der Meinung, daß der Mörder tatsächlich sehr eng mit dem Schützenverein verbunden sein muß. Jedenfalls sehen wir darin ein passendes Motiv."

Jupp blickte irritiert angesichts Max' ungelenker Darstellungsweise.

„Vielleicht sollten wir nach einem Saubermann Ausschau halten. Nach einem, der den Sumpf des Schützenvereins trockenlegen will. Jemand, der als Meister Propper von St. Sebastianus agiert, um wieder Zucht und Ordnung in das Vereinsleben zu bringen."

Jupp sah immer noch nicht viel schlauer aus. Immer noch trug seine Stirn schwere Falten, und seine Augenbrauen bildeten ein wohlgeformtes Fragezeichen.

„Schon seit Tagen will ich dir erzählen, daß Vincent auf dem Stichlingser Schützenfest ein Gespräch belauscht hat. Er hat dabei die Stimme von Wilfried König erkannt, der eine Auseinandersetzung mit einem Schützenbruder hatte." Max gab den Schlagabtausch wieder, so gut er ihn im Gedächtnis behalten hatte. Jupps Augenbrauen zogen sich zu einer Wolkenfront zusammen, die für ein baldiges Donnerwetter stand.

„Liegt nicht der Schluß nahe, daß jemand aus den Reihen der Schützen König vom Schießen abhalten wollte? Aller Wahrscheinlichkeit nach hielt man es für moralisch zweifelhaft, daß jemand, der in Trennung lebte, in einer katholischen Schützenbruderschaft den Vogel runter holen wollte. Geschiedene sind schließlich vom Schießver-gnügen ausgeschlossen, bei Getrenntlebenden wird es bislang wahrscheinlich keine Absprache geben, so daß die Sache auf einer anderen Ebene geregelt werden mußte." Max faltete die Hände, als wolle er eine Andacht halten. „Ein Beispiel für die andere Ebene dürfte das Pinkelgespräch gewesen sein. Vielleicht aber auch eine Auseinandersetzung mit schweren Folgen – ich meine Wilfried Königs Tod."

Jupps Mund hatte sich zwischenzeitlich zu einem geraden Strich entwickelt. Im Kontrast zu den balkenähnlichen Augenbrauen stellte er kein rechtes Gegengewicht mehr da. „Und bei Hebel, meinst du-"

„Jürgen Hebel müßte einem moralischen Verfechter von St. Sebastianus-Werten doch in besonderem Maße ein Dorn im Auge gewesen sein. Der Mann hat das Vertrauen der gesamten Mannschaft mißbraucht. Er hat sich auf Kosten des einfachen, ehrlichen Schützenbruders bereichert. Er hat den gesamten Verein hochgradig verarscht, um seiner Tussi eine kostspielige Haustür zu finanzieren und einen steinernen Fisch in den Vorgarten zu setzen. Wenn das dem Schützen-Motto „Glaube, Sitte, Heimat" entspricht, werde ich der Nachfolger des Papstes."

Jupp Baumüller sagte nichts mehr. Und Max hatte den Eindruck, daß diese Konfrontation seinen Freund mehr angestrengt hatte, als gut für ihn war.

„Jaja, du könntest recht haben", stotterte Baumüller nach einer Weile. „Du könntest recht haben." Dann sagte er nichts mehr.

„Denk mal drüber nach!" sagte Max, als er sich nach Minuten des Schweigens verabschiedete. „Vielleicht fällt dir dazu ja jemand ein."

Jupp nickte nur und hob die Hand zum Abschied. Dann sagte er wohl doch noch etwas, aber da war Max schon aus der Tür.

28

Als ich mich in das Polster des Busses fallen ließ, war mir schon ein wenig mulmig. Nicht nur, weil die aufgestaute Hitze im Bus meinen Blutdruck in die Höhe schießen ließ. Nein, es war natürlich eine völlig verrückte Idee gewesen, das Angebot der Mittelstandsvereinigung zur Betriebsbesichtigung der Firma Osterfeld wahrzunehmen. Aber ich hatte keine andere Möglichkeit gesehen, an den großzügigen Geschäftsmann heranzukommen, ohne Aufsehen zu erregen. Und daß ich ihn genauer unter die Lupe nehmen wollte, hatte einen einfachen Grund. Wilfried König und Jürgen Hebel waren beide bei Osterfeld angestellt gewesen. Außerdem war Osterfeld ganz offensichtlich der große Gönner der Schützenbruderschaft. Der Name Osterfeld war im Zusammenhang mit den beiden Toten einfach zu oft gefallen. Ich wollte einen Eindruck von ihm haben, ihn einschätzen können. Und vor allem: Ich wollte gerne seine

Stimme noch einmal hören, um zu entscheiden, ob es dieselbe war, die Wilfried König vor über einer Woche davon hatte überzeugen wollen, daß er besser nicht Schützenkönig werden sollte.

„Ein neues Gesicht! Wie schön!" Darauf hatte ich nur gewartet. Ich hatte nicht hoffen können, daß man mich unbeachtet und unbehelligt auf diese Tour mitnehmen würde.

„Haben Sie über die Zeitungsmeldung von unserer Betriebsbesichtigung gehört?" Der Mann, der mich angesprochen hatte, strahlte mich an und ließ sich gesellig auf den Sitz neben mir fallen. Er war um die fünfzig, trug ein kurzärmliges, hellblaues Hemd und hatte die Haare zu einer Frisur gekämmt, die mich entfernt an Elvis erinnerte, auch wenn die Tolle an der Stirn nicht so ausgeprägt war.

„Genau! Ich habe in der Zeitung darüber gelesen", antwortete ich wahrheitsgemäß. „Da bin ich natürlich sofort neugierig geworden."

„Wir freuen uns immer sehr über interessierte Mitbürger. Darf ich fragen, in welcher Branche Sie tätig sind?"

Ich hatte mir alles so gut zurechtgelegt. Von dem engagierten Lehrer, der die heimische Wirtschaft kennenlernen möchte, um das Thema in den Politik-Unterricht einflechten zu können. Von den ökonomisch-politischen Strukturen, die ich den Schülern näherzubringen versuche. Ich kann wirklich nicht im entferntesten sagen, was mich ritt.

„Ich befinde mich derzeit noch im Schuldienst, stehe aber unmittelbar davor, mich in Kürze selbständig zu machen."

Mein Sitznachbar hob interessiert die Augenbrauen. „Tatsächlich? Ein ungewöhnlicher Schritt für einen abgesicherten Staatsdiener, wenn ich mir diese Bemerkung erlauben darf."

„Ja, die Absicherung ist nun mal nicht alles", gab ich weise von mir. „Was mich persönlich reizt, ist die ständige Herausforderung und das Gefühl, das Heft ganz allein in der Hand zu halten."

„Da haben Sie natürlich recht!" brachte Elvis der Zweite hervor. „Aber diese durchgearbeiteten Nächte, dieser permanente Streß, den jeder Selbständige ertragen muß – das sind Sie doch als Lehrer gar nicht gewohnt."

Ich wollte gerade zu einer Verteidigungsrede meines Standes ansetzen, doch mein Mittelständler kam mir zuvor. „Als was möchten Sie sich denn überhaupt selbständig machen?"

Ich zögerte keine Sekunde. „Ich habe da an ein Beerdigungsunternehmen gedacht", purzelte es aus mir heraus. „Eins der wenigen Gewerbe, das man ohne handwerkliche oder kaufmännische Ausbildung beginnen kann."

„Aha!" Elvis sah mich an, als hätte ich es auf ihn als meinen ersten Kunden abgesehen.

In der Tat hatte ich mal mit meinem Religionskollegen Michael Brunner während einer langweiligen Lehrerkonferenz die Gründung eines Beerdigungsunternehmens geplant. Michael wollte zu diesem Zwecke seine grüne Familienkutsche als Leichenwagen umspritzen. Außerdem war er als studierter Theologe natürlich ein echter Hit auf unserer Visitenkarte. Vielleicht konnten wir zusammen mit unserer Musikkollegin noch einen originellen Akzent auf dem Friedhof anbieten: Das Violinspiel als letzten Gruß oder die Trompete als musikalischen Abschied. *„Auf der Vogelwiese steht der Franz..."* wäre unter Schützenbrüdern ganz sicherlich ein Knaller. Leider hatten wir unser Projekt nicht weiter besprechen können, da auch die längste Lehrerkonferenz irgendwann einmal endet.

„Ich habe mich noch gar nicht vorgestellt", startete mein Sitznachbar jetzt eine offizielle Begrüßung. „Ewald Schulte. Erster Vorsitzender der Mittelstandsvereinigung im hiesigen Ortsverband."

„Vincent Jakobs!" Ich verkniff mir den Zusatz „Bald Jungunternehmer!"

„Jakobs? Jakobs?" Ewald Schulte runzelte die Stirn.
„Aber Sie sind doch nicht etwa am Elisabeth-Gymnasium tätig?"

Ich hätte heulen können. So mußte es ja kommen. Ich war ein Trottel.

„Dann sind Sie sicher der Lehrer meiner Tochter Judith. Die erzählt doch immer von ihrem neuen Lehrer Jakobs."

Schulte strahlte mich an. Ich war verloren. Konnte man denn selbst in den Ferien nicht mal in Ruhe einen Scherz machen?

„Judith hat mir gar nicht erzählt, daß Sie nicht mehr lange-" Der Bus hielt mit einem Ruck an. „Oh, jetzt muß ich mich aber kümmern." Ewald Schulte stand entschuldigend auf.

„Ich weiß ja auch noch gar nicht sicher-" versuchte ich noch hinter ihm herzurufen. Vergeblich. Ich war ein Trottel. Und ich würde es immer bleiben. Ich würde es nicht einmal als Beerdigungsunternehmer weit bringen.

29

Ehrlich gesagt war Alexa froh, daß sie heute zum letzten Mal nach Stichlingsen kommen mußte. Ein weiteres Gespräch, in dem sie sich als Beate Kleinerts bester Kumpel präsentieren müßte, würde sie nicht mit ihrem Gewissen vereinbaren können. Alexa atmete tief durch. Mittlerweile war es ziemlich schwül geworden. Die Autofahrt hatte ihr ein durchgeschwitztes T-Shirt beschert. Hoffentlich ging es im Stall jetzt schnell!

Auf dem Hof stand zwar ein Auto, aber als Alexa mit ihrer Tasche in den Stall marschierte, war dort niemand zu sehen. Nur die vier Pferde standen ruhig in ihren Boxen und spähten bei ihrem Eintreten neugierig über die Absperrungen. Natürlich hätte Alexa sofort beginnen können, die Fäden zu ziehen, aber sie wollte lieber die

Halterin dabeihaben. Alexa wollte gerade „Hallo!" rufen, als sie aus einem Nebengebäude Stimmen hörte. Es mußte aus dem kleinen Aufenthaltsraum kommen, der sich im rechten Winkel an den Stall anschloß. Alexa ging wieder nach draußen und schaute, ob sie mit ihrer Vermutung recht gehabt hatte. Bei dem sommerlichen Wetter standen alle Fenster offen, so weit sie sich öffnen ließen. Daher drang das Gespräch gut hörbar nach draußen.

„Wie stellst du dir das denn vor?" hörte sie klar und deutlich Beate Kleinerts Stimme. „Wie willst du denn damit leben?"

„Ich habe die Sache selbst zu verantworten", kam jetzt eine andere Stimme, ebenfalls von einer Frau, nur nicht ganz so durchdringend.

„Aber doch nicht du allein!" war jetzt wieder Beate Kleinert zu hören. „Bernhard hat doch genauso den Mist verbockt."

„Es ist mir egal, was Bernhard macht", sagte die Frauenstimme trotzig. „Ich kann nur für mich sprechen. Und ich bin bereit, zu dem zu stehen, was ich gemacht habe!"

„Du bist verrückt!" schimpfte Beate nun. Alexa konnte förmlich sehen, wie sie sich fassungslos die Hand vor die Stirn hielt. „Noch hast du alle Möglichkeiten. Es weiß doch kein Mensch davon."

„Mag sein, daß ich verrückt bin." Die andere Stimme sprach mit einer außerordentlichen Klarheit. „Aber es gibt für mich keine Alternative. Ich kann sonst einfach nicht weiterleben."

Alexa spürte, daß ihr trotz sommerlicher Schwüle ein Schauer über den Rücken lief. Sie hatte eine dunkle Ahnung und wurde fast getrieben von der Neugier, sie bestätigt zu wissen. Sie war jetzt nur noch einen Meter von dem ersten geöffneten Fenster entfernt.

„Denk doch mal nach! Was du jetzt tust, kannst du nie wieder rückgängig machen. Du wirst deine Freiheit verlieren – und das für viele Jahre!"

Alexa ging einen kleinen Schritt vor. Tatsächlich. Sie

war es. Alexa konnte es mit eigenen Augen sehen. Moni König stand da und hatte gerade ein Geständnis abgelegt. Alexa fühlte sich wie gelähmt. In diesem Moment schossen zwei Köpfe herum. Vier Augen starrten sie an. „Hallo!" sagte Alexa. „Ziemlich drückend heute, nicht? Na, dann wollen wir mal endlich die Fäden ziehen!"

30

Max hielt an, um sich etwas zu trinken zu besorgen. Diese verdammte Hitze im Auto machte ihm zu schaffen. Er sollte sich darauf beschränken, nur nachts unterwegs zu sein. Tagsüber war es in den letzten Tagen kaum zum Aushalten gewesen. Und heute war die trockene Hitze auch noch einer unbeschreiblichen Schwüle gewichen. Gott sei Dank hatte der kleine Lebensmittelladen im Dorf noch auf. Max ließ die Tür seines Taxis einfach offenstehen. Er wischte sich mit dem Arm den Schweiß von der Stirn, als er die Tür zum Laden öffnete. Vor der Kühltheke, wahrscheinlich dem angenehmsten Ort im ganzen Raum, stand Thomas Ehringhaus. Aber er war nicht allein. Er sprach mit – klar, wie konnte es anders sein bei Max' Glück? - mit Bernhard Schnell, und zwar in einem ziemlich aufgeregt flüsternden Ton. Thomas sagte etwas und der Hobbyfähnrich fuhr herum.

Max grinste zynisch. „Na, Bernhard, heute wieder in Topform?"

Schnell brummelte etwas, das kaum zu verstehen war.

„Wirklich keine Lust auf einen Angriff von hinten?"

„Ich mach sowas auch nicht alle Tage", beteuerte der Schützenbruder. „Ich bin einfach ausgerastet."

„Das beruhigt mich", Max hatte den Eindruck, daß man den Fall damit auf sich beruhen lassen sollte. Dann kam ihm plötzlich eine Idee.

„Vielleicht könntest du mir als Entschädigung ein paar

Informationen geben."

Bernhard Schnell guckte mißtrauisch, sagte aber nichts.

Thomas Ehringhaus schwieg ebenfalls, wahrscheinlich in freudiger Erwartung, bald Gesprächsstoff für den morgigen Tag geliefert zu bekommen.

„Tu mir einen Gefallen und besorg mir schon mal ein paar Flaschen Wasser!" wandte Max sich an den Ladenbesitzer. Thomas guckte beleidigt, machte aber einen Abgang. Bernhard Schnell verschränkte prompt die Arme vor der Brust. Sein Gesicht drückte aus, daß er sich nichts gefallen lassen würde.

„Tatsächlich interessiert mich nach wie vor, wer Wilfried König und Jürgen Hebel auf dem Gewissen hat. Ich weiß nicht warum, aber um ehrlich zu sein, traue ich dir diesen Coup nicht zu. Aber glaub bloß nicht, daß das mit deinem ehrenvollen Auftritt von letzter Woche zu tun hat. Der zeugt eher von geistiger Verwirrtheit als von souveräner Gelassenheit gegenüber den Ermittlungen." Bernhard guckte weiter motzig, hielt aber den Mund.

„Ich persönlich glaube, daß jemand dahintersteckt, der die Moral der Schützenbruderschaft wahren möchte. Jemand, der allen Ärger vom Verein fernhalten will."

Der Fahnenoffizier sah nicht gerade so aus, als hätte er Max' Worte in letzter Konsequenz verstanden, aber er schwieg weiter, wahrscheinlich einfach froh, daß er selbst nicht verdächtigt wurde.

„Kannst du mir sagen, wer in St. Sebastianus in besonderer Weise die Werte aufrechterhält?" Max sah an Bernhards Gesichtsausdruck, daß er seine Fragen präzisieren mußte.

„Wer regt sich in Sitzungen auf, wenn es um Grundsatzfragen geht? Wer hat durchgesetzt, daß geschiedene Schützenbrüder nicht den Vogel schießen dürfen? Wer plädiert für die brüderliche Gemeinschaft im Verein? Wer pocht auf „Glaube, Sitte, Heimat"? Fällt dir dazu nichts ein?"

Bernhard Schnell sah endlich so aus, als würde er nachdenken. Max konnte an seinem abwesenden Blick regelrecht ablesen, wie er sich Situationen vergegenwärtigte und abwog.

„Mal der eine, mal der andere", antwortete er dann. Max' Hoffnungen rutschten in den Keller.

„Als hier im Ort noch der Pastor Reckenscheidt war, war der natürlich unser Präses. Der hat das Thema mit den Geschiedenen und dem Schießen öfters draufgehabt. Der hatte da eine ganz klare Meinung. Aber seitdem wir von Brechlingsen aus mitversorgt werden, sieht das etwas anders aus. Jetzt sind es vor allem zwei Schützenbrüder, die immer mal wieder mit „Glaube, Sitte, Heimat" anfangen. Manchmal denk ich, die haben dem Pastor sein Erbe angetreten. Aber das sind ja auch zwei ganz alteingesessene Schützenbrüder. Von denen kann man's wirklich sagen, daß die ihr Herz dem Verein gewidmet haben."

Max hing jetzt mit voller Erwartung an Bernhards Lippen. Er spürte eine Spannung in sich, die er selbst kaum erklären konnte.

„Und?" fragte er aufgeregt. „Wen meinst du?"

In Schnells Augen war zu lesen, daß er zögerte, ob er die Namen nennen sollte. Ihm war klar, daß er sie damit Verdächtigungen aussetzte. Schließlich hatte er sich entschieden.

„Das ist zum einen Streiters Gerd", sagte er langsam, „und zum anderen ist das Baumüllers Jupp."

31

Als ich aus dem Bus stieg, wehte kein Lüftchen. Die Schwüle hatte ihren Höhepunkt erreicht, so daß es draußen kaum besser auszuhalten war als in dem stickigen Gefährt. Gerade waren alle Teilnehmer aus dem Bus gestiegen, da stürmte auch schon Johannes Osterfeld heran. Er trug ein blütenweißes Hemd zu einer beigen

Leinenhose, dazu braune Flechtschuhe. Ohne sein jungenhaft-rundliches Gesicht hätte er ein bißchen wie ein moderner Kolonialherr gewirkt. Sicher war dieser Stil neueste Mode und ich in meinem schwarzen T-Shirt hatte mal wieder den Trend verpaßt. Johannes Osterfeld lächelte jovial und begrüßte die ersten Gäste per Handschlag. Ich scherte aus und beobachtete die Gruppe lieber aus der Distanz. Osterfeld machte wirklich einen sympathischen Eindruck. Er kehrte keineswegs den dicken Unternehmer heraus, sondern gab sich überaus volksnah. Ich schaute mich um. Das Fabrikgelände hatte eine beachtliche Größe. Drei riesige Hallen aus dunkelgrünem Wellblech waren zu sehen, im Vordergrund außerdem ein massiv gebautes Bürogebäude.

Das Gelände war weitgehend leer. Nur zwei Männer waren dabei, einige Meter Bandeisen wegzuräumen. Ich schaute auf die Uhr: Inzwischen war es fast halb sieben. Die Arbeiter hatten bereits Feierabend.

„Bevor wir hier in der Hitze zusammenschmelzen, machen wir uns doch lieber mit dem Betrieb vertraut", sprach Osterfeld jetzt mit lauter und klarer Stimme, während er einladend die Arme zur Seite ausstreckte. „Sie werden feststellen, daß unsere Produktionshallen angenehm kühl sind. Was für unser Betriebsklima jedoch keineswegs gilt." Die Mittelständler lachten. Gutgelaunt folgte man dem Firmenchef zum Tor der ersten grünen Halle. Für mich war zu diesem Zeitpunkt zumindest eines klar: Es war nicht die Stimme von Johannes Osterfeld gewesen, die ich auf der Toilette gehört hatte. Einerseits verspürte ich darüber eine gewisse Enttäuschung. Andererseits war ich ganz froh, daß ich jetzt unvoreingenommen der Gruppe folgen konnte, um endlich zu erfahren, wie Gemüsekisten aus Leichtholz hergestellt werden.

32

Robert war klitschnaß, als er die Stufen zu Vincents Wohnung hinaufstieg. Die Fahrt von Bochum ins Sauerland hatte mehr als zwei Stunden gedauert. Die meiste Zeit hatte er ölend im Stau gestanden und geflucht, daß er seine Sachen bei Vincent gelassen hatte. Besser wäre er direkt nach Köln gefahren, anstatt nun auch noch die Nacht in der heißen Dachwohnung seines Freundes zu verbringen. Trotzdem war Robert nicht wirklich unzufrieden. Die zwei Tage, die er in Bochum verbracht hatte, obwohl er ursprünglich nur einen einzigen Abend hatte bleiben wollen, waren wunderschön gewesen. Es war etwas passiert, von dem Robert gedacht hatte, daß es nie wieder passieren würde. Robert hatte sich verliebt.

Der Schlüssel drehte sich im Schloß. Hoffentlich war Vincent nicht allzu lange weg. Er würde jetzt duschen, sich umziehen und dann, wenn Vincent Lust hätte, einen Biergarten aufsuchen. Als Robert die Wohnungstür öffnete, merkte er gleich, daß er einen Zettel ins Innere schob. Er war unter der Tür etwas verknittert, aber immer noch gut lesbar.

Meld dich <u>unbedingt</u> bei mir! Habe einen neuen Tip im Fall Stichlingsen. Brauche dringend deine Hilfe! Max

Robert hielt den Zettel nachdenklich in der Hand. Vincent hatte ihn mit Sicherheit noch nicht gesehen. Wahrscheinlich hatte Max ihn unter der Tür durchgeschoben, in der Hoffnung, Vincent würde bald nach Hause kommen. Robert ließ seine Tasche fallen und ging ins Wohnzimmer. Als erstes bemerkte er den Anrufbeantworter, der zweimal blinkte. Robert stellte auf Abhören. Vielleicht hatte Vincent ihm eine Nachricht auf Band gesprochen. Er wußte ja, daß er heute zurückkommen würde.

Der erste Anrufer hatte aufgelegt. Es piepste dreimal hintereinander. Danach kam Alexas Stimme, die völlig aufgeregt war: „Vincent, wo bist du denn? Ich habe eine schreckliche Entdeckung gemacht und weiß jetzt gar nicht, was ich machen soll. Du weißt schon, worum es geht. Es geht um diese Sache in Stichlingsen. Ich weiß, wer den König umgebracht hat. Du wirst es nicht glauben, aber seine Frau Moni hat eben alles gestanden. Nicht richtig offiziell, meine ich. Ich habe sie belauscht und da hat sie alles gesagt. Was soll ich denn jetzt machen? Ich kann doch nicht die Polizei anrufen. Die glauben mir doch eh kein Wort, oder? Soll ich einfach zu ihr hinfahren? Mensch, Vincent, wenn du doch einmal zu Hause wärst. Verdammt!" Es piepte wieder. Robert starrte auf den Anrufbeantworter. Er konnte es nicht fassen. Da war er mal einen Tag nicht da und schon ging alles drunter und drüber. Warum mußten sich diese Hobbydetektive denn auch um Sachen kümmern, mit denen sie sich überhaupt nicht auskannten? Robert ließ sich müde auf das Sofa fallen. Dabei fiel sein Blick auf ein Blatt Papier, das auf dem Couchtisch lag. Es war mit Vincents Schrift beschrieben.

Hallo Robert!
Bin zur Betriebsbesichtigung der Firma Osterfeld. Will dem Kerl mal auf den Zahn fühlen. Ist doch komisch, daß er mit all den Stichlingser Todesfällen irgendwie zusammenhängt, oder?
Bis nachher
Vincent.

Robert schloß die Augen. Drei Amateure auf einmal. Womit hatte er das verdient? Jagten sie jetzt jeder für sich ihren ganz persönlichen Mörder? Robert war unschlüssig. Er hatte das Gefühl, daß seine Hilfe gebraucht wurde. Mittlerweile war sein Hemd so naß, daß er damit das dreckige Geschirr abwaschen konnte. Seufzend stand er auf und griff nach dem Telefonbuch. Am dringendsten brauchte jetzt wohl Alexa seine Hilfe. Mehr als drei Königs würde es hoffentlich hier nicht geben.

33

Genaugenommen wußte Alexa gar nicht, was sie tat. Seit einer halben Stunde stand sie nun in einem Feldweg in unmittelbarer Nähe von Moni Königs Haus und grübelte vor sich hin. Vincent war nicht zu erreichen. Männer waren nie zu erreichen, wenn man sie gerade brauchte. Vielleicht war Moni König längst zur Polizei gefahren. Schließlich hatte sie ihre Freundin Beate ja davon überzeugen wollen, daß dies der einzig gangbare Weg war. Warum stand Alexa dann eigentlich hier? Und was erhoffte sie, hier zu sehen? Wenn, dann hätte sie Moni König direkt verfolgen müssen, als sie den Hof verließ. Aber wie hätte das denn ausgesehen? Schließlich war sie ja gekommen, um dem Fuchs endlich die Fäden zu ziehen. Moni hatte sich sofort verabschiedet, als Alexa aufgetaucht war. Sie hatte sich ins Auto gesetzt und war abgebraust. Überhastet, konnte man sagen. Womöglich hatte sie gespürt, daß Alexa einen Teil ihres Gesprächs mit Beate belauscht hatte. Dann war sie jetzt eine Mitwisserin. Aus Fernsehkrimis wußte sie, daß diese Rolle meist mit einer unbekannten, schlecht bezahlten Schauspielerin besetzt wurde, weil sie ja sowieso frühzeitig aus dem Geschehen ausschied. Vielleicht war Moni auch zu ihrem neuen Freund gefahren, Bernhard Schnell. Eventuell hatte der sie davon überzeugen können, daß es sehr wohl angenehmere Aufenthaltsorte gab als einen Frauenknast, so daß Moni König sich doch zum Schweigen entschlossen hatte. Dieser Bernhard Schnell war ja gleichzeitig der Typ, der Max eins auf die Nase gehauen hatte. Eigentlich hätte Alexa da schon klarsein müssen, daß man so etwas nicht ohne Grund tut, sondern nur, wenn man wirklich etwas zu verbergen hat. Aber nein, sie hatte auf Max gehört, der seiner männlichen Intuition folgend überzeugt war, daß Bernhard Schnell nicht der Mörder sein konnte. Jetzt saß sie hier, und wahrscheinlich würden Bernhard Schnell und Moni König gerade aushecken, wie sie die unliebsame, unterbezahlte Tierärztin Alexa Schnittler aus dem Weg räumen konnten.

Alexa wollte gerade den Motor anlassen, als es an der Scheibe der Fahrertür klopfte. Jemand mußte von hinten an das Auto herangekommen sein. Der Schreck fuhr Alexa so sehr in den Magen, daß ihr augenblicklich schlecht wurde. Langsam drehte sie die Scheibe herunter, wobei ihre Finger zitterten, als hätte sie die Schüttellähmung.

„Sie sehen nicht gut aus!" sagte eine Stimme. „Kann ich Ihnen irgendwie helfen?"

Moni König machte eine Geste, als würde sie Alexa gerne aus dem Auto helfen.

34

Inzwischen wußte ich alles über Obstkisten aus dem Hause Osterfeld: Welches Holz benutzt wurde, wie es getackert wurde, welche Effektivität diese Wahnsinnsmaschine hatte, mit der die Tragekanten an den Kisten befestigt wurden, daß hundertsechzig Leute dort beschäftigt waren und wohin die Obstbehälter überall geliefert wurden. Johannes Osterfeld ließ insgesamt nur einen einzigen Schluß zu: Er hatte es geschafft. Er führte einen großen, sauberen Betrieb, in dem es wie am Schnürchen lief. Johannes Osterfeld schaffte Arbeitsplätze, Johannes Osterfeld war der Freund seiner Mitarbeiter, und die Mitarbeiter, von denen etwa zehn noch exemplarisch in der Firma herumwerkelten, konnten sich nichts Schöneres vorstellen, als in der Fabrikation von Obstkisten Osterfeld zu arbeiten. „Obstkisten Osterfeld" – ich mußte grinsen, als mir diese Wortkombination einfiel. OO hätte sich sicherlich als Firmenlogo gut gemacht. Bei OO fiel mir prompt das Toilettengespräch in den Katakomben der Stichlingser Schützenhalle wieder ein. Johannes Osterfeld schied als Gesprächspartner von Wilfried König nun eindeutig aus. Die Betriebsbesichtigung hatte mir unter dem Aspekt nicht allzu viel gebracht. Dennoch: Ich wollte nicht umsonst den Anschluß an den sauerländischen Mittelstand gesucht haben. Schließlich hatten beide Mordopfer in diesem Betrieb gearbeitet. Darüber gab es doch sicherlich irgend etwas zu sagen. Johannes Osterfeld hatte inzwischen unsere Besuchergruppe in einen Tagungsraum innerhalb des Verwaltungsgebäudes geführt und ließ es sich nicht nehmen, allen ein Gläschen Sekt zu gönnen. Eine adrette Sekretärin hatte bereits alle Vorbereitungen getroffen. Ein Tablett voller Gläser mit prickelnd-schaumigem Sekt stand bereit, den sie den schwitzenden Gästen mit einem professionellen Lächeln servierte.

„Ich hoffe, meine Führung hat Ihnen einen Einblick in unser gesundes, mittelständisches Unternehmen gewährt", setzte Johannes Osterfeld mit einem Glas in der Hand an. Es sollte wohl ein Trinkspruch werden. „Ich denke, die Produktivität eines modernen Unternehmens hängt vor allem von der überdurchschnittlichen Motivation seiner Mitarbeiter ab." Die Sekretärin im schwarzen Mini lächelte dazu wie in einem Werbeprospekt. Ich sah quasi vor mir, wie sie eine Osterfelder Obstkiste, prall gefüllt mit Orangen und Bananen, im Arm hielt und dazu mit genau diesem Lächeln zwischen den Zähnen die Firma repräsentierte.

„Wer mich kennt, der weiß, daß ich dieses Unternehmen nach modernsten Managementkonzepten leite, aber trotzdem – und das möchte ich besonders hier in Ihrer Runde betonen – ist meine sauerländische Herkunft, mit der ich ein geradliniges, ehrliches Handeln verbinde, immer die Basis meines geschäftlichen Erfolges gewesen. In diesem Sinne möchte ich mit Ihnen das Glas erheben auf unsere schöne Heimat, auf daß sie durch Arbeit und Gemeinschaft weiter blühen möge. Auf Ihr Wohl!"

Die Gäste applaudierten trotz Sektglas in der Hand. Johannes Osterfeld hatte den Nerv getroffen. Die blühende Heimat, die Qualitäten des Sauerländers – was wollte der sauerländische Mittelständler mehr? Einzelne Bravo-Rufe ertönten, bis man endlich das Glas zum Munde führte und den Sekt schlürfte. Doch schon ergriff Osterfeld wieder das Wort.

„Eine kleine Überraschung habe ich noch parat für Sie, meine Herren!" In dem Moment erst wurde mir bewußt, daß der sauerländische Mittelstand sich auf das männliche Geschlecht zu beschränken schien. „Nur für Sie wird an diesem heißen Sommertag eine wunderbare Sängerin ihre Stimme erheben. Es ist mir gelungen, Friederike Glöckner für dieses Treffen zu gewinnen, Ihnen vielleicht als berühmte Schauspielerin bekannt, die aus unserem Orte hervorgegangen ist. Doch wer sie genauer kennt, der weiß, daß Friederike Glöckner auch eine hervorragende Sangeskünstlerin ist. Heute konnte ich sie gewinnen, um ein sehr traditionelles Lied zu singen, das uns dennoch immer wieder unter die Haut geht. Doch hören Sie selbst: Ich präsentiere Ihnen: Friederike Glöckner!"

Wieder Applaus. Ich hatte kaum Zeit, mich zu wundern. Durch die geöffnete Tür trat Friederike herein, in einem hauchdünnen, orangefarbenen Seidenkleid, das ihre Körpermaße nicht nur erahnen, sondern glattweg erkennen ließ. Friederike nahm lächelnd Stellung vor ihrem kleinen Publikum, sammelte sich und setzte an:

O Sauerland, mein Heimatland, wie bist du doch so schön
mit deinen Tälern heimisch traut und waldbekränzten Höh'n.
Vorbei an alten Eichen rauscht vom Fels der Silberquell,
an dem im Tal mit regem Fleiß schafft Meister und Gesell.

Oh, welche Auswahl! Johannes Osterfeld hatte es geschafft, nicht nur ein regionalpatriotisches Lied auszuwählen, sondern auch noch eins, das die redliche Arbeit der hiesigen Bevölkerung vertextete. Ob ich wohl auch mittlerweile zu dieser auserwählten Gruppe ehrlich Arbeitender zählte? Bei einem Lehrer wären meine Mittelstandskollegen wahrscheinlich nicht so sicher. Das Lied ging natürlich noch weiter. Bergesgipfel kamen noch vor, außerdem eine Amsel hoch im Wipfel und natürlich die frische, reine Luft.

Klasse war auch noch die vierte Strophe:

So lieblich, wie die Städte hier, die Dörfer und die Au'n
Sind meiner schönen Heimat Zier, die Mädchen und die
Frau'n.

An dieser Stelle schmunzelte man allgemein in Richtung Sekretärin und Sängerin. Friederike näherte sich inzwischen dem Ende des Liedes.

Du Sauerland, mein Heimatland, dir bleib ich allzeit gut.
In dir lebt noch ein treu' Geschlecht, ein echt' Westfalenblut.

Man war gerührt. Es dauerte bestimmt fünfzehn lange Sekunden, bis der Applaus einsetzte, so sehr lag eine überwältigende Atmosphäre in der Luft.

Dann strömte man auf die Künstlerin zu, beglückwünschte sie, feierte sie. Ich ließ mir Zeit und drückte mich in der äußersten Ecke herum. Die Leute tranken, lachten und redeten, bis sich schließlich Aufbruchstimmung breitmachte. Als sich der Raum deutlich geleert hatte, ging ich auf meine Bekannte zu.

„Friederike, wenn das keine Überraschung ist!"

„Das kann man wohl sagen! Ich denke, das ist eine Mittelstandsveranstaltung! Was machst du denn dann hier?"

„Ich bilde mich fort!" fiel es mir blitzschnell ein. Johannes Osterfeld an Friederikes Seite blinzelte gnädig.

„Ich war gerade zu einer Besprechung anläßlich Johannes' Bundesverdienstkreuz hier, da bin ich gleich zum Vorsingen verdonnert worden. Du hast ja sicher davon gehört, daß mein lieber Freund und Gönner in der nächsten Woche das Bundesverdienstkreuz am Bande überreicht bekommen soll."

„Ach nicht doch!" Osterfeld wehrte bescheiden ab. „Das wollen wir doch nicht an die große Glocke hängen, nicht wahr?"

„Na, immerhin soll ich anläßlich der Überreichung meine Sangeskunst zum besten geben", protestierte Friederike charmant. „Ach übrigens, Johannes, bevor ich gehe: Dies ist der junge Mann, der so sehr an Informationen über den Tod deiner Angestellten interessiert ist. Du wolltest doch unbedingt wissen, wer genau das ist. So spielt das Leben. Jetzt kann ich euch sogar persönlich miteinander bekannt machen." Friederike nahm noch einen Schluck Sekt, stellte das Glas weg und schickte sich an zu gehen.

„Ich hätte dich sonst heute abend angerufen, Vincent. Du weißt ja: die Spargelsuppe!" Friederike kniepte mir neckisch ein Auge und schaute dann theatralisch auf die Uhr.

„Ich habe noch einen Termin", trällerte sie. „Ich muß jetzt unbedingt gehen." Sie winkte uns charmant zu. „Man sieht sich!"

Das Lächeln um Johannes Osterfelds Mund war inzwischen zu einem eisernen Ring geworden. Ich stellte überrascht fest, daß wir mittlerweile ganz allein im Raum zurückgeblieben waren. Fräulein Sekretärin brachte wahrscheinlich die Gäste zum Bus.

„Sehr erfreut", wisperte der Firmenchef. „Erstaunlich, wofür Sie sich alles interessieren. Ich würde vorschlagen, wir unterhalten uns ein wenig in meinem Büro."

„Ich will Ihnen heute abend keine weitere Mühe mehr machen", wiegelte ich ab. „Sie freuen sich bestimmt schon auf Ihren Feierabend."

Dann besann ich mich. Wenn ich wirklich Informationen wollte, mußte ich diese Gelegenheit wahrnehmen - auch wenn Osterfelds Gesichtsausdruck ein mulmiges Gefühl bei mir auslöste.

„Wenn Sie allerdings wirklich noch ein wenig Zeit haben, dann nehme ich Ihr Angebot gerne an. Vorausgesetzt: Ich darf mir nachher von hier aus ein Taxi rufen. Ich bin nämlich einer von den dünn gesäten Menschen ohne Handy."

„Sie werden kein Taxi benötigen", antwortete Johannes Osterfeld, während er mich über den Flur führte. „Die Fahrt übernehme ich gerne selbst."

35

Als Max sein Taxi verlassen hatte und zum Haus ging, fluchte er innerlich. Es war ihm gar nicht recht, daß er jetzt alleine hier war. Er hatte nichts in der Hand als einen flüchtigen, durch nichts zu beweisenden Verdacht. Es wäre ihm leichter gefallen, dem nachzugehen, wenn er Vincent dabei gehabt hätte. Max drückte auf den Klingelknopf und wartete darauf, daß sich im Haus etwas rührte. Er überlegte, wie gut er Gerhard Streiter eigentlich kannte. Er war eben jemand aus dem Dorf. Jemand, den er schon immer kannte und den er duzte, obwohl ihm nicht ganz klar war, wie sich das ergeben hatte. Doch, jetzt erinnerte sich Max. Gerhard Streiter war ihm mal von Jupp auf einer Schützenfestabrechnung vorgestellt worden. So war das wohl gekommen. Max drückte noch einmal auf die Schelle, keine Reaktion. Dennoch war er sicher, daß jemand zu Hause war. Die Fenster nach vorne standen sperrangelweit auf, zu weit, um beruhigt einkaufen zu fahren. Max schlenderte langsam um das Haus herum. Tatsächlich. Da stand Gerhard Streiters grüner Wagen, und davor hockte der Eigentümer höchstselbst und wechselte die Reifen. Drei Winterreifen lagen schon abmontiert an der Seite. Jetzt hantierte Streiter mit dem letzten herum. Dabei hing ihm eine Strähne seines weißen Haares im Gesicht. Streiter bemerkte Max zunächst gar nicht, und der ließ sich Zeit, bevor er ihn ansprach.

„Ziemlich spät dran mit den Winterreifen, was?"

Der Schützenoberst fuhr erschrocken hoch. „Max, hast du mich erschreckt!" entfuhr es ihm dann. „Bist du auf Zehenspitzen geschlichen?"

„Das war gar nicht nötig. Du warst vertieft genug. Mal im Ernst: Jetzt kannst du die Dinger doch drauflassen. Es sind nur noch schlappe fünf Monate bis zum Wintereinbruch."

Streiter lächelte verlegen. „Du weißt doch, wie das ist, Max. Immer nimmt man sich das vor, aber dann kommt doch wieder was dazwischen."

„Ehrlich gesagt würde ich mich dann aber trotzdem nicht an einem schwülen Sommertag hinreißen lassen, wo einem der Schweiß vom bloßen Rumstehen bereits von der Stirn perlt."

Gerhard Streiter machte sich jetzt wieder mit seinem Schraubenschlüssel zu schaffen. „Ach, weißt du, ich möchte mich in Wahrheit auf andere Gedanken bringen. Inzwischen ist Wilfrieds Leichnam freigegeben worden. Morgen ist die Beerdigung, und du kannst dir sicher vorstellen, wie mir heute zumute ist." Gerd Streiter schwieg andächtig, doch Max wollte sich diesmal nicht durch Mitleid anrühren lassen.

„Eigentlich bin ich genau wegen Wilfried hier. Und auch wegen Jürgen Hebel."

Streiter drehte schweigend weiter.

„Die Polizei geht davon aus, daß Hebel den Wilfried umgebracht und sich später dann selbst das Leben genommen hat."

„Ich weiß!" antwortete Streiter mit einem dicken Kloß im Hals. „Man hat mich als Angehörigen bereits informiert."

Max wunderte sich einen Moment lang, wie schnell die Polizeinachricht verbreitet wurde.

„Meine Frage ist: Glaubst du daran? Hältst du auch Jürgen Hebel für den Täter?"

Streiter blickte hoch. Er sah jetzt ehrlich überrascht aus.

„Ja, warum denn nicht? Wenn die Polizei es doch sagt!"

„Sowohl Jupp als auch ich haben daran ganz ernsthafte Zweifel", führte Max aus. „Wir können uns einfach nicht vorstellen, daß die Sache so einfach ist. Das Ganze erscheint uns schlichtweg sehr konstruiert."

Streiter schraubte wieder.

„Überleg doch mal! Du kennst den Hebel doch auch-"

Das Handy piepste. Max griff in seine hintere Tasche, drehte sich mit einer entschuldigenden Handbewegung weg und nahm das Gespräch an.

„Christoph! Seid ihr schon weitergekommen? - Warum? – Die Autoreifen passen nicht zu dem Abdruck? Das ist interessant. – Das kann ich mir vorstellen. Dein Chef wird sich sicher noch die passende Lösung basteln – Vielleicht ein geliehenes Auto? Könnte sein, ja. – Nein, nein. Ich bin nicht zu Hause. Übrigens: ich bin ja ganz perplex, daß ihr auch mal richtig schnell arbeiten könnt. Warum? Nun, ich hab mich schon gewundert, daß Gerd Streiter als Angehöriger von euch so früh Bescheid gekriegt hat. Wieso? Das kann nicht-? Aber- Ja, ich verstehe. Ja dann- Christoph, ich weiß nicht- Christoph, wart' mal- Christoph?"

Max drehte sich entsetzt um. Vor ihm stand Gerd Streiter mit dem Schraubenschlüssel in der Hand. Sein Blick war so starr, daß Max plötzlich wußte, was es heißt, wenn einem das Blut in den Adern gefriert.

36

Robert fand seine Herangehensweise denkbar geschickt. Es wäre ein Fehler gewesen, zu schellen und mit der Tür ins Haus zu fallen. Die Situation war schließlich mehr als unklar. Daß Alexas Wagen auf dem Feldweg in der Nähe stand, war kein gutes Zeichen. Es war Zufall gewesen, daß Robert es entdeckt hatte. Genaugenommen

hatte er selbst ein Plätzchen für sein Auto gesucht, zwar
in der Nähe von Moni Königs Haus, aber doch so weit
entfernt, daß es nicht sofort bemerkt wurde. Dann hatte
er sich an das Haus herangepirscht. Die Buchenhecke,
die das König'sche Grundstück von den landwirtschaftlich
genutzten Flächen am Dorfrand abtrennte, war dazu quasi
prädestiniert. Robert hatte genau darauf geachtet, daß er
zu keiner Zeit von einem Fenster des Hauses aus zu sehen
war. An einer Stelle hatte er sich deshalb auf allen Vieren
über den Lehmboden bewegen müssen, genau dort, wo
ein Durchgang in die Buchenhecke geschnitten worden
war, so daß man vom Grundstück aus direkt in die Felder
spazieren konnte.

Robert überlegte, wie er die Distanz zwischen
Buchenhecke und Hauswand überwinden konnte ohne
aufzufallen. Ganze sechs Meter mußte er zurücklegen,
ohne auch nur einen Schatten ins Hausinnere zu werfen.
Er erinnerte sich, daß man in irgendeinem Shakespeare-
stück einen tragbaren Busch zur Tarnung verwendet hatte.
Oder war es ein ganzer Wald gewesen? Leider war ein
solches Requisit nicht in greifbarer Nähe. Robert mußte
sich also auf Schnelligkeit konzentrieren. Jetzt! Er hechtete
nach vorn, lief gebückt die paar Schritte und preßte sich
mit dem Rücken an die Hauswand. Diese Seite des
Hauses war nur mit wenigen Fenstern bestückt. Robert
versuchte, sich in Gedanken die Architektur des Hauses
vorzustellen. Nach hinten zum Garten waren mehrere
türhohe Terrassenfenster, an dieser Seite ein größeres
normales Fenster und zwei ganz kleine. Das größere
gehörte vermutlich zur Küche, die dann ans Wohnzimmer
angrenzte. Die beiden kleinen gaben vermutlich Gäste-
toilette und Abstellraum Licht. Typischer Einfamilien-
hausbau: Planen Sie Ihr Haus selbst, aber halten Sie sich
an unsere Vorgaben!

Robert würde den ersten Blick am Küchenfenster
riskieren. Mit dem Rücken zur Wand näherte er sich
vorsichtig. Zu hören war gar nichts. Alle Fenster waren
geschlossen. Robert schob seinen Oberkörper weiter

nach oben. Schon nach drei Sekunden hatte er gepeilt, daß die Küche leer war. Er wagte sich höher. Durch die geöffnete Küchentür konnte er einen Ausschnitt des Wohnzimmers sehen. Wenn er sich nicht täuschte, war das Alexas Lockenkopf von hinten in einem schwarzen Ledersessel. Sie bewegte sich überhaupt nicht. Eine andere Person konnte er nicht erkennen. Robert begann zu schwitzen. War Alexa vielleicht schon tot? Umgebracht, um eine Mitwisserschaft zu verhindern? Oder war sie gefesselt? Das beflügelte Robert. Er konnte vielleicht noch etwas tun! Zügig bewegte er sich an der Wand entlang auf die Hausecke zu. Er mußte gleich die Terrassenfenster erreicht haben. Geschafft! Direkt hinter der Ecke war noch Platz, um sich zu verstecken. Daneben schloß sich die erste Glastür an. Robert mußte es wagen, auch wenn die Täterin noch im Raum war. Er beugte sich ruckartig vor. In dem Augenblick wurde die Tür aufgerissen. Es hörte sich beinah an wie ein Donnergrollen, als sie mit voller Wucht vor Roberts Stirn knallte.

37

Johannes Osterfelds Büro befand sich am anderen Ende des langen Flures. Hinter der Tür, die wie alle anderen geschäftsmäßig-nüchtern war, offenbarte sich ein ganz eigenes Reich: Ein großer, lederner Chefsessel, die beiden Bittstellerstühle davor eher schlicht, aber von klarem Design. Wahrscheinlich ließen sie beim Sitzen schon jedermann spüren, daß man sich gegenüber Johannes Osterfeld nicht gerade wohlzufühlen hatte. Der Schreibtisch ein antikes Meisterwerk, aus Eiche und mit stilvollen Verzierungen. Ich sah sie mir genauer an. Es waren Tiermotive, die an den Tischkanten entlang eingeschnitzt waren. Entgegen Osterfelds lokalpatriotischer Ader stammten sie jedoch weniger aus heimischen Wäldern als aus fernen Ländern. Jedenfalls hatte ich auf keinem meiner Waldspaziergänge jemals ein Gnu entdeckt, und diese anderen Hörnertiere sahen auch irgendwie exotischer aus als die regionalen Rehe, die gelegentlich von Autos umgenietet wurden. Es wunderte mich nicht, daß direkt vor Johannes Osterfelds Arbeitsplatz ein Löwe eingraviert war. So sah sich der Jungunternehmer wohl im stillen: nicht als „Diener seiner Mitarbeiter", wie er es zuvor während der Betriebsbesichtigung allzu blumig beschrieben hatte, eher als Löwe, der mutig und risikobereit seine Stellung verteidigt.

„Sie sind während Ihrer Führung gar nicht auf Ihre Niederlassung im Osten eingegangen!" eröffnete ich das Gespräch. „Es hätte mich schon interessiert, etwas mehr über diese Erweiterung zu hören."

Osterfeld sah mich einen Augenblick überrascht an, antwortete dann aber mit gewohnter Selbstsicherheit.

„Nun, sicher hätten meine sauerländischen Freunde es statt meiner Investition im Osten lieber gesehen, wenn ich das hiesige Werk vergrößert hätte – allein der Standortsicherung wegen. Ich wollte das Thema daher nicht wieder auffrischen – wenngleich mir niemand ernsthaft verübeln kann, daß ich den Aufbau Ost vorantreiben möchte."

„Von den Steuervorteilen, die dortige Investitionen bieten, einmal ganz abgesehen", ergänzte ich.

„Natürlich!" stimmte Osterfeld zu. „All das kommt letztlich der Firma und den Arbeitnehmern zugute."

Ich nickte zustimmend. Johannes Osterfeld hingegen hielt es nun für an der Zeit, das Thema zu wechseln: „Herr Jakobs, gestatten Sie mir eine Frage: Warum interessieren Sie sich eigentlich in dieser Weise für den Tod meiner beiden Mitarbeiter Wilfried König und Jürgen Hebel?"

Ich lehnte mich gelassen zurück. „Nun, ich hatte das Pech, beim Auffinden beider Opfer in der Nähe zu sein", erklärte ich. „Wilfried König habe ich selber sterben sehen, ohne ihm helfen zu können. Bei Bernhard Schnell war ich ebenfalls einer der ersten, die ihn mit der Schußwunde am Kopf, im Gras liegend, fanden. Sie können sich vorstellen, daß diese Erfahrungen mich sehr mitgenommen haben. Wahrscheinlich kommt daher mein Interesse an den Morden."

„Natürlich kann ich Ihr Engagement jetzt besser verstehen, wenngleich ich nach wie vor der Meinung bin, daß man die Ermittlungen lieber der Polizei überlassen sollte. Allerdings kann ich Ihnen mitteilen, daß Ihre Bemühungen sowieso überflüssig sind. Einer meiner Mitarbeiter hat, als er sich um die Buchhaltung kümmern wollte, in Jürgen Hebels PC eine interessante Datei gefunden. Es handelt sich um einen Abschiedsbrief, den Hebel vor kurzem verfaßt haben muß. Ich habe mich selbst um die Sache gekümmert und die Polizei angerufen. Man sagte mir, man habe bereits kurz nach Auffinden der Leiche einen unterschriebenen Ausdruck dieser Datei in Hebels Jackentasche gefunden. Die Polizei vermutet, daß Hebel nicht mit der Schuld leben konnte, seinen Kollegen und Schützenbruder Wilfried König ermordet zu haben."

Osterfeld hatte die Fingerspitzen aneinandergelegt und wartete gespannt auf meine Reaktion.

„Sie meinen, Hebel hat König umgebracht? Aber warum denn?"

„Nun, wie Ihnen vielleicht bekannt ist, gab es gewisse Unregelmäßigkeiten in Hebels Kassenführung der Stichlingser Schützenbruderschaft. Mir gegenüber hat ein Mitarbeiter diesen Umstand erwähnt. Vermutlich wollte Hebel einen Skandal vermeiden, den es unbestritten gegeben hätte, wenn die Sache an die Öffentlichkeit gekommen wäre."

„Ich möchte die Summe, um die es dabei ging, ganz bestimmt nicht als Peanuts bezeichnen. Aber meinen Sie nicht, daß der Betrag zu gering war, um deshalb einen Mord zu begehen?"

„Es ging dabei doch nun wirklich nicht ums Geld. Es ging um Jürgen Hebels Reputation. Darüber hinaus mußte er um seinen Job fürchten. Zu Recht, würde ich sagen. Denn einen Mann, der seinen Verein bescheißt, möchte ich beileibe nicht mehr in meiner Buchhaltung sitzen haben."

„Natürlich, ich verstehe."

Osterfelds Tischtelefon klingelte.

„Aber selbstverständlich, Sabine. Ich werde mich selbst darum kümmern. Dann bis morgen! Und schönen Dank für Ihre Mühe! Ja, bitte, schließen Sie ab! O.K. Auf Wiedersehen, Sabine!

Meine Sekretärin", wandte er sich dann erklärend an mich. „Wir haben alle einen langen Tag gehabt und möchten nach Hause."

„Was ich wirklich nicht ganz verstehen kann, ist, wie Jürgen Hebel sich selbst erschossen hat", ignorierte ich Osterfelds Aufforderung zum Gehen. „Wie ich schon sagte, war ich einer von denen, die ihn am Montag gefunden haben. Dabei hatte er keinerlei Pistole in der Hand. Das weiß ich ganz genau."

„Ja, ich hörte davon", berichtete Osterfeld. „Die Pistole muß beim Sturz aus seiner Hand gefallen sein. Sie lag etwas abseits im Gras, das ja in diesen Wochen wuchert wie der Teufel."

„Na, dann wird sich ja bestimmt bald alles klären", sagte ich beim Aufstehen.

„Ja, manchmal stellt das Leben die einfachsten Lösungen zur Verfügung", sinnierte Osterfeld, freudig erregt über meinen Aufbruch.

„Nicht wahr? Ist es nicht fast unheimlich, wie genau der Abschiedsbrief paßt? Es erinnert mich ein bißchen an die Anfertigung einer Obstkiste, wenn ich ehrlich bin. Es war schon beeindruckend, wie millimetergenau Ihre Maschinen die Holzteile ineinanderstecken."

Osterfeld sah mich einen Moment zu lange an, bevor er lächelnd sagte: „Maßarbeit eben, Herr Jakobs. Sauerländische Maßarbeit."

38

Als Max aufwachte, stellte er als erstes fest, daß er einen wahnsinnigen Durst hatte. Seine Kehle brannte. Sie lechzte nach Flüssigkeit. Kein Wunder! In dem Raum, in dem er sich befand, war es so brechend heiß wie in einer Sauna. Danach spürte er den dumpfen Schmerz an der rechten Schläfe, den der Schraubenschlüssel hinterlassen hatte. Max versuchte, seine Hand auf die schmerzende Stelle zu pressen. In diesem Augenblick stellte er fest, daß seine Hände gefesselt waren. Auch seine Füße waren mit einem dünnen Band zusammengebunden, wie man es in der Landwirtschaft benutzt. Die Schnur schnitt sich schmerzend in seine nackte Haut. Erst jetzt merkte er auch, daß etwas um seinen Mund gebunden war. Etwas, von dem ein fürchterlicher Gestank ausging, der ihm direkt in die Nase zog. Ein Öllappen!

Max sah sich um. Er lag in einer Garage, in die nur unter dem Tor hindurch ein Lichtstrahl fiel. Neben sich konnte er die Umrisse einiger Autoreifen erkennen. An der Wand stand ein Regal mit Werkzeug. Max legte seinen Kopf wieder auf den kalten Betonfußboden. Gerd Streiter – wer hätte das gedacht? Was führte er eigentlich für ein Leben, seitdem seine Frau vor einigen Jahren gestorben war? Soviel Max wußte, stand der Schützenoberst noch im Berufsleben. Und daneben gab es natürlich die Bruderschaft. Max erinnerte sich, daß seit seiner Kindheit einige Gesichter unter den Schützen gewechselt hatten. Doch bei einem war er ganz sicher. Gerhard Streiter war schon mit einem Büschel auf dem Hut und Säbel in der Hand mitmarschiert, als Max noch ein kleiner Junge war. Und in derselben Funktion marschierte er noch heute mit.

Max begann, sein Gesicht über den Fußboden zu reiben. Er mußte diesen Knebel loswerden, sonst würde er gleich daran ersticken, nicht weil er keine Luft mehr kriegte, sondern weil er es einfach nicht mehr aushielt. Nach einiger Zeit, Max hatte keine Ahnung, um wie viele Minuten es sich handeln könnte, lockerte sich der Lappen an seinem Mund. Max versuchte nun, seine Hände hinzuzunehmen. Unsinn, natürlich war er hinten gefesselt. Aber immerhin schaffte er es, mit seiner Schulter die Binde auf und ab zu bewegen. Sie wurde immer lockerer. Endlich rutschte sie nach unten und hing dort wie ein schlabberiges Halstuch um seinen Hals. Max öffnete den Mund und sog Luft durch den Mund ein. Heiße, feuchte Luft, die sich in den letzten Stunden in dieser Garage gestaut hatte. Max versuchte sich die Lippen zu lecken. Es war fast unmöglich. Sein Mund war einfach staubtrocken. Wenn er nicht bald etwas zu trinken bekäme, würde er ausrasten. Max begann, seine Hände zu bewegen. Die Schnur war dort nicht ganz so eng gebunden wie an den Füßen. Vielleicht war Gerhard Streiter in seiner Eile etwas nachlässig gewesen. Max rieb weiter die Hände aneinander. Seine Haut war bereits heiß an den verbundenen Stellen. Sie brannte ganz fürchterlich, so daß er eine kleine Pause einlegte. Warum hatte Gerhard Streiter ihn eigentlich nicht umgebracht, fuhr es ihm plötzlich in den Kopf. So schien er es doch üblicherweise mit unerwünschten Mitwissern zu handhaben. Wäre es ihm nicht ein leichtes gewesen, gleich ein zweites Mal auf seinen Schädel einzuschlagen? Das hätte ihm das Fesseln erspart und das Problem ein für allemal aus der Welt geschafft. Oder hatte Streiter wieder einmal die Vortäuschung eines Selbstmordes vor Augen? Dieser Fall wollte natürlich sorgfältiger vorbereitet sein. Wahrscheinlich war Streiter in diesen Minuten genau damit beschäftigt. Max überkam eine Welle der Panik. Doch gleichzeitig spürte er in seinem Inneren noch ein anderes Gefühl. Eine Art Erleichterung, daß er noch lebte. Man konnte es vielleicht Freude nennen. Max überlegte, wie oft er schon in stundenlangen Grübeleien zu dem Fazit gekommen war, daß sein Leben wertlos war, daß es jeden Sinn und jede Begeisterung verloren hatte. In diesem Augenblick, auf dem Betonfußboden einer penibel aufgeräumten, völlig überhitzten Garage, an Händen und Füßen gefesselt und gequält von Schmerzen an verschiedenen Stellen des Körpers, entdeckte er etwas in sich, das er auf ewig verloren geglaubt hatte. Max spürte, daß er hier nicht verrecken wollte. Er wollte weiterleben. Er wollte noch etwas machen aus seinem Leben. Sicher, er würde immer mit seiner Geschichte herumlaufen müssen, doch sein Leben wegzuwerfen war nicht die richtige Alternative. Es war nicht das, was er wollte. Max fühlte einen unbändigen Lebenswillen in sich, der ihn in hektische Aufregung versetzte. Er wollte hier raus. Und zwar lebend. Er begann wieder, an seinen Händen zu zerren, obwohl seine Gelenke brannten, als wären sie in kochendes Wasser getaucht worden. Er wollte hier raus, er wollte hier raus, er wollte hier raus.

39

„Ein Glas Sekt wirkt Wunder!" verkündete Moni König in Hochstimmung.

„Wenngleich auch Milch bei müden Männern eine belebende Wirkung haben soll!" prustete Alexa. „Oder wäre für einen verhinderten Sherlock Holmes ein Glas Scotch angebrachter?"

Die Gibbelei der beiden Frauen war einfach unerträglich. Trotzdem nahm Robert das Glas Sekt, das ihm gereicht wurde, dankbar an. Er befühlte noch einmal seine Stirn. Unter dem nassen Waschlappen, den Moni König ihm fürsorglich aufgelegt hatte, hatte sich eine stattliche Beule entwickelt, die Robert prompt an das letzte Einhorn denken ließ. Natürlich hatte er sich lächerlich gemacht. Zu denken, daß er Alexa aus allergrößter Gefahr befreien mußte, konnte man nur als überdrehte Männerphantasie bezeichnen. Während er sich wie ein Halbprofi an das Haus herangepirscht hatte, hatten die Damen im Haus ausgelassen Moni Königs Schwangerschaft besprochen. Jedenfalls hatte er das den aufgekratzten Erklärungsversuchen der beiden entnommen. Als Moni dann eine Bewegung auf der Terrasse wahrgenommen hatte, hatte sie schwungvoll die Gartentür geöffnet und dabei geradewegs Alexas Befreier ausgeknockt. Selbst schuld. Mehr fiel Robert nicht ein, als er schlechtgelaunt am Sektglas nippte.

„Das hat man nun davon", brummelte er mißmutig nach dem ersten Schluck. „Hätte ich mich besser auf die Suche nach Vincent oder Max gemacht! Während ihr hier eure kleine Fete feiert, hätten die beiden meine Hilfe wahrscheinlich tatsächlich gebraucht."

Alexa wurde direkt hellhörig. Als sie von den Mitteilungen erfuhr, die Vincent und Max in der Wohnung hinterlassen hatten, begann sie sofort zu telefonieren. Bei Vincent lief nach wie vor der Anrufbeantworter. Bei Max war ebenfalls niemand zu Hause. Alexa versuchte als nächstes die Handynummer. Sie ließ es lange klingeln. Als sie gerade die Hoffnung aufgeben wollte, hörte sie ein Knacken in der Leitung.

„Max, bist du dran?"

Es rumpelte und pumpelte, als würde jemand das Handy zum Basketballspielen benutzen.

„Max, kannst du mich hören? Max, ist alles in Ordnung?"

„Wie man's nimmt", hörte Alexa es plötzlich undeutlich am anderen Ende. „Kommt sofort hierher! Gerhard Streiter in Stichlingsen. In der Garage. Zur Not müßt ihr die Tür aufbr-"

Das Gespräch war weg.

„Wir müssen los!" Alexa war schon an der Tür. „Moni, du bleibst hier, du hast schon genug Aufregung gehabt. Sag uns nur eben, wo Gerhard Streiter wohnt! Wir kommen schon zurecht."

Als sie Monis Wegbeschreibung hatte, rannte Alexa zum Auto. Robert folgte ihr und erreichte den Feldweg gerade, als Alexa den Wagen startete. Er sprang hinein,

165

bevor sie beim Anfahren beinahe den Außenspiegel von Roberts Auto, das dicht vor ihrem geparkt stand, mitgenommen hätte. Auf der Hauptstraße gab Alexa erst richtig Gas. Sie zählte die Seitenstraßen. Ja, richtig. Da war die vierte, direkt neben einem Briefkasten. „Auf der Gabel" hieß sie, wie Moni beschrieben hatte. Alexa fuhr jetzt langsamer. Nach dreihundert Metern endete die Straße mit einem Wendehammer. An der Seite war Max' Taxi geparkt, die Seitenfenster alle heruntergelassen. Max hatte sich offenbar auf einen kurzen Besuch eingerichtet. Gerhard Streiters Haus war die Nummer 26, ein gepflegtes Grundstück mit Vorgarten, an der Seite die Einfahrt zur Garage. Ein Auto stand nicht in der Einfahrt. Alexa schaute Robert fragend an.

„Erstmal gucken", flüsterte der. „Die Polizei können wir immer noch rufen." Alexa nickte. Seite an Seite gingen die beiden am Haus vorbei auf die Garage zu. Im Haus schien es ruhig zu sein. Zwar waren die Fenster sperrangelweit geöffnet, doch war kein Geräusch von drinnen zu hören.

Das Garagentor war abgeschlossen. Natürlich.

„Max, bist du da drin?" Alexas Stimme zitterte vor Aufregung.

„Ich glaube schon", kam es von drinnen. „Holt mich hier raus, Mensch!"

Robert zog und zerrte an dem Tor herum. Alexa überlegte einen Augenblick. Dann rannte sie los. Beim Geräteturnen in der Schule hatte sie früher nicht gerade geglänzt, aber in das Küchenfenster kam sie problemlos hinein. Sie orientierte sich kurz. Im Flur hing ein Schrank, wie geschaffen für Schlüssel aller Art. Alexa riß alles heraus. Drei sahen so aus, als könnten sie von der Größe her passen. Einige Sekunden später stand sie wieder vor der Garage.

„Laß uns die Polizei rufen!" Robert war durch seine Bemühungen mittlerweile außer Atem. Alexa antwortete gar nicht. Sie probierte den ersten Schlüssel. Paßte nicht. Der zweite ließ sich genausowenig hineinstecken. Alexa lief mittlerweile der Schweiß die Stirn herunter. Der dritte paßte. Er paßte! Alexas Herz machte einen Hüpfer. Robert zog mit und gut geölt ließ sich das Tor nach oben ziehen. Auf dem Boden lag Max, an Händen und Füßen gefesselt, um den Hals ein öliges Tuch. Vor ihm lag sein Handy mit der Tastatur nach unten. Neben Max' Kopf waren ein paar Tropfen Blut auf dem Betonboden angetrocknet.

„Max!" Alexa stürzte auf ihn zu. „Was ist passiert? Was machst du hier?"

„Überlebenstraining!" stöhnte Max und versuchte ein Grinsen.

Robert wühlte im Regal herum und fand ein Taschenmesser. Innerhalb einer Minute hatte er die Fesseln an den Händen durch. An den Füßen ging es noch schneller. Max versuchte sich aufzurichten, knickte aber sofort ein. Der Kreislauf spielte nicht mit. Robert und Alexa faßten ihn jeder an einer Seite an. So ging es schon besser.

„Ich ruf' einen Krankenwagen", meinte Alexa und griff nach ihrem Handy.

„Quatsch!" Max sagte das in einem Ton, der Alexa verharren ließ.

„Ich brauche nur was zu trinken." Robert und Alexa führten Max nach draußen. Er wurde mit jedem Schritt sicherer.

„Da!" Wie ein Hund, der den Knochen sucht, steuerte er mit seinen Begleitern auf die Hauswand zu. Jetzt entdeckte auch Alexa den Wasserhahn, auf den er es abgesehen hatte. Sie beugte sich hinunter und ließ das Wasser laufen. Max ging sofort in die Knie und hielt seinen Kopf darunter. Er trank wie ein Tier und bekam nicht genug. Dann ließ er sich immer wieder Wasser über den Kopf laufen, wischte sich das Blut ab und rieb sich die Augen. Es dauerte Minuten bis er mit der Prozedur fertig war. Schließlich drehte er den Hahn zu und stand vorsichtig auf.

„Wer war das?" fragte Alexa mit großen Augen.

„Gerd Streiter", meinte Max nüchtern. „Und dafür gibt es nur einen Grund. Ich weiß endlich, wie es gewesen sein könnte." Er sprach nicht weiter, weil plötzlich ein Auto vor der Hofeinfahrt hielt.- Aus dem Auto stieg eine junge Frau, so blaß und zittrig, daß sie jeden Moment umzukippen drohte. Alexa und Robert schauten unsicher, Max ging auf die Frau zu.

„Frau Hebel, was ist los?" Seine Stimme klang immer noch ziemlich heiser.

„Ich muß mit Ihnen sprechen!" Der brüchige Ton in Karin Hebels Stimme ließ Alexa nach einer Sitzgelegenheit suchen. Tatsächlich stand an der Hauswand eine weiße Plastikbank. Alexa lenkte die Frau sanft dorthin. Max setzte sich daneben.

„Ich habe schon mehrfach bei Ihnen zu Hause angerufen, aber ich habe niemanden erreicht." Max nickte nur. „Als ich nun gerade ein Taxi an der Straße stehen sah, dachte ich mir gleich, daß Sie das sind - da habe ich sofort angehalten." Karin Hebel warf einen Blick auf Streiters Haus. Dann schien sie beruhigt, daß der Schützenoberst nicht in unmittelbarer Nähe war.

„Sie haben sicher gehört, daß mein Mann-" Karin Hebel fing an zu schluchzen. Für einige Zeit hörte man nichts anderes. „Ich habe Ihnen nicht alles gesagt, als Sie bei mir waren!" schniefte sie endlich. „Es ist so-" Die Stimme war wegen des ständigen Schluchzens mehr als undeutlich. „Jürgen – er hat auf dem Schützenfest etwas erlebt – an dem Tag, als der König gestorben ist." Karin Hebel fing wieder an zu schluchzen.

„Frau Hebel, versuchen Sie sich zu beruhigen!" versuchte es Max. Robert zog eine Packung mit Taschentüchern aus der Hose und reichte Karin Hebel eins. Wie in Trance nahm sie es an, behielt es aber einfach in der Hand und sprach weiter.

„Jürgen war ja dabei, als der König den Schnell, den Bernhard Schnell, angepöbelt hat – an dem Schützenfestsonntag, mein' ich jetzt. Danach ist Jürgen bewußt eine Weile in Königs Nähe geblieben, um zu sehen, ob er noch weiteren Ärger anzetteln wollte, weil er ja so zornig war. Dabei hat er beobachtet, wie König und sein Onkel sich heftig gestritten haben. Er hat das Gespräch nicht belauschen können, weil die beiden ziemlich abseits, in der Nähe der Vogelstange, standen. Jürgen hat sie nur heftig gestikulieren und mit wutentbrannten Gesichtern herumschreien sehen." Karin Hebel schneuzte nun heftig in das Taschentuch hinein. Sie sprach jetzt deutlich gefaßter. „Irgendwann ist König abgezogen, wahrscheinlich hat er den Heimweg angetreten. Jürgen indes ist Gerhard Streiter weiter auf den Fersen geblieben und hat gesehen, wie der Johannes Osterfeld gesucht hat. Als er ihn gefunden hat, hat er auch mit ihm heftig diskutiert. Danach hat Streiter sich in sein Auto gesetzt und ist hinter seinem Neffen hergefahren, jedenfalls hat Jürgen das vermutet."

„Was Sie da sagen, ist sehr wichtig", warf Max ein. „Frau Hebel, Sie sollten diese Geschichte unbedingt der Polizei erzählen. Ich selbst kann ja nicht-"

Es war, als hörte Karin Hebel gar nicht zu. Sie unterbrach Max und sprach weiter:

„Als eine halbe Stunde später die Polizei auftauchte und den Vorstand über Königs Tod informierte, da konnte Jürgen sich natürlich zwei und zwei zusammenreimen. Aber anstatt seine Beobachtungen der Polizei mitzuteilen, schwieg er. Nein, schlimmer noch. Er gab Gerhard Streiter ein Alibi, indem er behauptete, er habe ihn in der letzten Zeit irgendwo gesehen. In Wirklichkeit hat er Streiter erst kurz nach Eintreffen der Polizei wiedergesehen, und zwar in einem ziemlich aufgewühlten Zustand."

„Warum hat Ihr Mann ein falsches Alibi gegeben?"

„Na, warum wohl? Sie kennen doch unsere finanzielle Misere. Er sah eine Möglichkeit, an Geld zu kommen. Er wollte Gerhard Streiter erpressen."

„Hat der denn so viel Geld, daß sich eine Erpressung lohnt?"

„Das habe ich Jürgen auch gefragt. Aber er meinte, er

würde sich das Geld schon da holen, wo es zu holen sei, und ich wüßte sowieso schon viel zuviel. Es sei zu gefährlich, wenn ich Genaueres wisse."

„Wissen Sie, ob es zu der Erpressung gekommen ist?"

„Jürgen hat sich da in Schweigen gehüllt. Es kam alles zusammen. Jupp Baumüller mit seinen dämlichen Kassenbüchern und die Verdächtigungen der Schützenbrüder. Am Dienstag dann hat sich Jürgen Urlaub genommen. Er ist ganz früh morgens abgefahren und erst nach Mitternacht zurückgekommen. Er hat mir nicht gesagt, was los war, nicht mal, wo er hingefahren ist. Aber ich habe auf den Zähler am Auto geguckt – er muß mehr als zwölfhundert Kilometer gefahren sein. Am Freitag abend ist er dann nicht von der Arbeit nach Hause gekommen."

„Frau Hebel, ich sage es nochmal. Sie müssen all das der Polizei erzählen!" Beinahe hätte Max noch etwas hinzugefügt. Wenn Karin Hebel eher damit rausgerückt wäre, könnte ihr Mann vielleicht noch am Leben sein – und Max wäre eine ziemlich dicke Beule erspart geblieben.

40

Ich konnte mir beileibe etwas Schöneres vorstellen als jetzt in der abendlichen Schwüle durch die Felder zu latschen. Aber trotzdem immer noch besser als mich vom Obstkisten-Chef chauffieren zu lassen und ihm für seine unbändige Güte danken zu müssen. Osterfeld hatte es zwar etwas befremdlich gefunden, daß ich den Heimweg lieber zu Fuß als mit ihm zurücklegen wollte, da seine Firma in der Tat ziemlich weit außerhalb lag. Aber dann hatte er es doch hingenommen, zumal er, wie er sagte, noch ein paar Papiere durchsehen müsse.

Inzwischen ging auch ein leichtes Lüftchen, das bei der

Schwüle des Tages auf ein herankommendes Gewitter schließen ließ. Ich nahm das dankbar zur Kenntnis, da mein Hemd inzwischen ziemlich durchgeschwitzt war.

Das herankommende Auto sah ich schon von weitem. Keine Kunst, da es mit Vollgas den Feldweg entlangheizte. Ich spekulierte, daß hier ein Sechzehnjähriger in der Pampas seine ersten Fahrübungen absolvierte. Wahrscheinlich hatte ihn die Schwüle zu dieser ausgelassenen Fahrweise verführt. Sicherheitshalber stellte ich mich hinter einen Baum. Ich konnte mir angenehmere Todesarten vorstellen, als von einem übermütigen Clerasil-Benutzer umrasiert zu werden. Der Wagen brauste vorbei. Ich staunte. Von wegen Clerasil. Von Corega Tabs konnte hier wohl eher die Rede sein. Das Auto raste auf das Osterfeld'sche Firmengelände und hielt dort mit quietschenden Reifen. Ich rechne es heute meiner Spürnase zu, daß ich nicht unbeobachtet lassen wollte, was jetzt bei Osterfeld passierte. Ganz offensichtlich „brannte" es irgendwo. Entweder war mit den Feierlichkeiten für die Verleihung des Bundesverdienstkreuzes etwas nicht in Ordnung oder es drohten noch ganz andere Gewitter.

Der Fahrer war schon um den Bürotrakt herum verschwunden, als ich das Tor zum Firmengelände passierte. Von jetzt an war ich vorsichtig. Wenn ich etwas mitbekommen wollte, dann mußte ich mich versteckt halten. Den Autos auf dem Parkplatz nach zu urteilen, waren wirklich nur noch Johannes Osterfeld und sein gerade gekommener Besucher auf dem Gelände. Folglich würde man es sich wahrscheinlich im Chefbüro gemütlich machen.

Meine Anschleichaktion muß eine gewisse Ähnlichkeit mit der meines Freundes Robert gehabt haben. Wie auch immer, ich erreichte die Räumlichkeiten ziemlich bald und ohne daß mich von innen jemand zur Kenntnis genommen hätte. Osterfelds Stimme klang mehr als ärgerlich. Das konnte ich deutlich hören, als ich mich den offenstehenden Fenstern näherte. Sie zeugte so gar nicht von seiner unternehmerischen Souveränität, wie sie angeblich bei sauerländischen Gewerbetreibenden sonst an der Tagesordnung ist.

„Bist du verrückt geworden, hierher zu kommen? Du machst uns noch unglücklich mit deiner impulsiven Art."

„Ich wäre nicht gekommen, wenn es nicht unbedingt notwendig gewesen wäre. Du kannst dir nicht vorstellen, was inzwischen passiert ist!"

Ich erkannte die Stimme sofort. Es war der Mann, den ich auf der Toilette von St. Sebastianus unfreiwillig belauscht hatte. Der Mann, der Wilfried König vom Vogelschießen abhalten wollte – seinen eigenen Neffen.

„Ich weiß, was passiert ist. Die Polizei hat den Selbstmordbrief geschluckt. Der Fall ist so gut wie abgeschlossen. Ich hab' dich doch extra angerufen, damit du dich etwas beruhigst. Deshalb fahr in Gottes Namen nach Hause, entspann dich und freu dich aufs nächste Schützenfest!"

„Von wegen – die Polizei hat geschluckt", Gerhard Streiters Stimme überschlug sich beinah. „Ich habe heute Besuch bekommen, von Max Schneidt, diesem Taxifahrer. Er kam gerade, als ich die Winterreifen austauschen wollte. Nachdem wir telefoniert hatten und du gesagt hattest, daß die Polizei jetzt alles Hebel zuschreiben würde, da dachte ich mir, dann brauche ich ja auch nicht länger mit den Winterreifen rumzufahren, die ich nach dem Vorfall aufgezogen hatte."

Ich sah förmlich vor mir, wie Johannes Osterfeld die Hände über dem Kopf zusammenschlug. „Du willst doch nicht etwa behaupten, daß du der Sparsamkeit halber dich in dieser dämlichen Situation hast erwischen lassen, oder?"

„Ich konnte ja nicht wissen-", jammerte der Schützenoberst. „Aber das ist noch nicht alles. Gerade in dem Moment bekommt dieser Schneidt einen Anruf von seinem Polizeifreund, und der sagt ihm, daß durchaus noch nicht alle Unklarheiten beseitigt sind, daß man z.B. noch nicht die Reifenspuren am Tatort dem Jürgen Hebel zuordnen konnte."

„Man muß ja völlig verblödet sein, um dir nicht auf die Schliche zu kommen!" brüllte Osterfeld. „Wahrscheinlich hast du jetzt diesem Schneidt alles brühwarm erzählt, stimmt's?"

„Aber nicht doch!" versuchte Streiter zu beruhigen. „Ich hab ihm eins übergezogen, mit dem Schraubenschlüssel. Das ging gar nicht anders, weil ja alles so klar war. Und jetzt, jetzt weiß ich nicht mehr, was ich machen soll. Er liegt in meiner Garage und-"

„Und was? Ist er tot?" Mir stockte der Atem.

„Nein. Jedenfalls nicht, als ich losfuhr. Ich weiß jetzt nur nicht weiter. Johannes, du mußt mir helfen!"

„Du bist einfach zu blöd, um dir helfen zu lassen!" brüllte Osterfeld wieder. „Jetzt hast du schon zwei Leute auf dem Gewissen, und ich habe dich gedeckt. Soll ich dich jetzt auch noch bei dem dritten gewähren lassen?"

„Aber Johannes, den Jürgen, den habe ich doch nur-, weil- Du hast doch auch gesagt, daß-"

Als Osterfeld ansetzte, war seine Stimme plötzlich wieder seltsam ruhig und fest. Ganz offensichtlich hatte er gerade die Strategie gewechselt. „Bitte verlaß jetzt auf der Stelle mein Büro! Ich kann nichts mehr für dich tun. Im übrigen werde ich alles für deinen vorzeitigen Ruhestand vorbereiten lassen. Die Papiere werden dir zugestellt. Du brauchst nicht mehr zu kommen."

„Aber Johannes, das kannst du doch mit mir nicht machen! Du warst es doch, der den Hebel aus dem Weg haben wollte. Ich laß mir doch jetzt von dir nicht auch diesen Mord in die Schuhe schieben."

„Ich weiß nicht, wovon du sprichst!"

„Wenn man's genau nimmt, warst du es sogar, der mich zum Streit mit Wilfried angestiftet hat."

„Nie im Leben habe ich dich zu irgend etwas angestiftet."

„Aber ich sollte ihm an den Karren fahren, dem Wilfried. Ich höre noch genau deine Worte, damals am Schützenfestsonntag. Da hatte ich mich an dich gewandt, weil der Wilfried doch König werden wollte und ich nicht wußte, was ich machen sollte. Das ging doch nicht, daß der Wilfried sich da lächerlich macht. Wo doch seine Frau gar nicht Königin werden wollte und wo er sich doch schon im ganzen Dorf unmöglich gemacht hatte mit diesem schrecklichen Flittchen, das er sich da angelacht hatte. Da konnte er sich doch nicht hinstellen und den großen Mann markieren. Da hätten wir ihn doch von der Vogelstange wegtragen müssen. Peinlich wär das gewesen, nichts als peinlich."

„Du brauchst mir diesen ganzen Summs nicht noch ein zweites Mal vorzujammern, hörst du?"

„Ja, das kann ich mir vorstellen. Aber an dem Sonntag, da hast du gesagt, ich solle dem Wilfried mal eine deftige Abreibung verpassen, weil er ja noch mehr für Unruhe sorgen wollte - weil er die Sache mit Döbern an die große Glocke hängen wollte."

„Und? Stimmte das etwa nicht?"

„Wilfried war mein Neffe. Ich habe ihn gemocht, auch wenn ich ihn seit diesem Flittchen nicht mehr verstehen konnte. Kannst du dir vorstellen, wie mir zumute war, als ich nachher an der Halle ankam und die Polizei war schon da? Ich hätte doch nicht im Traum gedacht, daß mein Stoß ihn umgebracht hat. Ich hab gedacht, der bleibt nur liegen, weil er besoffen ist. Und dann bin ich in den Wald gegangen, um mich abzuregen. Kannst du dir vorstellen, wie es mir ging, als ich dann hörte, der Wilfried ist tot. Tot – von mir?"

„Geh jetzt nach Hause, Gerhard! Ich habe selber genug Probleme am Hals. Sieh selber, wie du aus dem Schlamassel herauskommst!"

„Das hast du aber letzte Woche nach ganz anders gesagt, Johannes. Du warst es doch, der wegen Jürgen Hebel auf mich zugekommen ist. Du hast mir doch erzählt, Hebel wolle gegen mich aussagen und könne mich damit ins Gefängnis bringen. Und du hast mir geraten, den Hebel aus dem Weg zu schaffen! In Wirklichkeit hattest du doch das größte Interesse an Hebels Tod! Und zwar weil er gegen dich noch viel mehr in der Hand hatte! Weil er, genau wie Wilfried, über die Schwarzarbeit im Osten Bescheid wußte!"

„Du weißt aber doch, daß Hebel den Schützenverein betrogen hat. Er hat sich an uns vergangen, und wer könnte darüber mehr entrüstet sein als wir beide?"

„Du hast mich ausgenutzt! Du hast mir erzählt, du würdest die Firma hier dichtmachen und ab nach Polen gehen, wenn weiter irgendwelche Probleme auftauchen! Du hast mir erzählt, daß Sebastianus auseinanderbrechen würde, wenn all die unsauberen Geschichten publik würden. Du hast gesagt, wir tun das alles nur für unsere Heimat und den Verein und..." Streiter brach beinah in Tränen aus.

„Verschwinde, Gerhard, und verschone mich mit deinen merkwürdigen Unterstellungen!" Osterfelds Stimme war merklich nervös geworden. „Verlasse jetzt meine Firma und tritt mir nie wieder unter die Augen! Denn auf eins kannst du Gift nehmen: Egal, was du den Leuten erzählst: Dir wird niemand glauben, daß ich jemals mehr mit dir zu tun hatte, als daß ich dir anständigerweise am Monatsende deinen Lohn aufs Konto überwiesen habe. Aber trotzdem warne ich dich! Du kennst meine Beziehungen. Wenn du es wagst, irgend jemandem meinen Namen zu nennen, dann zerquetsche ich dich zwischen meinen Fingern wie eine Stubenfliege, das kannst du mir glauben!"

„Du hast mich benutzt, Johannes! Dir ging es gar nicht um Stichlingsen und um den Verein! Du hast mich immer nur benutzt!"

Eine Tür schlug zu. Gerhard Streiter war gegangen.

Mein Herz schlug immer noch wie wild. Ich hatte es hier mit einem Mörder zu tun oder mit zweien oder wie auch immer. Was war mit Max los? Er brauchte sicher dringend Hilfe. Ich preßte mich an die Wand. Streiter würde jeden Moment aus dem Gebäude treten und mich entdecken. Dann war alles aus. Dann würde ich als weiterer Zeuge umgebracht werden. Ich überlegte nicht länger, sondern kroch ein paar Meter am Gebäude entlang. Ein Fenster war hier noch einen Spaltbreit offen.

Ich drückte es nach innen. Es mußte das Nachbarbüro zu Osterfeld sein. So leise es bei aller Aufregung ging, kletterte ich hinein und lauschte. Vier Sekunden später hörte ich Schritte. Ich hockte mich in eine Ecke. Streiter rannte im Laufschritt am Fenster vorbei. Sein Gesicht war rot und verschwitzt, als hätte er einen Marathonlauf hinter sich. Er stolperte in sein Auto und fuhr ab. Ich atmete einen Moment auf. Doch jetzt mußte etwas geschehen. Max war in allergrößter Gefahr. Ich überlegte nicht lange. Auf dem Schreibtisch stand ein Telefon. Ich mußte sofort die Polizei verständigen. Dann hielt ich einen Moment inne. Ich konnte jetzt unmöglich lange Erklärungen abgeben. Als ich den Hörer abnahm, kam ein schnelles Tuten. Ich wählte eine Null vor, das Freizeichen kam. Zum ersten Mal im Leben liebte ich Alexa für ihr Handy, das mich sonst in allen möglichen Situationen nervte. Hektisch wählte ich ihre Nummer. Sie war sofort am Apparat, als hätte sie auf einen Anruf gewartet.

„Alexa? Ich bin's, Vincent!" Ich warf einen Blick aus dem Fenster. Streiters Wagen raste durch die Felder davon. „Hör zu, hör gut zu! Du mußt jetzt genau tun, was ich dir sage. Es ist ein Notfall, und ich kann nicht lange reden. Max ist von Gerhard Streiter niedergeschlagen worden. Er befindet sich auf Streiters Grundstück. Ihr müßt – wieso, ihr habt ihn schon befreit- Wirklich? Ja, ich weiß. Gerd Streiter hat König auf dem Gewissen. Ich habe ein regelrechtes Geständnis von ihm gehört. Ja, aber das ist noch nicht alles. Ich bin sicher-"

Das war der Augenblick, in dem ich ein Geräusch im Zimmer wahrnahm. Blitzschnell drehte ich mich um und blickte in das entsetzte Gesicht von Johannes Osterfeld.

41

Der Blick, der mich traf, ließ nur eine Reaktion zu: Flucht! Johannes Osterfeld war erkannt, und er würde auch den letzten Versuch unternehmen, um das Unheil abzuwenden, das sich über ihm zusammengebraut und nun sein Leben, sein Werk und den Erhalt des Bundesverdienstkreuzes in Gefahr gebracht hatte. Ich war mit einem Satz beim Fenster, stieß mit voller Wucht dagegen und hechtete im selben Moment nach draußen. Dort knickte ich beim Aufprall mit dem Fuß um und stürzte auf die Seite. Ich kugelte mich weiter und rappelte mich hoch. Schon jetzt sah ich Osterfeld am Fenster. Er war tatsächlich hinter mir her. Ich wußte nicht, daß ich so schnell rennen konnte. Meinen Knöchel spürte ich gar nicht. Das Gefühl, von einem kaltblütigen Mörder verfolgt zu werden, ließ mich um mein Leben laufen. Natürlich steuerte ich auf den Ausgang zu. Als ich noch zwanzig Meter entfernt war, sah ich, daß sich das schwere Eisentor wie von Geisterhand bewegte. Ich stoppte nicht sofort ab, sondern war noch in vollem Lauf, als es krachend ins Schloß fiel. Johannes Osterfeld mußte die passende Fernsteuerung in der Tasche haben. Ich bog ab und warf einen Blick nach hinten. Osterfeld rannte etwa fünfzehn Meter hinter mir. Ich übersprang ein paar Paletten und peste auf eine Fabrikhalle zu. Zu spät registrierte ich, daß ich in eine Falle lief. Ein Blick zurück zeigte mir, daß sich der Abstand zwischen uns verkleinert hatte. An der Längsseite der Halle war eine Metalltür nur angelehnt. Ich lief darauf zu und sah, daß von außen ein Schlüssel steckte. Nach einer Sekunde hatte ich ihn abgezogen. Ich stürzte in die Halle und zog von innen die Tür zu. Vor Aufregung bekam ich den Schlüssel kaum ins Schlüsselloch. Endlich. Der Schlüssel drehte sich gerade, als Osterfeld vor die Tür krachte. Ich blickte mich panisch um. Ich stand in einer der Lagerhallen, die wir besichtigt hatten, doch konnte man bei mir nicht gerade von Ortskenntnis sprechen. Riesige Regale, die bestimmt sechs Meter hoch waren, bildeten hier ein System von Gängen. Vor Kopf waren mehrere Rolltore heruntergelassen. Es war eine Frage der Zeit, wann Osterfeld hier eindringen würde. Sollte ich mich verstecken oder mich ebenfalls bewaffnen? Nein, ich mußte hier wieder raus. Im selben Moment rauschte eins der Rolltore nach oben, und Osterfeld raste auf einem Gabelstapler herein. Er war gerade hindurch, als das Tor wieder nach unten donnerte. Im gleichen Augenblick erkannte ich, wie der nächste Mord getarnt werden würde: als bedauerlicher Betriebsunfall auf dem Gelände der Firma Osterfeld. Die zwei Gabeln des Staplers waren in Augenhöhe eingestellt und dienten so als Mordwerkzeuge. Osterfeld saß mit einem an Wahnsinn grenzenden Gesichtsausdruck auf dem Fahrerstuhl und gab Vollgas. Ich war gelähmt vor Schreck. Osterfeld hielt auf mich zu. Endlich reagierte ich und rannte. Als ich um die Kurve in den nächsten Gang einbog, sah ich eine angelehnte Leiter da stehen. Ich dachte nicht lange nach, sondern hastete nach oben. Osterfeld raste mit dem Gabelstapler um die Ecke und nahm eine Palette mit, die polternd umkrachte. Ich war schon in etwa vier Metern Höhe, als ich den Stapler auf die Leiter zurasen sah. Ich sprang seitlich auf den Eisenträger eines Regals. Im selben Augenblick bretterte das Fahrzeug die Leiter um. Ein paar Obstkisten wurden mitgerissen und zersplitterten auf dem Betonboden. Ich kletterte das Regal entlang und versuchte mich im hinteren Bereich aufzuhalten. Osterfeld hatte inzwischen zurückgesetzt und startete einen neuen Versuch, mich auszuschalten. Ich sah beim Zurückblicken, daß er die Gabeln hochgezogen hatte. Wahrscheinlich wollte er mich aufspießen wie eine Grillwurst. Ich kletterte weiter, was das Zeug hielt. Osterfeld zielte gut. Die Gabeln donnerten die Paletten neben mir mit voller Wucht nach hinten. Wäre ich zwei Schritte langsamer gewesen, hätten sie mich erwischt. Ich stutzte einen Augenblick. Osterfeld setzte keineswegs ein zweites Mal den Stapler zurück. Ich blickte nach unten und ein Schauder überkam mich.

Mein Verfolger kletterte am Gestell seines eigenen Fahrzeugs herauf. Kurz: Er war auf dem besten Wege zu mir. Sein Gesicht hatte etwas so Wildes, Entschlossenes an sich, daß ich wie verrückt weiterzuklettern begann. Osterfeld hatte inzwischen meine Höhe erreicht und schwang sich vom Fahrgestell ab auf die Regalböden. Er mußte durchtrainiert sein wie ein zwanzigjähriger Leichtathlet. Ich lief hinter den Kisten, die nicht den ganzen Regalboden belegten, sondern noch ganze zehn Zentimeter Platz ließen. Die Katastrophe sah ich einen Tick zu spät. Hinter dem nächsten Regalgestell war eine Wand eingezogen, die das Weiterlaufen verhinderte. Osterfeld war hinter mir etwas langsamer geworden. Ich weiß nicht, ob seine Kräfte nachließen oder ob er seinen Angriff auskosten wollte. Ich blickte nach unten. Ich konnte versuchen zu klettern, aber das war heikel. Die senkrechten Eisenstützen waren so sparsam wie möglich eingezogen worden. Springen war unmöglich. Aus dieser Höhe auf den Betonfußboden zu knallen konnte nicht schlimmer sein, als Johannes Osterfeld in die Hände zu geraten. Ich griff mir eine Kiste, die auf der Palette vor mir stand, und schleuderte sie auf Osterfeld zu. Der Chef blickte hoch und lächelte mich an.

„Interesse an einer Detailführung?"

„Danke, mir reicht, was ich bislang gesehen habe."

Osterfeld kam langsam näher.

Ich schmiß die nächste Kiste. Sie traf den Gegner am Knie und mußte unter Fehlschlag verrechnet werden.

„Sie sind zu neugierig, Herr Jakobs", erklärte Osterfeld lächelnd. „Hätten Sie sich ganz einfach um Ihre Klassenarbeiten gekümmert, dann würden Sie sich jetzt sicherlich in angenehmerer Lage befinden. Haben nicht unlängst die Sommerferien angefangen? Warum treibt es Sie dann nicht wie den Großteil Ihrer Kollegen in die Toskana?"

Adrenalinschübe mußten bei Johannes Osterfeld humorfördernde Wirkung haben. Wie anders war es zu erklären, daß dem Kerl hier in vier Metern Höhe nach

Späßchen zumute war?

„Ich ziehe es vor, zunächst das Sauerland zu erkunden", spielte ich mit, um Zeit zu gewinnen. Die Sache mit dem Kistenschmeißen war nicht sehr effektvoll, aber leider fiel mir bislang nicht viel Besseres ein. Osterfeld machte sich daran, am Querträger auf mich zuzuklettern. Ich mußte ihn am Reden halten. Das verlangsamte sein Tempo ungemein.

„Wie ich feststellen mußte, kann man auf hiesigen Volksfesten ja so allerlei erleben. Ehrlich gesagt, finde ich es etwas schockierend, daß ein Ehrenmann wie Sie in die Morde verwickelt ist."

„Ich habe mir an keiner Stelle die Finger schmutzig gemacht", erklärte Osterfeld, schadenfroh lächelnd. „Gerhard Streiter war dumm genug, die Dinge weitgehend allein zu erledigen. Er mußte nur entsprechend angeleitet werden." Der Kistenfabrikant lehnte sich genüßlich an die nächste Eisenstütze. Er hatte es tatsächlich nicht mehr eilig. Er war nicht der eiskalte Killer, der auf ein schnelles Ende aus war. Vielmehr erfreute er sich an meiner Angst, die ich nur schlecht überspielen konnte. Er hatte gewonnen, und diesen Sieg wollte er auskosten.

„Sie haben recht", begann ich wieder. „Streiter hat seinen Neffen umgebracht, wenngleich er es selbst gar nicht wollte."

„Vollkommen richtig!" ging Osterfeld auf mein Gequatsche ein. „Ich hatte unserem braven Schützenoberst zwar empfohlen, Wilfried König in seine Schranken zu weisen. Aber daß er ihm im Streit direkt eine Gehirnblutung beibringt, hätte ich in meinen kühnsten Träumen nicht erhofft."

„Was war denn nun Ihr wahres Interesse an Königs Tod? Sie wollen mir ja nicht im Ernst erzählen, daß Sie um die Moral in der Schützentruppe besorgt waren. Was hat es mit Ihrer Firma in Döbern auf sich?"

Osterfeld überlegte einen Augenblick. Wahrscheinlich bemerkte er, daß es zutiefst unprofessionell war, sich von mir aushorchen zu lassen. Dann lächelte er wieder und blickte mich mit seinen blauen Augen direkt an.

„Eine klassische Situation, nicht wahr?" meinte er plötzlich. „Da stehen sich Täter und Opfer am Ende direkt gegenüber. Der Täter quatscht aus emotionaler Not alles aus, obwohl er gar nicht in Bedrängnis ist. Und das alles nur, damit auch der dümmste Fernsehzuschauer weiß, wie das Verbrechen abgegangen ist. Doch plötzlich tritt die Wende ein. Der Jäger gewinnt die Oberhand, der Täter wird überwältigt, die Fernsehzuschauer sind zufrieden."

„Ja, so passiert es meistens", sagte ich leichthin. „Allerdings bin ich kein Experte. Aufgrund zahlreicher Korrekturen sitze ich zur besten Krimizeit meistens am Schreibtisch."

Osterfeld lachte lauthals. „Soll ich Ihnen was sagen? Im Grunde sind Sie mir sympathisch. Ganz ehrlich!"

„Vielleicht könnten Sie Ihre Sympathie dann etwas freundlicher zum Ausdruck bringen?"

„Wenn wir uns unter anderen Umständen kennengelernt hätten, würde ich das gerne tun. Aber die derzeitigen Umstände lassen leider nicht zu, daß ich uns die Möglichkeit zum besseren Kennenlernen einräume."

Ein Themenwechsel schien mir dringend nötig. Das Gespräch schien sich in eine Sackgasse zu bewegen, die Osterfeld zum Handeln zwang. Eigentlich schien er ja reden zu wollen – sei es, weil er stolz auf die Perfektion seines Handels war oder weil er sich auf irgendeine Weise zu einer Rechtfertigung genötigt sah.

„Sie wollten mich eben wissen lassen, warum Sie ein solch gesteigertes Interesse am Tod Wilfried Königs hatten!"

Osterfeld lachte. „Sie sind hartnäckig, nicht wahr? Sie wollen alles genau wissen. Ein typischer Lehrer, würde ich sagen. Nun, Sie sollen Ihren Willen bekommen! Ich war dumm genug, König in geschäftlichen Dingen mein Vertrauen zu schenken. Das war ein großer Fehler!"

„In geschäftlichen Dingen, die nicht ganz astrein waren, nehme ich an?"

„Das ist Anschauungssache. Wie Sie ja schon wissen, habe ich vor acht Jahren das Unternehmen in Döbern aufgebaut, ein Riesen-Projekt mit 18.000 qm Produktions- und Lagerflächen. Die Auftragslage entwickelte sich zwar gut, doch hatten wir uns trotz großzügiger Unterstützung des Landes bei den Baukosten verschätzt. Kurz: Wir gerieten finanziell unter Druck und sahen nur eine einzige Möglichkeit, uns gegen die billige Konkurrenz aus dem Osten zu wehren: Personalkosten senken. An diesem Punkt hat sich die räumliche Nähe zu Polen als Glücksfall erwiesen. Es gelang uns, eine nächtliche Sonderschicht zu organisieren – ausschließlich mit polnischen Arbeitern, die keine Arbeitserlaubnis hatten. Was ursprünglich nur für einen kurzen Zeitraum geplant war, ging letztlich bis zum Ende vergangenen Jahres. Dann wurden die Kontrollen auf Schwarzarbeit drastisch verstärkt, und ich zog es vor, die Schicht einzustellen."

Da lag also der Hase im Pfeffer. Osterfeld hatte durch Einsatz von illegal Beschäftigten erhebliche Kosten gespart.

„König übernahm zeitweise die Produktionsleitung vor Ort. Irgendwann kam er leider auf die Idee, diese Sache gegen mich verwenden zu wollen. Und das, obwohl ich ihm für den Job einen Extrapreis bezahlt hatte."

„Loyalität ist in Ihren Kreisen Ehrensache, nicht wahr?" provozierte ich.

Osterfeld ließ sich nicht provozieren. „Da haben Sie vollkommen recht, Herr Jakobs. König hat seit der Lehre für mich gearbeitet, und ich habe ihn immer anständig bezahlt. Sein Verhalten entbehrte daher jeder Anständigkeit."

„Entspricht es Ihrer Einschätzung von Anständigkeit, Ausländer für ein paar Mark die Stunde auszunutzen?"

„Mir ist völlig klar, daß Sie als Lehrer keinen Schimmer vom Wettbewerb haben. Sie bekommen monatlich Ihr Beamtengehalt aufs Konto überwiesen und können so natürlich gut Sprüche klopfen."

„Herr Osterfeld, Sie haben ein Problem mit Lehrern!"

„Nein, die Lehrer haben ein Problem mit mir", verkündete der Fabrikant, der sich nun etwas erregte. Diese Entwicklung konnte ich nicht unbedingt als positiv bezeichnen.

„Ich hab es auf der Schule weiß Gott nicht einfach gehabt", erzählte Osterfeld aufgebracht. „Ich habe schon im Betrieb geholfen, als andere noch in die Windeln machten." Großzügig überging ich diese Übertreibung. „Ich habe malochen müssen, sobald ich von der Schule nach Hause kam. Oder meinen Sie, Osterfeld wäre immer eine solche Firma gewesen wie heute? Ich selbst habe sie erst zu dem gemacht, was sie heute ist."

„Ich verstehe."

„Sie verstehen gar nichts. Meinen Sie, es hätte mir Spaß gemacht, daß meine Geschwister in aller Ruhe ihr Abitur machen konnten?"

„Das heißt, Sie wollten den Betrieb gar nicht übernehmen?"

„Natürlich wollte ich den Betrieb übernehmen!" verbesserte Osterfeld mich. „Aber ich habe es satt, mich ständig entschuldigen zu müssen, weil ich nicht Betriebswirtschaft studiert habe. Ich weiß doch, was sie alle denken, diese Hohl-Akademiker. Zum Denken hat es nicht gereicht, deshalb macht er jetzt in Kisten. Aber denen hab ich es allen gezeigt. Alle, die mich früher belächelt haben, denken heute: Der hat's geschafft. Die stecke ich doch alle in die Tasche mit ihren mickrigen Beamten- und Angestelltengehältern. Auf die hört doch heute keiner mehr!"

„Ein gemachter Mann", sagte ich und unterdrückte jede Ironie. „Jetzt, wo auch noch das Bundesverdienstkreuz im Anmarsch ist – Kompliment!"

„Und das soll ich mir von einem Stümper wie König kaputtmachen lassen? Daß ich nicht lache!"

„Sie scheuten also weniger eine Geldstrafe für illegale Beschäftigung als vielmehr Ihren Ansehensverlust?"

„Ich lasse mich von einem Kerlchen wie Wilfried König

183

nicht ruinieren und schon gar nicht von einem Arschkriecher wie Jürgen Hebel."

„Hatte der auch Wind davon bekommen?"

„König hat ihm gegenüber wohl mal Andeutungen gemacht!" ereiferte Osterfeld sich. „Er hatte einen Streit mit König gehabt, weil der auch Hebels desolate Kassenführung herausbekommen hatte. Wilfried König hatte gedroht, daß er sowohl Hebel als auch mich hochgehen lassen könne. Nach Königs Tod kam Hebel dann mit haltlosen Erpressungsversuchen um die Ecke. Er wisse von der Schwarzarbeit, weil er in Döbern mit jemandem aus der Buchhaltung gesprochen habe. Außerdem könne sich jeder an fünf Fingern abzählen, daß ich es sei, der das größte Interesse an Königs Tod gehabt und Streiter nur vorgeschickt habe."

„Womit er ja nicht unrecht gehabt hat", murmelte ich. „Was hat Hebel gewollt, als er Sie erpreßt hat?"

„Na, was wohl?" schnaubte Osterfeld. „Geld natürlich! Schließlich hatte er eine Heidenangst, daß sein Betrug am Verein in Kürze der ganzen Öffentlichkeit bekannt werden könnte."

„Und dann haben Sie Streiter von der Erpressung erzählt? Und ihm verklickert, daß ihm Gefängnis für seine Restlebensjahre drohe, wenn er Hebel nicht aus dem Weg schaffe?"

„Genau! Hebel wurde als Augenzeuge natürlich unhaltbar. Außerdem war Hebel unserem Ehrenmann Streiter sowieso ein Dorn im Auge. Das Gerücht um Hebels Kassenführung hatte sich inzwischen im Vorstand rumgesprochen. Sie können sich vorstellen, was das für einen Mann wie Streiter bedeutet hat."

„Außerdem haben Sie ihm ja wohl auch gedroht, die Produktion ins Ausland zu verlegen, wenn es weiter Probleme gäbe!"

„Anders hätte ich einen Mann wie Streiter nie davon überzeugen können, daß Hebel ausgeschaltet werden muß, um Region, Schützenbruderschaft und seine eigene Zukunft zu retten."

„Trotzdem wird Streiter die Sache mit dem Abschiedsbrief wohl kaum allein auf die Reihe bekommen haben."

„Das stimmt", sinnierte Osterfeld. „Da brauchte er natürlich Unterstützung. Als Hebel am Freitag morgen in mein Zimmer schneite und mir ein weiteres Mal drohte, daß er sich an die Polizei wenden würde, konnte ich ihn nicht erneut abwimmeln. Ich versprach ihm, eine einvernehmliche Lösung zu finden. Ich würde ihm finanziell unter die Arme greifen, er würde mich mit meiner Döberaner Firma in Ruhe lassen. Den Fall König wollten wir beide vergessen. Wir verabredeten uns noch für denselben Abend. Allerdings machte ich klar, daß das Treffen nicht bei mir zu Hause stattfinden konnte, genausowenig hier in der Firma. Hebel hatte selbst die beste Idee. Er schlug den „Alten Schießstand" vor, eine kleine Holzhütte im Wald, die Schützen als Grillplatz nutzen. Die Verabredung stand also. Jetzt kümmerte ich mich jedoch noch um eine andere Sache. Ich wollte einen Abschiedsbrief haben."

„Haben Sie die Unterschrift gefälscht?"

„Um Gottes willen. Das hätte die Polizei mit Hilfe eines Sachverständigen sofort gemerkt. Es war viel einfacher. Jeden Tag muß Hebel als Leitender Buchhalter verschiedenste Papiere unterzeichnen. Ich bereitete kurzerhand ein Schreiben an die Leitenden Angestellten vor, in der es um eine neue Regelung zum Überstundenausgleich ging. Es wurde in vierzehn Ausführungen kopiert und sollte von mir und Hebel unterschrieben werden." Osterfeld grinste stolz. „Es war nicht ganz leicht, aber es klappte: Ich ging mit dem Wust von Papieren zu ihm und bat ihn um seine Unterschrift, da das Schreiben noch am selben Tag verteilt werden sollte. So unterschrieb er, ohne richtig hinzusehen, ein auf seinem Rechner verfaßtes Geständnis."

„Und am Abend ist Hebel dann wirklich gekommen?" hakte ich nach, um Osterfeld im Redefluß zu halten.

„Natürlich kam er. Er brauchte ja das Geld. Zu seiner

Sicherheit hatte er lediglich sein Handy mitgebracht. Leider eine ziemlich langwierige Art, um Hilfe zu holen. Alles Weitere kann ich Ihnen leider nur aus zweiter Hand erzählen. Statt meiner ist nämlich netterweise Gerhard Streiter zum Ort des Geschehens gegangen, in der Tasche eine alte Pistole, die ich mir mal unter der Hand in Polen besorgt habe. Natürlich war Streiter fürchterlich aufgeregt. Er ist schließlich alles andere als ein Killer. Doch ich konnte ihm begreiflich machen, daß allein er diese Aufgabe meistern könne, da er im Gegensatz zu mir Erfahrungen mit Waffen habe."

„Ist er Jäger?"

„Genau. Außerdem ist er Schießmeister gewesen, als es im Verein noch die Schießsportabteilung gab."

„Ich verstehe!"

„Streiter hat alle meine Ratschläge befolgt: Er hat aus nächster Nähe geschossen, um einen Selbstmord simulieren zu können. Er hat Handschuhe getragen und nach dem Schuß dem toten Hebel die Waffe in die Hand gedrückt, um Fingerabdrücke zu hinterlassen. Dabei hat er sogar einen zweiten Schuß gelöst, damit an Hebels Hand Schmauchspuren nachweisbar sind. Die Waffe hat er in die Nähe des Toten gelegt, so als wäre sie ihm aus der Hand gefallen."

Ein teuflischer Plan. Erdacht von Johannes Osterfeld, ausgeführt von Gerhard Streiter.

„Die ganze Sache hat wunderbar geklappt", lobte ich meinen Gastgeber, als könnte ich damit ein für allemal seine Zuneigung gewinnen.

„Die Sache hätte wunderbar geklappt, wenn ich nicht einen solchen Idioten wie Gerhard Streiter hinzugezogen hätte", berichtigte Osterfeld. „Er hat sich durch seine Dummheit ins Aus manövriert. Leider wird er jetzt die ganze Schuld auf sich nehmen müssen."

„Und letztlich wird alles wieder ganz wunderbar aussehen", vervollständigte ich. „Sie werden Ihr Bundesverdienstkreuz bekommen, Friederike Glöckner wird ganz phantastisch singen, und nach kurzer Zeit kräht kein Hahn mehr nach den unliebsamen Ereignissen, die dereinst in Stichlingsen im Sauerland passierten."

„Genauso habe ich mir das vorgestellt."

Ich hätte meiner Rede nicht einen solch finalen Charakter geben sollen. Jetzt stand Osterfeld nämlich auf, als wolle er die Sache zu einem wirklich gelungenen Ende bringen.

„Es gibt nur eine Sache, die noch erledigt werden muß", erklärte er. „Mit Ihnen als Zeugen wird nicht alles so glatt laufen, wie ich mir das erhoffe. Die Welt wird deshalb in Zukunft ohne Sie auskommen müssen."

„Das wäre sehr bedauerlich", erklärte ich trotzig und kletterte auf die Palette vor mir. Es erschien mir besser, mich von oben zu verteidigen, anstatt mich hier in die letzte Ecke drängen zu lassen. Allerdings stand ich auf der Palette mit Obstkisten nicht allzu sicher. Der Untergrund war etwas wacklig.

„Erinnern Sie sich, was ich vorhin über das klassische Ende eines Kriminalfilms sagte?" Osterfeld näherte sich vorsichtig, ohne mich auch nur eine Zehntelsekunde aus dem Blick zu verlieren.

„Meinen Sie das klassische Ende, bei dem der Gejagte am Ende die Oberhand gewinnt?"

„Genau das! Ich erwähnte hoffentlich, daß ich damit das idealisierte Ende meinte, bei dem die Zuschauer auf eine kindlich-naive Weise befriedigt werden wollen. Das Gute soll gewinnen, auch wenn es noch so unrealistisch anmutet." Inzwischen erkletterte Osterfeld ebenfalls eine Palette und kam wieder auf meine Höhe.

„Ich kann nicht behaupten, daß mir ein solches Ende gänzlich zuwider wäre", meinte ich und griff erneut nach einer Obstkiste. Ich traf Osterfeld damit am Oberkörper. Ich hatte den Eindruck, er merkte es nicht einmal. Seine Bewegungen waren jetzt wieder wie bei einem geschmeidigen, kraftvollen Tier, das sich unaufhaltsam seiner Beute nähert. Ich versuchte klar zu denken. Osterfeld war etliche Jahre älter als ich. Warum sollte ich ihm im Zweikampf auf diesem Gerüst nicht gewachsen

187

sein? Wahrscheinlich war es seine unbesiegbare Haltung, die mich in diese fast lähmende Angst versetzte. Osterfeld war jetzt noch ganze zwei Meter entfernt. Ich riß ein Bandeisen hoch. Polternd fielen ein paar Obstkisten in die Tiefe und zerschmetterten auf dem Betonfußboden. Mit der Linken hielt ich mich am hinteren Eisenträger fest, rechts umklammerte ich das Bandeisen und schlug zu, sobald Osterfeld in erreichbare Nähe geklettert war. Osterfeld hielt schützend den Arm vor das Gesicht und sprang im selben Moment in meine Richtung. Noch während des Sprungs sah ich, daß er ein Messer aus der Tasche gezogen hatte, das er mit einem Klick geöffnet hatte. Osterfeld stürzte auf mich, doch es gelang mir, seine Hand mit dem Messer von mir fortzudrücken. Der Mann hatte eine wahnsinnige Kraft. Während ich mit meinem ganzen Körper gegen seinen Arm drückte, gelang es ihm, mit der Linken an meinen Hals zu gelangen. Ich schnappte nach Luft. Immer noch hielt ich das Bandeisen, das sich inzwischen schmerzhaft in meine Hand schnitt. Ich merkte, wie meine Kraft nachließ. Wenn ich auch nur einen Moment nachgab, würde sich das Messer in meinen Oberkörper bohren. Mir schossen Szenen durch den Kopf. Meine Mutter, als ich als Kind in den Teich gefallen war. Mein Vater in seinem unvergeßlichen Sonntagsanzug. Ich konnte nicht mehr. In diesem Moment riß ich mit einer Kraft, deren Ursprung ich nicht kannte, meine Hand nach oben. Osterfeld bekam einen Stoß nach hinten und gleichzeitig mit dem Bandeisen einen Schlag ins Gesicht, der ihm eine lange Schnittwunde im Gesicht zufügte. Ich rollte mich zur Seite und sah, daß ich genau an der Kante nach unten lag. Osterfeld, dessen Gesicht wie wild blutete, stürzte sich auf mich, das Messer auf mich gerichtet. Geistesgegenwärtig rollte ich mich erneut weg, diesmal nach hinten, eine fast perfekte Rückwärtsrolle. Über mir donnerte es. Ich dachte für einen Moment, das Hallendach würde über mir zusammenkrachen. Ich hörte einen Schrei, den lauten, hohen Schrei einer Frau, dann einen dumpfen Knall. Im selben Moment wurde ich ohnmächtig.

42

Als ich in vier Meter Höhe aufwachte, war meine Mutter da. Sie beugte sich über mich und küßte mich auf die Stirn. „Ich bin so froh, daß du noch lebst", flüsterte sie und küßte mich erneut.

„Warum hast du denn die ganze Sache alleine durchziehen wollen?" kam es jetzt vorwurfsvoll. Das war gar nicht meine Mutter. Es war Alexa.

„Ich bin auch froh, daß ich noch lebe", sagte ich, doch ich glaube, ich war der einzige, der mich verstand.

Alexa legte ihren Kopf auf meine Brust, so daß ich fast erstickte.

„Gott sei Dank ist der Osterfeld vom Gerüst abgestürzt. Wenn dir etwas zugestoßen wäre!" Alexa schniefte in meine Brust hinein. Es hätte mich interessiert, wie sie meinen jetzigen Zustand beurteilte, da mir ihrer Meinung nach nichts zugestoßen war. Ich nahm es locker.

„Wär' schon ärgerlich gewesen", murmelte ich. „Wo doch jetzt gerade die Sommerferien anfangen."

Drei Stunden später saß ich geduscht und versorgt in meiner Wohnung. Draußen trommelte nach wie vor der Regen. Das Gewitter, das mit lautem Krachen begonnen hatte, als ich gerade in höchster Lebensgefahr gewesen war, hatte einen schier endlosen Regen mit sich gebracht. Wie Alexa richtig diagnostiziert hatte, war mir „nichts" zugestoßen. Kurz: Ich konnte weder Knochenbrüche noch Blutergüsse, weder Platzwunden noch eine Gehirnerschütterung vorweisen. Lediglich eine Beule am Kopf war mir nach dem Duschen übriggeblieben.

„Deine ist die größte", sagte Alexa und glaubte wohl, daß ich jetzt irgendwie stolz wäre. Robert und Max saßen mir gegenüber auf dem Sofa. Tatsächlich sahen wir mit unseren unförmigen Beulen auf dem Kopf aus wie die drei von der Tankstelle: Robert mit dem Horn, das er sich an Moni Königs Terrassentür zugezogen hatte, Max mit einer Beule, die von Gerhard Streiters

Schraubenschlüssel stammte, und ich mit einem Andenken an Johannes Osterfelds Eisenregale.

„Eine starke Truppe", sagte Alexa, die nicht müde wurde, uns mit peinlichen Komplimenten zu strafen. „Zu dritt habt ihr tatsächlich zwei Mörder zur Strecke gebracht, und das obwohl die Polizei auf einer ganz anderen Fährte war."

„Unser sicherer Instinkt", erklärte Max selbstzufrieden.

„Unsere nicht nachlassende Einsatzbereitschaft", fügte Robert hinzu.

„Der schnöde Zufall", brummte ich unzufrieden.

„Egal, was", vollendete Alexa pragmatisch. „Hauptsache, die Geschichte hat endlich ein Ende."

„St. Sebastianus wird nie wieder so sein wie bisher", sinnierte Max.

„So ist das mit gereiften Persönlichkeiten, die eine Menge hinter sich haben", erklärte ich altklug. „Ich kann da aus Erfahrung sprechen."

Alexas Handy klingelte. Ich ignorierte es großmütig. Auch den Umgang mit diesen störenden Piepsern sieht man gelassener, wenn man gerade dem Tode entronnen ist. Alexas Antworten hörte ich nur mit einem Ohr, während ich Robert und seiner Geschichte ein drittes Mal zuhörte. Offensichtlich telefonierte meine Liebste mit ihren Eltern.

„Natürlich kommen wir gern", hörte ich Alexa in den Hörer sagen. „Nein, nein, Vincents Urlaub verschiebt sich um eine gute Woche nach hinten. Er und sein Freund sind etwas angeschlagen und fahren deshalb später. Nein, nichts Ernstes, ganz bestimmt nicht, Mama."

Robert und ich sahen uns verwundert an. Was mußte eigentlich passieren, damit man Alexas Mitleid erregte?

„Ich würde dann sagen, wir sehen uns am Sonntag gegen Mittag", fuhr Alexa fort und strahlte mich an. „Ja, natürlich, wir freuen uns. Besonders, weil doch am Wochenende bei euch Schützenfest ist."

43

Ich weiß auch nicht, warum ich so nervös war. Schließlich hatte es ja irgendwann kommen müssen. Das gehörte dazu, und ich hatte es ja auch wirklich gewollt. Es war an sich schon peinlich, daß ich Alexas Eltern noch nie persönlich kennengelernt hatte. Schließlich waren wir seit fast drei Monaten zusammen, und Alexas Eltern wohnten ja gar nicht weit, nur zwanzig Kilometer entfernt in einem kleinen Dörfchen im Hochsauerland. Nun saß ich also hier an diesem überdimensionalen Eichentisch, an dem in früheren Tagen die ganze Familie Platz genommen hatte und an dem ich heute Alexas Eltern kennenlernen sollte. Herrn und Frau Schnittler hatte ich inzwischen die Hand geschüttelt. Alexas Mutter hatte meinen Blumenstrauß mit der Bemerkung entgegengenommen, die seien ja fast so schön wie die aus ihrem Garten, und Herr Schnittler hatte noch vor einer Begrüßung gefragt, welchen Wein ich zum Essen bevorzuge. Jetzt warteten wir nur noch auf Alexas Oma, die aber, wie im Sauerland üblich, nicht „Oma" hieß, sondern „Ommma", mit mindestens drei „m". Ommma bewohnte zwei Zimmer des Hauses und sollte natürlich am Essen teilnehmen. Alexas vier Geschwister waren nicht dabei. Alexa meinte, daß ihre Eltern und Ommma fürs erste genügen würden. Ich konnte das nur bestätigen, nachdem Ommma sich zu uns gesellt hatte.

„Sie sind also der Verlobte von unserer Alexa", begrüßte sie mich. Alexa sank in ihren Stuhl.

Hatte ich es mit einer Verbündeten von Schwester Gertrudis zu tun? Ich druckste herum.

„Verlobt, Gott, eigentlich-"

„Sind Sie katholisch?"

Ich schluckte die Frage herunter, wann denn der letzte Protestant im Dorf verbrannt worden sei.

„Mutter, Herr Jakobs unterrichtet sogar an einer katholischen Schule", versuchte Alexas Mutter zu vermitteln.

„Ach, wirklich?" Ommmas Augen blickten beinahe wohlwollend, während sie sich auf ihrem Stuhl am Kopfende des riesigen Eichentisches niederließ.

Alexas Vater goß mir inzwischen Rotwein in ein Glas, das ich bis dahin für eine Blumenvase gehalten hatte „Wir müssen doch anstoßen!" rief er vergnügt und griff nach seinem Glas. „Auf unsere Alexa, würde ich sagen!"

„Unsinn!" sagte Alexa patzig. „Lieber auf euch!"

„Nein, auf Herrn Jakobs!" meinte Alexas Mutter aufgeregt.

„Also, ich-"

„Wann willst du denn nun endlich heiraten?" fragte Ommma plötzlich an Alexa gewandt. Ihr Vater trank einen kräftigen Schluck Rotwein, Alexa rutschte beinahe unter den Tisch.

„Na, dann guten Appetit!" wünschte ihre Mutter und reichte mir die Schüsseln. Es gab Rehbraten, Kartoffeln und Rosenkohl, außerdem Apfelkompott. Es sah alles sehr lecker aus, und ich hätte gerne zu essen begonnen. Alexas Vater erzählte von der Jagd, auf der er das Reh geschossen hatte. Nebenbei goß er mir ständig das Weinglas nach.

Alexas Mutter blickte besorgt: „Sie essen ja gar nichts, schmeckt es Ihnen bei uns nicht?"

„Ganz bestimmt. Es ist nur-"

Ommma unterbrach mich: „Na, da wirst du ja noch Spaß mit kriegen, Alexa. Wenn der Junge gar nichts ißt, da macht das Kochen aber keinen Spaß."

„Nicht doch!" versuchte ich. „Ich esse wirklich fast alles. Ich müßte nur-"

„Der Junge kann doch gar nichts essen" unterbrach Alexas Vater, „wenn ihr ständig auf ihn einredet. Laßt ihn doch mal in Ruhe! Dann wird das schon werden."

„Ich glaube, ich habe das Falsche gekocht" sagte Frau Schnittler betrübt. „Und ich dachte noch: Lieber Rind oder lieber Reh? Aber diese ganzen Rehbraten müssen ja auch mal weg. Die liegen ja schon Ewigkeiten in der Truhe. Und mein Mann bringt ständig neue mit nach

Hause."

„Sie haben gar nichts falsch gemacht!" versicherte ich. „Ich würde direkt anfangen, wenn nicht-"

„Nee, da kriegst du noch Spaß mit", sagte Ommma Schnittler, „der kommt aus der Stadt!"

„Ich kann Ihnen gerne auch ein Butterbrot machen", sagte Alexas Mutter eilfertig, „wir hätten Leberwurst da und Blutwurst und Käse."

„Laß mal, das mag der auch nicht!" meinte Ommma verachtend.

„Na, dann trinken Sie wenigstens was!" Herr Schnittler goß meine Blumenvase voll.

Ich schloß die Augen.

„Jetzt ist ihm schlecht", sagte Ommma. „Gleich fällt er um. Alexa!"

„Es ist nur-", flüsterte ich. Ich konnte es kaum glauben, keiner unterbrach mich. „Es ist nur-" Ich spürte, daß alle an meinen Lippen hingen. „Ich habe kein Besteck."

„Kein Besteck!" Aufruhr am Tisch. „Wie konnte das passieren? Wo wir doch immer mit Besteck essen. Nicht, daß Sie jetzt denken-! Kein Besteck!"

Ich überstand das Essen. Schwerlich zwar, weil selbst ich zwei Flaschen Rotwein nicht leicht vertrage. Aber ich überstand das Essen. Ommma fragte noch zweimal, wann wir denn nun endlich heiraten wollten. Alexa rutschte noch zweimal unter den Tisch. Herr Schnittler berichtete von seinen Jagderlebnissen, und seine Frau sagte, sie habe mit Jagd gar nichts am Hut, aber es sei doch schön, daß ihr Mann ein so zeitraubendes Hobby habe.

Ich überstand das Essen. Nur zu einer Sache wollte ich mich auch von Alexas Familie nicht überreden lassen. Ich wollte mich nicht aufmachen, den dörflichen Schützenzug zu bewundern. Nach wie vor war ich der Meinung, daß das Schützenfest und ich nicht zusammen-paßten.

Ommma gesellte sich zu mir, als ich gerade mit Herrn Schnittlers Fernglas den Aufmarsch des Hofstaats beobachtete. Ich fand auf die Schnelle keine plausible

Erklärung für mein Verhalten. Es war auch gar nicht nötig. Ommma hatte ihr Urteil schon gefällt.

„Wirklich eigenartig, diese Jungens aus der Stadt", sinnierte sie kopfschüttelnd angesichts des Fernglases in meiner Hand. „Und die aus dem Rheinland sind besonders seltsam."

Ich nickte. Recht hatte sie. Auffordernd streckte ich ihr meinen Arm entgegen, und lächelnd hakte sie ein. Mein erstes fröhliches Schützenfest erlebte ich mit Ommma. Ommma mit 3 „m".

Kathrin Heinrichs im Blatt-Verlag:

Vincent Jakobs' 1. Fall:

Ausflug ins Grüne

ISBN 3-934327-00-1   9,20 EURO

Es ist schon verrückt. Zunächst bekommt Kölschtrinker Vincent Jakobs diese Stelle als Lehrer. An einer katholischen Privatschule. In einer sauerländischen Kleinstadt. Und gerade beginnt er, das gemütliche Städtchen und seine illustren Gestalten zu schätzen, da muß er feststellen, daß sein Vorgänger auf nicht ganz undramatische Weise zu Tode gekommen ist...

****

Vincent Jakobs' 3. Fall:

Bauernsalat

ISBN 3-934327-02-8   9,20 EURO

Ex-Kölner Vincent Jakobs entdeckt das Landleben der besonderen Art: Bauer Schulte-Vielhaber wird von der Leiter gestürzt. Natürlich kann Vincent seine Nase nicht aus Schweinestall und Heuschober heraushalten und muß feststellen, daß die Lösung des Falls tief unter dem Misthaufen der Vergangenheit verborgen liegt...

Kathrin Heinrichs im Blatt-Verlag:

Vincent Jakobs' 4. Fall:

Krank für zwei

ISBN 3-934327-04-4   9,20 Euro

Vincent Jakobs ist krank. So krank, daß er in einem sauerländischen Provinz-Krankenhaus operiert werden soll.
Dumm nur, daß am Tage seiner OP der Chefarzt der Chir-
urgie tot aufgefunden wird. Zwischen Insulinflaschen und
Urinproben entpuppt sich die Mördersuche als gar nicht
so einfach. Am Ende ist Vincent zwar seinen Blinddarm
los, aber um eine Erkenntnis reicher: Nicht hinter jedem
weißen Kittel verbirgt sich auch ein reines Gewissen...

****

Nelly und das Leben

Süßsaure Geschichten

ISBN 3-934327-03-6   8,80 Euro

Als Nelly auf ihrem Schwangerschaftstest zwei rosa Strei-
fen erkennt, beginnt ein neuer Abschnitt in ihrem Leben:
Hochzeit, Nachwuchs, der Umzug in eine Kleinstadt,
Familienalltag. Ein ganz normales Leben eigentlich, wenn
der Alltag nicht so seine Tücken hätte...

Mehr über Kathrin Heinrichs im Internet:

www.Kathrin-Heinrichs.de